Jacques Berndorf
Der letzte Agent

1. Auflage 2005
© 2005 KBV Verlags- und Mediengesellschaft mbH,
Hillesheim
www.kbv-verlag.de
E-Mail: info@kbv-verlag.de
Telefon: 0 65 93 - 99 86 68
Fax: 0 65 93 - 99 87 01
Die Originalausgabe erschien 1993 im Verlag Bastei Lübbe
Umschlagillustration: Ralf Kramp
Satz: Volker Maria Neumann, Köln
Druck: Grenz-Echo AG, Eupen
www.grenzecho.be
Printed in Belgium
ISBN 3-937001-51-4

Dank an Annette und Walter Schmitz.
Für die Mannschaft von TELLER und TASSE.

»Was mich an unserer reizenden Zivilisation so schafft, ist die
vollständige Gleichgültigkeit, mit der das Publikum solche
Enthüllungen begrüßt. Wir rechnen einfach gar nicht
mehr damit, dass jemand ehrlich ist ...«

Raymond Chandler in einem Brief an Carl Brandt
am 12. November 1948

Ein Wort vorab.

Dies hier ist ein älteres Manuskript, geschrieben im Jahre 1992, erschienen bei Bastei-Lübbe im Jahre des Herrn 1993. Niemand suchte mich bei diesem Verlag, kaum jemand erfuhr, dass das Buch überhaupt erschienen war. Kurioserweise wurden nur etwa 1.300 Exemplare verkauft – und ich hatte Schwierigkeiten mit mir selbst. Ich dachte, ich sei schlecht geworden, ausgeschrieben, erschöpft. Aber so ganz schlecht kann es nicht gewesen sein, denn das Hamburger Abendblatt meinte: »Lakonisch, witzig, milieusicher. Mach's noch einmal, Siggi!«

Aber: Kann man der Leserschaft erneut einen Krimi zumuten, der kurz nach der so genannten Wiedervereinigung spielt, und den ehemalige Agenten aus der DDR und Leute des BND bevölkern? Mein Freund, der Autor und Verleger Ralf Kramp, meint, dass Krimi eben Krimi sei und dass das Manuskript gut und schnell und flüssig laufe, also lesenswert sei. Wir haben uns darum entschlossen, den Text erneut herauszubringen, denn es ist ein typischer Eifelkrimi, zeitlich ganz nah an EIFEL-BLUES, mit Spiegeleiern à la Elvis Presley nach »Good Rockin Tonight«, mit Pfeifen, Katzen und viel, viel Eifel.

In diesem Schmöker werden Sie auf ekelhafte Morde mit einem Plastikstoff stoßen, die Ihnen wahrscheinlich sehr weit hergeholt vorkommen werden. Aber Vorsicht: Mit diesem Stoff sind tatsächlich in Deutschland Versuche an Schweinen, die allesamt nicht überlebten, gemacht worden. Es geht eben nichts über eine gründliche Recherche.

Sie werden übrigens auch lesen, wie sich eine gewisse Tante Anni in das Leben des Siggi Baumeister einmischt.

Lange bevor sie in den späteren Büchern erneut in der Eifel auftaucht. Die Tante ist Kriminalrätin a. D.

Auch so eine unglaubliche Kiste, oder? Aber auch hier muss ich Sie enttäuschen: Eine solche Tante hat es in meiner Familie tatsächlich gegeben. Das wirkliche Leben sollte man also nicht zu erfinden versuchen, es ist bunt und lebhaft genug, und es bietet immer einen Grund zum Lachen.

Ich wünsche Ihnen viel Spaß beim Lesen.

Jacques Berndorf

1. Kapitel

Meine Katze Krümel sprang auf den Küchenschrank und zog mit einer ganz spitzen Tatze die Glastür im Oberteil auf. Dann stellte sie sich mit beiden Pfoten hoch, um die Lage zu inspizieren, und verteilte sich schließlich malerisch über einen Stapel Untertassen und Kuchenteller, wobei sie ihren Schwanz um eine ziemlich kostbare alte Milchkanne drapierte, die ich gerade auf einem Krammarkt erstanden hatte.

Mir war nicht klar, wie ich reagieren sollte. Ich konnte sie auf Kosten meines gesamten Porzellans verprügeln, ich konnte sie aber auch wegen der ausgesprochen artistischen Leistung loben. Ich entschied mich, ich sagte bewundernd: »Du bist ein ganz phantastisches Weib!« Da schloss sie die Augen, blinzelte arrogant und rülpste dann leise.

Im Radio spielte Chet Baker ›Misty‹, der Milchwagen hielt gegenüber, pumpte eine große Kanne leer und röhrte dann weiter. Irgendjemand wünschte irgendwem lautstark einen schönen guten Tag. Das Wetter war sehr warm, irgendein Politiker, der sich der Stimme nach zu urteilen für wichtig hielt, bemerkte im Radio, der Krieg am Golf sei nun längst vorbei, obwohl Tausende von Kurden in den Bergen krepierten und mindestens sechs große Clans darauf warteten, den Diktator Saddam Hussein abschlachten zu dürfen. Politiker sind gelegentlich unpassend.

Erwin hatte mir zwei Eisenkeile und einen Aluminiumkeil vor die Haustür gelegt, auf dass ich einigen Buchen zu Leibe rücken konnte. Erwin konnte nicht wissen, dass er mich damit festnagelte. Bis jetzt hatte ich der Arbeit an den Buchenstämmen aus dem Weg gehen können, schließlich war das ohne Keile nicht zu machen. Jetzt musste ich mich auf die

Seite der arbeitenden Bevölkerung schlagen, war aber eigentlich viel zu faul. Ich konnte mich nur noch retten, indem ich schleunigst eine Grippe kriegte, oder irgendetwas in der Art. Aber leider war ich ziemlich gesund.

Meine Katze Krümel starrte mich aus dem Küchenschrank an, und ich schloss die Glastür vor ihrer Nase und erklärte: »Jetzt bist du mein Schneewittchen.« Es machte keinen Eindruck auf sie, wahrscheinlich kennt sie sich mit deutschen Märchen nicht aus. Außerdem verspürte ich keine große Neigung, sie zu küssen. Also machte ich die Schranktür wieder auf, und ich wette, ihre grünen Augen waren voller Spott.

Da mir mein Gesicht beim Rasieren ungefähr so altbacken vorgekommen war wie ein Sechskornbrötchen nach vierzehn Tagen Liegezeit, beschloss ich, mich zu verwöhnen. Ich entschied mich für Spiegeleier nach Elvis-Presley-Art. Ich weiß, ich muss das erklären: Ich erhitze eine kleine Eisenpfanne, gebe dann etwa drei Eßlöffel Distelöl hinein und lege drei Scheiben rohen Eifelschinken in das heiße Öl. Dann schreite ich zum Plattenspieler und lege Elvis Presleys ›Good Rockin Tonight‹ auf. Beim ersten Ton stehe ich bereits wieder an der Pfanne und schlage drei Eier auf den Schinken. Während nun Elvis abrockt, stehe ich da und schnuppere. Nach genau zwei Minuten und dreizehn Sekunden sind beide fertig: Presley und meine Eier.

Während Elvis dann zu ›Heartbreak Hotel‹ und anderen Köstlichkeiten überging, mümmelte ich vor mich hin und war ungefähr in der Gegend von ›King Creole‹ fertig. Mutig ging ich dann vor das Haus und betrachtete die Buchenstämme. Sie stammten aus dem Gebiet, das ich immer den Märchenwald nenne, weil dort nie ein Tourist zu finden ist und deshalb alles wächst, was in der Eifel wachsen kann. Der Sturm namens Wiebke hatte den Märchenwald vollkommen zertrümmert, hatte Dreißig-Meter-Stämme wie Papier umhergewirbelt. Der dickste Stamm hatte einen unteren Durchmesser von gut achtzig Zentimetern und war von einer Windbö abgedreht und vollkommen zersplißt worden. Mitten in diesen wohl halbmeterlangen Holzzungen, die vom Wind und Regen gebleicht waren, hing ein öliger Leinenlumpen, mit dem ein Waldarbeiter seine Motorsäge geputzt hatte.

Meine Katze Krümel schnürte heran, und ich erklärte ihr: »Wir gehen die Sturmschäden inspizieren.« Sie sah so arrogant aus, dass sie glatt gesagt haben könnte: »Mal wieder vor der Arbeit drücken, wie?« Aber sie hatte zumindest verstanden, dass es um eine Fahrt mit dem Auto gehen sollte. Autos sind ihre Leidenschaft. Sie hüpfte also auf den Beifahrersitz, und ich wollte gerade starten, als das Telefon schrillte.

Ich rannte hinein und sagte außer Atem: »Ja, bitte? Baumeister hier.«

»Ich bin's. Deine Tante Anni.«

Ich sagte: »Aha«, dann nichts mehr. Es ist immerhin erstaunlich, im reifen Alter von rund dreiundvierzig Jahren zu erfahren, dass man eine Tante namens Anni hat.

»Da biste platt, was?« krähte die Frauenstimme fröhlich.

»Platt würde ich mich nicht nennen, eher uninformiert.«

»Du kannst es glauben«, krakeelte sie triumphierend, »ich bin wirklich deine Tante Anni. Hat dein Vater nie von mir gesprochen?«

»Nie, soweit ich mich erinnere. Bist du eine Schwester von ihm oder eine Schwester meiner Mutter?« Die ganze Sache roch sehr verdächtig, denn niemand von meiner außerordentlich liebenswerten Verwandtschaft hatte jemals von einer Tante Anni berichtet.

»Ich bin weder noch«, erklärte sie hoheitsvoll. »Also, es ist so, dass ich aus der Verwandtschaft von deiner Mutter Seite eine Cousine zweiten Grades, also von der Cousine deiner Mutter, die wiederum einen Onkel deiner Mutter ... ach, das ist alles fürchterlich kompliziert. Jedenfalls bin ich Tante Anni, und du bist der Siggi Baumeister. Und wir beide zusammen erben einen Bauernhof. Ziemlich groß, eigentlich so was wie ein Rittergut, gut siebenhundert Morgen, würde ich mal sagen ...«

»Moment mal, ich bin völlig verwirrt, ich bin total ...«

»Das weiß ich doch, mein Junge«, röhrte sie befriedigt, »das muss ja jeden verwirren. Also, wir erben einen Hof. In der ehemaligen DDR. In der Mark Brandenburg. Das war mal eine LPG, also eine landwirtschaftliche Produktionsgenossenschaft. Nun ist es eben alle mit dem Kommunismus, oder mit dem, was sie drüben hatten. Und ich habe einen Erbschein ...«

»Ich habe keinen Erbschein ...«, rief ich. »Ich habe so ein verdammtes Ding nicht. Und ich weiß nix von einer Tante Anni. Und wer bist du überhaupt?«

»Na, deine Tante Anni«, sagte sie vorwurfsvoll. »Weißt du, der Rest ist tot oder verschollen, oder was weiß ich. Und nun erben wir.«

»Von wo rufst du an?«

»Aus meiner Wohnung in Berlin. Weißt du was, mein Junge? Ich glaube, es ist das Beste, ich komme dich schnell mal besuchen. Dann können wir über alles reden. Sag mal, stimmt das, dass man in der Eifel noch richtige Schafherden sehen kann? Ich habe Schafe so gern.«

»Ja«, sagte ich, nun deutlich leiser. »Wir haben hier ein paar Schafe. Zwanzig- oder dreißigtausend, ich habe sie lange nicht gezählt. Aber, wer bist du eigentlich, ich meine, wie ...«

»Nun beruhige dich mal, min Jung. Tante Anni regelt das alles.« Damit legte die Frau mit der erstaunlichen Stimme auf. Meine Katze Krümel war auf den Schreibtisch gesprungen, aalte sich auf einem Manuskript und sah mich an, als wollte sie sagen: Reg dich nicht auf, es klärt sich alles!

»Ich spalte heute kein Holz«, sagte ich. »Ich habe ein Problem namens Anni. Und deshalb fahren wir jetzt in den Windbruch.«

Wir zockelten mit dem Wagen los, fuhren auf den Golfplatz, überquerten die Schnellstraße und rollten dann nach links in den Wald. Krümel sprang durch das offene Fenster und entschwand irgendwohin, ich parkte den Wagen neben einem großen Stapel Tannenstämmen. Es roch nach Frühsommer, das Grün des Waldes war fast grell. Ich hockte mich auf einen Tannenstamm und stopfte mir eine Pfeife. Krümel schärfte sich neben mir ihre Krallen.

»Also, wir erben irgendein Rittergut«, meinte ich murrend. »Irgendwann kommt diese Tante Anni. Vermutlich hat sie Gicht und böse Absichten. Das Leben ist auch ohne Rittergut schon schwer genug.« Da Krümel relativ wenig Ahnung von Grund und Boden hat, antwortete sie nicht, sondern schnüffelte aufgeregt an irgendeinem Loch im Boden herum, in dessen Tiefe vermutlich eine Spitzmausfamilie hockte. Dann fing sie an, wie verrückt die Erde aufzureißen.

»Lass das sein«, sagte ich, »Spitzmäuse sind klug, Spitzmäuse haben immer einen zweiten und dritten und vierten Ausgang.«

Hundert Meter querab nach Norden stand Andrés Kreuz an der Schnellstraße. Achtzehn Jahre war er alt, als er starb. Sie kamen zu dritt von irgendeiner Disco, es war frühmorgens. Irgend etwas geschah, irgendetwas ließ ihren Wagen von der Straße rasen. André starb im Chaos des vom Sturm entwurzelten Waldes. Das Dorf trug ihn zu Grabe, und alle seine Freunde kamen verwirrt und traurig und mussten fassungslos zur Kenntnis nehmen, dass sein Lachen zu Ende war. Eigentlich hatte ich ihn kaum gekannt, ich wusste nur, dass er jemand war, der gern lebte und mit Leidenschaft an Autos herumbastelte. Jetzt stand an der Stelle seines Todes ein Kruzifix, und immer brannten Kerzen, und immer blühten Blumen.

Ich schlenderte den Weg entlang, links eine dichte Schonung von Weißtannen, rechts ein zehnjähriger Bestand von Mischholz. Nach hundert Metern senkte sich der Weg nach links in eine große Mulde, in der es aussah, als hätten Riesen mit den Fünfundzwanzig-Meter-Stämmen der Tannen Mikado gespielt. Der Grund war stark verworfen, Erdwälle fielen steil in Gräben ab, unten gluckerte Wasser. Auf einer Fläche von zweihundert mal fünfhundert Metern stand kein Baum mehr; mein Märchenwald war restlos zerstört, lag in einem chaotischen Durcheinander.

Ich pfiff nach Krümel, und sie kam herangeschossen und mauzte laut. »Wir gehen jetzt in diesen Dschungel«, erklärte ich ihr. Sie reagierte nicht, sie hüpfte über einen Stamm und entzog sich der Antwort. Offensichtlich mochte sie den deutschen Dschungel nicht.

»Angstvolle Katzen brauchen einen Anführer«, sagte ich und balancierte auf einem liegenden Stamm in das Gewirr. Sie turnte einige Meter hinter mir her, drehte sich, rannte zurück auf den Waldweg, sauste zehn Meter vorwärts, wandte sich wieder in das Astgewirr, kehrte um, hockte auf dem Weg und leckte sich die rechte Vorderpfote. Irgendetwas machte ihr Angst.

»Es sind keine Wildschweine da, nicht einmal Karnickel«, meinte ich beruhigend. »Brontosaurier auch nicht und bestimmt kein Tyrannosaurus-Rex, also, was ist?«

Aber sie kam nicht, sie blieb in der Sonne auf dem Waldweg hocken.

14

Ich sprang von dem Stamm herunter, stand auf weichem Waldboden, kroch unter anderen Stämmen hinweg, suchte mir mühsam einen Weg und dachte über Tante Anni und das Rittergut nach.

Dann fiel mir ein junger Vogelbeerbaum auf, nicht höher als anderthalb Meter. Ich hatte immer schon so einen Baum im Garten haben wollen. Er war auf einem winzigen Fleckchen inmitten totaler Zerstörung unberührt geblieben, er war eines jener kleinen Wunder, die uns so häufig begegnen und die wir so selten wahrnehmen. Die Goliaths, die ihm das Licht genommen hatten, waren umgeblasen worden, Davids Zeit war gekommen, falls nicht irgendwelche Waldarbeiter das Urteil »nutzlos« fällten.

Krümel mauzte irgendwo, und ich rief: »Komm her!«

Aber sie kam nicht, sie miaute aufgeregt und schimpfte herum und rannte auf dem Weg hin und her, zehn hektische Meter nach links, zehn nach rechts.

Der Wind nahm zu und trieb eine dunkle Wolkenwand von Westen heran.

Ich kroch zwei Meter tiefer in einen natürlichen Graben, in dem ein winziger Bachlauf gluckerte. Über mir lagen die zerschmetterten Stämme wie eine Brücke, dichte Wipfeläste mit Tannenzapfen hingen nach unten. Unser Bürgermeister hatte gesagt, dass die Gemeinde bei diesem Sturm mindestens siebentausend Raummeter Holz verloren habe, Holz inflationierte.

Dann begann es zu regnen.

Ich kroch dorthin, wo eine Tanne mitsamt einem riesigen Teller Wurzeln glatt aus der Erde gerissen worden war. Zwei andere Bäume waren darauf gefallen, und ihre Äste bildeten eine große, natürliche Höhle. Ich stopfte mir die Zenta von Jensen und war heilfroh, meiner Arbeitswut ausgewichen zu sein. Nichts ist schöner, als im Wald strohtrocken einen Regen zu erleben.

Der Regen nahm zu, wurde dichter und brachte kalten Wind. »Katze!«, schrie ich, »komm her!« Aber sie kam nicht, mauzte von irgendwo.

Hinter mir auf dem Waldweg tuckerte ein Trecker, dem Geräusch nach ein kleiner Case, also entweder Werner oder Erwin. Es regnete nun spärlicher, also kroch ich aus meinem Unterstand und turnte aus dem Dickicht. Das Geräusch des Treckers war verstummt, Erwin ging vorsichtig um mein Auto herum und schüttelte bedächtig den Kopf, wie es so seine Art ist. Dann sah er mich und meinte grinsend: »Wie kann man denn als vernünftiger Mensch bei diesem Wetter im Wald herumkriechen?«

»Und machst du vielleicht Frühsport?«

»Ich spalte mein Holz«, sagte er. »Und ich habe vorgesorgt.« Er grinste vergnügt und griff hinter den Sitz in seinem Trecker. »Obstler von der Mosel. Wenn du das Zeug bei dir hast, kann dir nichts passieren. Hast du die Keile gefunden?«

»Ja, danke. Aber ich habe mir heute freigegeben, mache blau.«

»Das braucht der Mensch«, sagte er und zündete sich eine Zigarette an. »Stell dir vor, du wärst in der Sturmnacht da drin gewesen.« Er deutete in den Bruch. »Da sähst du aber jetzt verdammt alt aus.«

Er war um die fünfzig, knorrig, vom Eifelwetter gegerbt, er war stolz darauf, noch Junggeselle zu sein. Wenn er an der Theke stand, war er nach dem fünften Bier der mit Abstand fröhlichste Flucher des Dorfes. Er pflegte sich irgendeinen Gast auszusuchen, dann polterte er: »Du Bastard! Du Hungerlappen, du Marmeladenfresser!« Sein fröhliches rotes Gesicht unter den wilden grauen Haaren neigte sich dann

16

zur Seite, als lausche er höchst amüsiert seiner eigenen Schimpferei. Seine sehr klaren blauen Augen strahlten dazu, als verteile er Zärtlichkeiten. Wenn er Sieben Schröm spielte oder knobelte, pflegte er nach einem Gewinn mit listigem »Schmeckt billig!« dem Verlierer zuzuprosten. Wenn er heiter trunken um sich blickte, pflegte er als Soziologe folgenden Satz in die umstehende Menge zu schleudern: »Die Junggesellen sind deshalb so wertvoll, weil sie ihre Frauen nicht zum Arbeiten schicken.« Dann horchte er in sich hinein, befand: »Ich bin satt!« und verschwand.

»Und was machst du hier?«, fragte er.

»Ich weiß das nicht genau«, sagte ich. »Mir fiel eben auf, dass die Menschen zum Mond fliegen können. Sie bauen auch Computer, die man intelligent nennen kann. Aber wenn ein Massenmörder namens Saddam Hussein auftaucht, lassen sie ihn hilflos gewähren und machen Geschäfte daraus. Und gegen Grippe wissen sie auch nichts.«

Er wischte sich ein paar Regentropfen von der Nase. »Die Menschen sind verrückt. Ich muss jetzt zu meinem Holz.« Er schwang sich auf den Trecker und tuckerte los.

»Lass uns jetzt die Holzwüste durchqueren«, befahl ich meiner Katze. Aber sie weigerte sich immer noch, also ging ich allein.

Es war ein ziemlich mühsames Geschäft, aber es half mir, meinen Körper zu spüren und jeden verfügbaren Muskel anzustrengen. Ich balancierte über lange, wippende Stämme und kroch über Äste hinweg. Es hatte zu regnen aufgehört, der Wind ging stetig und kräftig, und im Südosten war der Himmel ganz plötzlich blau.

Ich hockte mich auf einen Baumstumpf, zündete die Pfeife wieder an und sah den wilden Rittersporn sprießen. Ich überlegte, ob es nicht vernünftig und möglich war, diesen ganzen chaotischen Bruch so zu lassen. Aber die Leute, die der Meinung waren, ein deutscher Wald habe ordentlich und streng ausgerichtet unter der Sonne zu liegen, waren in der Überzahl. Sie würden mich belächeln.

Plötzlich war Krümel da, rieb sich an meinen Beinen, klagte laut und verschwand unter einer Reihe flach liegender Stämme.

»Da komme ich nicht durch«, sagte ich.

Sie kam zurück und hatte einen Schwanz wie ein Fuchs. Irgendetwas regte sie auf. Ich kletterte also langsam weiter und konnte nicht erkennen, auf was sie mich hinweisen wollte. Dann lief sie in meiner Kopfhöhe über einen Stamm, wand sich elegant zwischen Ästen hindurch, sprang auf den Boden und verschwand hinter einem Vorhang aus Zweigen. Ihr Maunzen war jetzt recht laut. Wahrscheinlich hatte es dort ein Tier erwischt, vielleicht irgendein Kadaver.

Hinter den Zweigen war eine winzige freie Fläche mit sehr dichtem, langem Gras. Der Mann lag dort, als habe er sich ein Nest gebaut. Eigentlich lag er nicht, er saß. Bequem gegen einen Vorhang aus frischen Tannenästen zurückgelehnt, wirkte er wie ein zufriedener Jogger, der sich eine Pause gönnt. Er trug Laufschuhe von Puma mit hellgrünen Ledereinsätzen, einen rotblauen Jogginganzug, auf dem vorne in eindringlich großen Buchstaben das Wort BOSS stand. Die Beine waren gespreizt. Er hatte das Kinn auf die Brust gelehnt, man blickte auf einen kantigen Schädel mit grauen Haaren, die oben licht wurden. Ich sagte: »Heh!«, obwohl ich in der gleichen Sekunde wusste, dass das sinnlos war.

Der Mann war tot.

Ich bewegte mich vorsichtig auf ihn zu, und ich spürte, wie mein Magen zu revoltieren begann. Krümel hielt sich hinter mir und schmiegte sich unentwegt an meine Beine. Sie hatte den Tod gerochen, sie hatte den Windbruch nicht betreten wollen.

Ich nahm vorsichtig den Kopf des Mannes ein wenig hoch. Das Gesicht war vollkommen weiß, die Oberlippe ein wenig hochgezogen, das Zahnfleisch schneeweiß.

»Infarkt oder so was«, sagte ich laut und hilflos. Krümel lief hinter dem Toten durch den Vorhang der Äste und war verschwunden. »Bleib doch hier«, rief ich ihr nach, nur um diese verdammte Stille zu zerstören.

Ich starrte den Mann an, der vielleicht fünfzig Jahre alt geworden sein mochte. Vielleicht hatte er dasselbe tun wollen wie ich, vielleicht hatte er nichts als die jungenhafte Lust verspürt, diesen zerstörten Wald zu durchklettern. Dann hatte es ihn erwischt. War es ein schöner Tod gewesen, schnell, ohne Schmerzen, inmitten einer Natur, die den Sommer atmet? Sein Gesicht sah nicht so aus, als habe er Schmerzen gehabt, aber das konnte eine Täuschung sein, schon lebende Gesichter sind Masken.

Krümel kam wieder und leckte sich umständlich beide Vorderpfoten. »Was glaubst du, wie lange liegt der hier?« In den Nächten war es kühl gewesen, sehr kühl. »Es kann Tage her sein, vielleicht eine halbe Woche. Wir sollten Rüdiger rufen. Eigentlich müssten wir die Polizei rufen.« Dann fiel mir auf, dass der Tote eine gewaltige Wampe hatte, einen überdimensionalen Schmerbauch, dass er diesen mit beiden Händen festhielt, wie Schwangere es zuweilen tun, wenn die Niederkunft kurz bevorsteht. Der dicke Bauch stand in einem krassen Gegensatz zu seinem zwar breitflächigen, aber insgesamt mageren Gesicht.

Ich griff an seine Hände und versuchte sie beiseite zu drücken. Das war schwer, weil sie ineinander verschränkt waren.

Ich bog den rechten Arm zur Seite, dann den linken. Ich zog das Oberteil des Jogginganzuges hoch und atmete hörbar ein. Der Bauch war eine einzige Wunde, ein erstarrtes blutiges Feld. Aber dieses Blut war nicht blutrot, auch nicht schwarz. Dieses Blut war rosig.

»Lass uns Hilfe holen«, sagte ich meiner Katze. »Das rühre ich nicht an. Das ist sonderbar, das ist sehr sonderbar.«

Ich kann mich nicht mehr erinnern, wie ich aus dem Windbruch herauskroch. Ich weiß nur, dass Krümel in den Wagen sprang und sich auf die hintere Bank zurückzog, wie sie es immer macht, wenn sie sich bedroht fühlt. Ich startete den Motor und schaltete Funk ein. Ich ging normal über Kanal neun. »Siggi eins hier. Ich rufe dringend Feststation Beta eins. Bitte melden.« Dann kam eine Frauenstimme. Sie klang hoch und verzerrt, und ich sagte schnell: »Gehen wir auf Kanal zehn.«

Auf dem Zehner hörte ich sie klar. »Ist der Chef in der Praxis?«

»Ja, ich hole ihn..« Nach einer Weile meldete sich Rüdiger Sauer, unser Landarzt.

»Sie sollten schnell herkommen«, sagte ich. Ich beschrieb ihm, wo ich war, und er fragte nicht, sondern versicherte nur, er würde sich beeilen. Ich hockte mich auf einen Fichtenstapel und rauchte vor mich hin. Wie kann jemand einen offenen Bauch haben, der rosig aussieht? Rosig mit weißen Streifen?

Es dauerte zwanzig Minuten, bis er kam, und als er mein Gesicht sah, fragte er: »Ein Selbstmörder?«

»Nein, das glaube ich nicht. Ein Jogger oder so was in der Art. Wir müssen weit in den Bruch hinein.«

Ich kletterte vor ihm her, und er fragte: »Warum finden Sie dauernd solche Dinge?«

»Ich bin ein Sachensucher, ich stolpere darüber. Da ist er.«

Er pfiff durch die Zähne. Dann stellte er die Tasche auf einen Stamm, beugte sich zu dem Gesicht des Toten hinunter und sagte: »Wir müssen ihn legen. Schaffen Sie das?«

Ich nahm den Mann bei den Schultern und drehte ihn vorsichtig. »Jetzt ziehen Sie ihm mal das Oberteil des Anzugs vom Bauch«, sagte ich. Doch der Doktor betrachtete noch prüfend das Gesicht des Toten.

»Noch nicht, noch nicht. Ich würde sagen, er kann hier bei den Temperaturen schon ein paar Tage liegen, aber es könnte auch wesentlich kürzer sein. Und was ist mit dem Bauch?«

»Das weiß ich nicht«, sagte ich, »das sieht jedenfalls scheußlich aus.«

Er nahm das Oberteil und zog es kräftig nach oben. Dann atmete er scharf ein.

»Du lieber Himmel!«, flüsterte er. »Was ist das denn?«

»Vielleicht hat ihn jemand erschossen«, meinte ich vorsichtig.

»Erschossen?«, fragte er verblüfft. »Das ist doch kein Fleisch, das ist doch keine Wunde.« Mit einem spitzen Finger tippte er auf das, was so grauenhaft aussah. »Das ist Plastik«, sagte er. »Irgendein Kunststoff, Schaumstoff, was weiß ich.« Er war so verwirrt, dass er sich in dem klatschnassen Gras auf den Hosenboden setzte.

»Wirklich Kunststoff?«

»Aber ja«, sagte er. »Das ist so ähnlich wie das Zeug, mit dem man in Neubauten rund um die Fensterrahmen isoliert. Schauen Sie her.« Er griff mitten in das, was ich zuerst für eine blutige Fläche gehalten hatte, brach einfach ein Stück der Masse ab und hielt sie auf der Handfläche. »Schaumstoff. Man sieht ja auch, dass das kaum geblutet hat. Das hat wie ein Korken gewirkt.«

»Haben Sie inzwischen eine Meinung, wie lange er hier liegt?«

»Ich weiß es nicht. Ich müsste ihn genauer untersuchen. Das kann ich hier nicht. Ich muss auch die Kripo holen. Verdammt noch mal, dass das ausgerechnet mir passiert. Wir wollen drei Tage mit den Kindern weg.«

»Lieber Himmel. Wer jagt einem Menschen Schaumstoff in den Körper?«

Er schüttelte den Kopf. »Keine Ahnung. So etwas habe ich noch nie gesehen. Da müssen Fachleute ran. Ich würde sagen, dass die Kunststofffläche fast zwanzig Zentimeter Durchmesser hat. Nehmen wir mal an ...« Er murmelte irgendetwas, das ich nicht verstand, schüttelte den Kopf, stand auf und fragte: »Gehen Sie bitte an meinen Wagen und rufen Sie die Polizei? Und bringen Sie mir bitte die Polaroidkamera mit. Im Handschuhfach. Und sagen Sie meiner Frau, ich bin zum Abendessen nicht da. Sagen Sie ihr, was hier los ist.«

Ich machte mich auf den Weg, ich rief die Polizei, ich funkte seine Frau an und richtete aus, was er mir aufgetragen hatte. »Er wird nicht zum Abendessen da sein.«

»Ich habe mir immer sehnlichst gewünscht, mit einem Landarzt verheiratet zu sein«, seufzte sie. »Was ist denn das für ein Toter?«

»Wir wissen es nicht. Irgendeiner, der aussieht wie ein Jogger, und der einen Bauch voll Schaumstoff hat.«

»Voll was?«, fragte sie erstickt.

»Schaumstoff«, sagte ich. Dann hängte ich ein, nahm die Polaroid und brachte sie ihrem Mann. Er machte ungefähr zwanzig Aufnahmen. Dann schob er mir einen Film rein, grinste müde und sagte: »Da ich annehme, dass Sie das für Ihr Raritätenkabinett haben wollen, legen Sie los.«

»Danke«, murmelte ich. Ich machte zehn Aufnahmen und steckte sie ein. Dann hörten wir ein Auto aufheulen und anhalten. Es musste der Streifenwagen sein, er war aus Gerolstein gekommen.

Das Erste, was wir sahen, war eine grüne Polizeidienstmütze, die grotesk schief über einem feuerroten Gesicht thronte. Dann sah der Beamte den Toten und die Kunststofffläche an dessen Bauch. Seine Augen wurden groß und rund, und er übergab sich. Er war ein junger Mann.

Ich hockte mich auf einen der Stämme, die in etwa drei Meter Höhe über den Fundort ragten, und beobachtete, was die Polizisten unternahmen; ein zweiter, etwas älterer Beamter war inzwischen auch eingetroffen. Sie unternahmen nichts. Sie traten unruhig von einem Bein auf das andere, machten ein paar Schritte, sahen den Toten an, machten wieder ein paar Schritte, beugten sich zu dem Toten hinab, besahen die merkwürdige Fläche im Bauch, streckten den Zeigefinger aus, als wollten sie hineintippen, ließen es dann und machten wieder ein paar Schritte.

Falls dort irgendwelche Spuren gewesen waren, so hatten sie sie jetzt gründlich zerstört.

Dann kam die Kripo unter Leitung des Staatsanwaltes. Auch er war ein junger Mann, der sich zwar verzweifelt bemühte, souverän zu erscheinen, dessen Souveränität allerdings in weniger als drei Minuten vollkommen zerbröselte. Er sagte dauernd: »Ich ordne an!«, aber er ordnete eigentlich gar nichts an. Er war nur hektisch, und nach einer Weile seufzte er: »Ich weiß nicht, was das soll. So etwas ist doch nicht normal.«

Sie entschieden sich schnell, dass es überhaupt keinen Sinn habe, weiter in dieser Wüstenei zu bleiben. Der Staatsanwalt sagte energisch: »Doktor Sauer, ich schlage vor, Sie nehmen die Leiche und machen sich daran, zu untersuchen, was es auf sich hat mit diesem Schaumstoff.« Dann sah er mich an und meinte: »Falls wir Sie noch brauchen, Herr Baumeister, melden wir uns.«

»Ist recht«, sagte ich und schwang mich von meinem Hochsitz herunter.

Sie schleppten eine Blechwanne herbei, legten den Toten hinein, stülpten den Deckel darüber und versuchten, den Transport einigermaßen würdig zu gestalten, was ihnen nicht eine Sekunde gelang.

Mein Arzt kletterte neben mir her und murmelte: »Sagen Sie bloß niemandem, dass Sie Fotos gemacht haben.«

»Habe ich doch gar nicht«, sagte ich. »Aber ich werde Sie anrufen, um zu erfahren, wie das weitergeht.«

»Trinken Sie ein Bier mit mir?«

»Kein Bier, aber einen Kaffee.«

Wir fuhren also in die ›Tasse‹ nach Hillesheim, hockten an der Bar, schlürften Bier und Kaffee, hingen unseren Gedanken nach und hörten sehr ordentlichen Swing.

Die Geschichte hatte sich bereits herumgesprochen, und nach einer Viertelstunde kam eine aufgeregte Siebzehnjährige hereingestürmt und sagte mit heller und sehr zufriedener Stimme: »Leute, endlich ist was los in diesem Kaff. Jemand ist in den Wald gelatscht und hat sich mit Isoliermasse erstickt.«

So schnell wandern Nachrichten in der Eifel. Du gehst stolpernd mit einer furchtsamen Katze durch den Wald und findest einen älteren Mann mit einem Bauch voll Plastik inmitten einer Wüstenei aus zertrümmerten Bäumen. Du denkst: Jetzt muss etwas geschehen, jetzt muss es hektisch werden, jetzt müssen geheimnisvolle, brutale Ereignisse stattfinden, Enthüllungen kommen.

Aber es geschieht nichts.

In den Eifelkneipen hockten unterdessen die Menschen zusammen und sprachen über etwas, das sie nicht gesehen hatten, von dem sie über Dritte erfahren hatten. Sie mutmaßten, sie tuschelten, sie wollten gehört haben ... aber sie wussten nichts. Einige von ihnen fragten mich, wie es denn wirklich gewesen sei, und ich erzählte ihnen von dem unbekannten Mann mit der schaumigen harten Masse im Leib. Ich rief den Arzt an, er wusste nichts, hatte nichts Neues gehört, war nicht gefragt worden.

Am vierten Tag geschah etwas. Alle Zeitungen brachten das Foto des Toten und fragten, ob irgendjemand ihn identifizieren könne. Es hieß, er sei in einem Waldstück bei Hillesheim gefunden worden, nichts sonst, kein Wort von der Fracht in seinem Bauch.

Am fünften Tag packte mich die Wut, und ich setzte mich in das Wartezimmer des Arztes und behauptete, unter einem schlimmen Erschöpfungszustand zu leiden. Noch ehe er mir mit seinen Pillen, Pulvern und Tränken zu Leibe rücken konnte, sagte ich: »Ich will wissen, was mit diesem Toten ist. Ich glaube Ihnen nicht, dass Sie gar nichts wissen.«

»Ich weiß jedenfalls nicht viel«, sagte er dumpf. »Und man sagte mir, ich solle gar nichts sagen. Schon gar nicht Ihnen! Man sagte mir, das sei absolut kein Fall für die Presse.«

»Das ist nicht fair. Ich habe ihn gefunden.«

»Weiß ich ja.« Er machte eine hilflose Geste mit den Armen.

»Wie ist der Mann in den Wald gekommen?«

»Wie bitte?«

»Ich fragte: Wie ist er mitten in den Windbruch gekommen? Hat man ein Fahrrad gefunden, ein Auto, irgendetwas?«

Er schüttelte den Kopf. »Nichts. Die Polizei hat absolut nichts gefunden. Er ist eben ein Mann. Um die fünfzig Jahre

25

alt, Blutgruppe Null. Ziemlich gesund. Keine Organschäden. Wahrscheinlich ein Schreibtischmensch, keine Spuren von körperlicher Arbeit. Er hatte übrigens kurz vor seinem Tod Geschlechtsverkehr.«

»Und wie lange war er schon tot, als ich ihn fand?«

»Ziemlich genau drei Tage. Er ist also Sonntag vor die Hunde gegangen.« Das war für ihn schon ein starker Ausdruck, das passte nicht zu ihm.

»An was ist er gestorben?«

»Das Zeug, also die Masse, hat ihn innerlich zerrissen. Nun muss es aber genug sein.« Es machte ihm Kummer, und meine Hartnäckigkeit machte ihn wütend.

»Er ist also in den Windbruch gegangen, hat sich ein Loch in den Bauch geschnitten und die Plastikmasse eingepresst?«

»Reden Sie kein dummes Zeug. Alles in der Art würde bedeuten, dass wir ein Gerät hätten finden müssen, eine Pumpe, eine Spritze.« Er seufzte und setzte hinzu: »Ich habe noch eine Menge Patienten. Die Grippe grassiert.«

»Die Grippe kann warten. Wie ist er in diesen Dschungel gekommen?«

»Irgendjemand hat ihn getragen.«

»Ein Mensch allein schafft das nicht.«

»Gut. Also, es waren zwei. Sie haben ihn samt dem Zeug in seinem Bauch dorthin getragen und einfach abgesetzt.«

»Also Mord?«

Er breitete die Arme aus und faltete dann die Hände.

»Die Experten sind sich nicht einig. Es sieht wie ein Mord aus, aber es kann auch ein Unfall gewesen sein, ein Arbeitsunfall zum Beispiel.«

»Sie sind nicht auskunftsfreudiger als ein Stück Emmentaler.«

»Ich darf nichts sagen.«

»Ich verrate aber doch nichts.«

»Jeder wird wissen, dass Sie alles das nur von mir gehört haben können.«

»Wieso denn eigentlich ein Arbeitsunfall?«

Er lächelte, machte seine Augen ganz klein und meinte leise: »Stellen Sie sich folgendes vor: Eine Gruppe Männer will ein Schwein schlachten oder ein Rind. Das Messer gleitet ab und fährt einem der Männer in den Unterbauch. Sie wissen, dass derartige Unfälle hier auf dem Lande nicht einmal selten sind. Der Mann schneidet sich die Hauptschlagader an. In ihrer Verzweiflung pressen die Männer nun Kunststoff in die Wunde. Der Mann stirbt, und sie schleppen ihn in ihrer Hilflosigkeit in den Windbruch und setzen ihn dort ab.«

»Grimms Märchen. Warum sollen diese ominösen Männer denn ein Geheimnis daraus machen, dass sie irgendein Tier schlachten wollten?«

Er sah mich an, als wolle er mich auf etwas hinweisen, ohne es aussprechen zu müssen. »Aha. Dann hätte die Autopsie also einen Schnitt, einen Messerstich oder so etwas ergeben. War das der Fall?«

Er schüttelte den Kopf. »Nein. Keine Verwundung vor der Einbringung dieser komischen Masse.« Er lächelte matt.

»Also mit anderen Worten: Mord mittels Isoliermasse. Wieso muss ich Ihnen die Würmer eigentlich einzeln aus der Nase ziehen? Hat man denn eine ungefähre Ahnung, wer der Tote ist?«

»Keine. Sie haben alle Polizeicomputer strapaziert, von Leipzig bis Frankfurt und von Rügen bis Garmisch. Nichts. Einen solchen Mann vermisst man nirgendwo. Nun kann es sein, dass er Ausländer ist und dass wir erst in Wochen erfahren, wer er ist.«

»Ich weiß immer noch nicht, wie diese Schaumstoffmasse in ihn hineingekommen ist«, erinnerte ich ihn mahnend.

»Man hat ihn damit erschossen«, sagte er. Er starrte fast amüsiert in mein wahrscheinlich ziemlich dümmliches Gesicht und meinte: »Als ich es erfuhr, habe ich genauso intelligent ausgesehen wie Sie.« Er rückte den Stuhl zurecht, beugte sich vor und sagte eindringlich: »Sie dürfen mich aber wirklich nicht verpfeifen. Es ist wohl so gewesen: Diese Schaumstoffmasse, die etwa einen Umfang von vier großen Männerfäusten hat, war ursprünglich zusammengepresst auf die Größe einer Patrone. Die Masse war überzogen mit einer Art Lack. Die Kugel wird verschossen, prallt auf, der Lack zerreißt, und die Schaumstoffmasse quillt im Bruchteil einer Sekunde auf. Sie bläst sich auf etwa das Dreihundertfache ihres Ursprungsvolumens auf. Sie zerreißt dabei das Gewebe, in dem sie steckt.«

»Das ist brutal«, flüsterte ich.

Er nickte. »Das ist es. Eigentlich ist es völlig gleich, an welcher Stelle des Körpers Sie getroffen werden: Es zerreißt Sie. Das ist aber wirklich alles, was ich weiß.«

»Und wer ermittelt in dieser Sache?«

»Das weiß ich nicht«, sagte er schnell, viel zu schnell.

Ich seufzte. »Also lassen Sie es mich anders formulieren: Ich vermute, dass der Lack, der den Schaumstoff zusammenhielt, unbekannter Natur ist. OK?«

»Ja, das Zeug ist unbekannt.«

»Ich vermute weiter, dass auch der Schaumstoff nicht bekannt ist.«

»Richtig«, meinte er zögernd. Und dann: »Und ehe Sie mir die nächste Frage stellen, antworte ich lieber freiwillig: Die Staatsanwaltschaften Trier und Wittlich haben diesen Fall abgeben müssen. Der Tote liegt in irgendeiner Eiskammer im Bundeswehrkrankenhaus Koblenz. Das Bundeskriminalamt hat die Nachforschungen aufgenommen. Einfach ausgedrückt, würde ich Ihnen raten, die Finger davon zu lassen, sonst können Sie sich aussuchen, von wem Sie skalpiert werden wollen.«

»Ich habe noch eine letzte Frage.«

Er seufzte. »Ich kenne Sie: Damit werden Sie auf die Spuren zu sprechen kommen. Nein, es gibt keine Spuren. Treckerspuren, die Spuren der Langholzwagen, mit denen die Stämme abgefahren werden, Spuren von den Fräsmaschinen, die die Stämme entrinden. Sonst nichts.«

»Mikrospuren? Hat er in einem Pkw gelegen?«

»Er muss in einem Pkw gesessen haben. Aber es ist nicht klar, ob er noch lebte oder schon tot war. Die Mikrofasern deuten auf einen Opel der Mittelklasse hin. Der Wagen war nicht älter als zwei Jahre. Von denen fahren nun wirklich Tausende rum.«

»Hat man die Farben der Fasern?«

»Ja. Grau. Aber das hilft uns nicht weiter, weil die meisten Stoffbezüge, die Opel liefert, ein starkes graues Garn als Basis der Bezüge verwenden. Jetzt weiß ich aber wirklich nichts mehr.«

»Aber ich habe trotzdem noch eine allerletzte Frage: Der Mann hatte ein Gesicht, als sei er viel im Freien. Es kann aber auch sein, dass er sich seine Gesichtsfarbe in einem Bräunungsinstitut holte.«

»Sie vergessen wirklich nichts«, sagte er. »Der Mann hat nie auf einer Sonnenbank gelegen.«

»Eigentlich hätte ich doch noch eine weitere Frage, aber beißen Sie mich nicht. Man kann auf verschiedenen Wegen an den Windbruch kommen. Es gibt mindestens zwei Waldwege von der Schnellstraße her und drei Waldwege, die auf größeren Umwegen dorthin führen. Irgendwelche Spuren auf diesen Wegen?«

29

»Nichts, sagen die Kripoleute. Wirklich nichts! Kein Mensch weiß, wie der Kerl dorthin gekommen ist, außer dem Mörder oder den Mördern.«

»Ich habe noch eine Frage«, sagte ich. »Ehrenwort, diesmal wirklich die letzte. Sie sagten, er habe vor seinem Tod Geschlechtsverkehr gehabt. Das ist mir zu diffus. Haben Ihre Kollegen Pathologen dazu Genaueres gesagt? Also: Hatte der Tote Geschlechtsverkehr mit einer Frau, mit einem Mann, oder hatte er überhaupt einen Partner? Das ist die Frage, Teil eins. Teil zwei: Wie lange vor seinem Tod hatte er Verkehr?«

»Antwort auf Teil eins: Er war mit einer Frau zusammen. Die Frau hat übrigens die Blutgruppe A, Rhesus positiv. Antwort auf Teil zwei: Er war mit dieser Frau etwa eine Stunde vor seinem Tod zusammen. Antwort auf Teil drei, den Sie noch nicht gestellt haben, aber ganz sicher noch stellen werden: Als er mitten in dem Windbruch abgesetzt wurde, war er etwa seit dem gleichen Zeitraum tot, also seit einer Stunde. Und jetzt raus mit Ihnen.«

»Sie würden mich erwürgen, also stelle ich Ihnen nicht noch eine Frage.«

»Lassen Sie mich versuchen, Ihre nicht gestellte Frage zu erraten, dann habe ich wenigstens auch etwas davon. Sie wollen wissen, wo dieser Verkehr stattfand, also ob es Spuren in dieser Hinsicht gibt?«

»Richtig.«

»Die Antwort ist: Es war ein ordentliches deutsches Bett mit Bezügen aus weißem Leinen und Baumwolle. Allerweltsware. Und wenn Sie in drei Sekunden nicht draußen sind, fordere ich Polizeischutz an.«

Ich trollte mich, weil ich sicher war, dass er mir alles gesagt hatte, was in Erfahrung zu bringen war – bis auf das, was er sich selbst dachte. Er war ein diskreter Mann.

30

Was macht ein Journalist, wenn er einen Toten in der Eifel findet, der unmittelbar nach einer Liebesstunde verblichen ist, keinen Namen hat, dafür aber den Bauch voller Plastik? Er kann verzweifeln und sich um andere Dinge kümmern, er kann aber auch an den Ort der Tat zurückkehren und darüber nachsinnen, was diesen Toten in den Windbruch brachte. Bäume reden zwar nicht, aber sie geben mir jene Gelassenheit, die ich bei den meisten Menschen vermisse. Dieser Tote war des Nachdenkens wert. Er war weitaus nebelhafter als die zahllosen Spukgeschichten, die in der Eifel erzählt werden, in denen Poltergeister Wasserhähne aufdrehen oder mit Stühlen schmeißen, so dass brave Pfarrer durchaus einen Exorzisten aus Trier herbeirufen wollen. Dieser Tote war irgendwie lautlos in die Wälder geschlichen, geschafft worden.

Ich fuhr also in den Windbruch.

Die Besinnung wurde ein Reinfall, denn von Westen her war ein starker Wind aufgekommen, und die wenigen Bäume, die im Bruch stehengeblieben waren, bogen sich durch und erzeugten mit ihren Ästen teils peitschende, teils seufzende Geräusche. Es war entschieden zu laut, um mit Bäumen zu reden, zu hektisch für jede Art von Pantheismus.

Wenn jemand eine Stunde nach seinem Tod und nach dem letzten Geschlechtsakt in einen Wald transportiert wird, kann man davon ausgehen, dass er bis zu achtzig Kilometer entfernt von diesem Windbruch gestorben ist, allerhöchstens. In Köln, zum Beispiel. Zum Beispiel in Bonn, in Godesberg, in Euskirchen, in Erftstadt, in Aachen, in Trier, in Koblenz.

Meine Karten sahen schlecht aus, und ich dachte widerwillig, dass es wahrscheinlich ein Fall war, an dem ich niemals würde arbeiten können.

Zweifellos. Wenn jemand sein Opfer geschickt verbergen wollte, brauchte er es nur so zu machen wie gehabt: Die Leiche in einen Windbruch transportieren, in dem kaum die Gefahr bestand, dass jemand in den nächsten Wochen so verrückt sein würde, durch das Geäst zu kriechen. So weit, so gut, aber setzte dieser Abtransport eines Toten nicht voraus, dass der oder die Täter diesen Windbruch genau kannten? Während ich durch die Felder rollte, kam ich zu dem Schluss, dass es vermutlich absolut reichte, die Abgeschiedenheit der Eifel einzukalkulieren. Das war wohl eher wahrscheinlich: Der oder die Täter hatten keine Verbindung in diese Landschaft.

Sekundenlang schien mir etwas anderes noch viel wahrscheinlicher. Die trivialste Form des Gattenmordes. Sie schläft noch einmal mit ihm, um ihn gefügig zu machen, und draußen wartet ihr Geliebter, um den Tod zu bringen und den Körper des verhassten Platzhirsches in die Wälder abzutransportieren. Irgendetwas in dieser schrecklich läppischen Art, wie es sich Fernsehserien zuweilen einfallen lassen, um unsere phantasielose Wirklichkeit zu kopieren.

Aber ein Geschoss mit Plastik, das einen Körper von innen zerfetzt, das passte nicht in diese Lindenstraßenversion.

Ich rollte auf dem Hof aus und hatte den Wagenschlag noch nicht geöffnet, als eine mir inzwischen durchaus bekannte Stimme laut und vernehmlich wie auf dem Kasernenhof ein »Na endlich!« ertönen ließ.

Ich fuhr herum und sagte verblüfft: »Tante Anni! Wetten?«

»So ist es, min Jung!«

Sie hockte auf einem Buchenstamm, hatte eine große Ledertasche und zwei Koffer vor sich stehen. Ein Ledertäschchen, das Nicht-Fachleute als Butterbrotbeutel bezeichnet hätten, schlang sich um ihren nicht unerheblichen Busen. Sie trug so etwas wie einen Friesennerz in Graubraun über weit schlackernden braunen Hosen, dazu hellbraune Schuhe Marke Wanderfreund.

Aber das Gesicht!

Es war ein großes, rotes, gesundes, freundliches Gesicht mit hellblauen Augen. Es war ein altes Krähengesicht unter einem sehr dekorativen Kranz grauer Haare. Es war auch ein listiges Gesicht. Es war ein Gesicht, das viel lachte, und es hatte die passenden Falten.

»Ich bin Siggi«, sagte ich. »Wieso hast du nicht angerufen?«

Sie schnappte die Tasche und beide Koffer und meinte: »Habe ich ja. Aber niemand hat abgehoben.«

»So etwas kommt vor. Komm rein.«

»Moment mal, ich kann auch in einen Gasthof gehen.«

»Du bist verrückt«, sagte ich schlicht. »Du bist doch Familie. Also komm rein.«

»Du wohnst hier ganz allein?«

»Ja.«

»Keine Frau hier?«

»Manchmal ja, manchmal nein. Im Moment eher nicht.«

»Dein Vater wollte eigentlich auch nie heiraten.« Sie seufzte, als wollte sie am liebsten hinzusetzen: Und dann hat er es doch getan und ist dran gestorben!

»Du kannst im Gästezimmer wohnen. Dann kannst du unsere uralte Wehrkirche sehen und über die Vergänglichkeit der Welt nachdenken. Aber erst mal gibt es Kaffee. Halt, nein, erst mal gibt es einen Aufgesetzten aus Schlehen.«

Sie schleppte ihr Reisegepäck in die Küche, ließ es fallen und murmelte: »So einen schönen Herd hatten wir auch zu Hause. Ja, ein Schnaps. Das tut gut.«

Ich goss ihr einen ein.

Sie mochte siebzig sein oder auch fünfundsechzig; vielleicht war sie neunzig. Das Alter hatte ihr anscheinend nicht viel anhaben können. Sie reichte mir bis zur Schulter, und sie war im ganzen leicht gebogen, wie ein Baum auf der Kuppe eines Berges. Ich reichte ihr das Glas und sagte Prost.

»Trinkst du keinen?«

»Nie Alkohol«, sagte ich. »Setz dich. Wie bist du gekommen?«

»Geflogen. Von Berlin nach Bonn. Und dann war da so ein Kerl, der sagte, er müsse in die Eifel. Also, ich kriegte das mit. Und dann sagte ich ihm: ›Junger Mann, ich zahle Ihnen zwanzig Mark für den Sprit, wenn Sie mich zu meinem Verwandten fahren.‹ Das hat er dann auch gemacht.«

Sie nippte an dem Aufgesetzten, horchte in sich hinein, nickte dann ausdrücklich, hielt mir das Glas hin und meinte: »Auf einem Bein kann der Mensch nicht stehen.«

»Das ist wahr. Und wie genau sind wir jetzt verwandt?«

»Ich habe dir das aufgezeichnet. Jedenfalls sind wir verwandt. Ach ja, und damit du nicht glaubst, ich bin bloß eine spinnige Alte, habe ich dir erst mal den Erbschein zu geben.« Sie drückte mir ein Kuvert in die Hand.

»Findest du das eigentlich gut, dass wir ein Rittergut erben?« Sie trank bedächtig den Schnaps, zuckte die Achseln und setzte das Glas auf den Tisch. »Wir müssen das bei Gelegenheit überlegen. Aber warum hast du so unruhige Augen? Oder hast du die immer?«

»Habe ich?« Ich zögerte. »Na gut. Hier ist ein Mann erschossen worden. Im Wald. Ich habe ihn gefunden. Komischerweise ist er mit irgendeiner Plastikmasse erschossen worden. Irgendein schreckliches Zeug, das im Körper aufquillt. Das macht mir zu schaffen.«

»Mit einer aufquellenden Masse?« Sie hatte ganz schmale Augen bekommen.

»Ja, ja. Es ist irgendein Zeug, das mit Lack überzogen wird. Wenn der Lack aufplatzt, quillt das Zeug.«

34

»Ich habe im Flugzeug eine Zeitung gelesen. Da war ein Bild von dem Mann, ein Suchbild. Aber nichts von einer quellenden Masse.«

»Die Bullen machen es manchmal sehr geheimnisvoll.«

»Da gab es in den frühen Achtzigern Versuche mit Schaumstoffgeschossen. Ich habe damals gleich gesagt: Das kann eine Mordwaffe werden.«

Ich war ziemlich verblüfft, meinte aber nur etwas geistesabwesend: »Aha, das hast du gleich gesagt.«

»Ja. Und jetzt, mein Junge, mach mir bitte einen Kaffee, und dann lege ich mich ein Stündchen hin.«

2. Kapitel

Wir hockten einander gegenüber, und sie wirkte mehr denn je wie eine misstrauische Krähe.

»Ich passe nicht in dein Programm, nicht wahr?«, fragte sie.

»Nicht doch, nicht doch«, wehrte ich ab. »Wir werden uns schon vertragen.«

»Ich bleibe nicht lange«, stellte sie leicht eingeschnappt fest. »Wir klären die Sache mit der Erbschaft und ich verschwinde wieder.«

»Du bist ja kaum hier«, widersprach ich. »Ich lebe allein, ich habe keine Familie, ich …«

»Bei mir ist das genauso«, unterbrach sie. »Ich kenne das. Mein Leben lang war ich allein und …«

»Nicht verheiratet?«

»Nein«, sie lächelte. »Also es gab Anwärter und solche, die es sein wollten. Aber ich wollte nicht. Nix mit Männern.«

»Wie heißt du eigentlich?«

»Lange. Wie deine Mutter. Annemarie Lange. Also eine ordnungsgemäße Tante bin ich nicht. Ich bin ein Waisenkind. Mein Vater starb im Ersten Weltkrieg, meine Mutter holte sich in Ostpreußen beim Holzmachen im Wald die Tbc und starb daran. Ich kam in ein Waisenhaus. Ich wurde dann adoptiert, von der Familie deiner Mutter, ich heiße seitdem Lange. Ich habe dich zum letzten Mal gesehen, als du ein kleiner Junge warst. Zwei oder drei Jahre alt. Damals hieß das Sommerfrische, und es war auf Norderney.«

»Wieso hat meine Familie nie etwas darüber erzählt?«

»Ich glaube, die mochten mich nicht besonders«, sagte sie und starrte aus dem Fenster, irgendwohin. »Es war wohl deshalb, weil dein Vater eigentlich mich haben wollte, nicht

36

deine Mutter.« Sie tupfte mit einem spitzen Zeigefinger auf einem Stück Brot herum und bedachte mich mit einem schnellen Blick. »Wir waren verlobt, dein Vater und ich. Damals in Berlin. Na ja, das ist lange her.« Sie lächelte flüchtig.

»Wie alt bist du eigentlich?«

»Sechsundsiebzig.«

»Hättest du ihn geheiratet?«

»Ich denke schon, na sicher.«

»Und wie kommen wir jetzt an den verdammten Bauernhof?«

»Das ist kompliziert. Ich bin durch Adoption ein normales Mitglied der Familie Lange. Von denen bin ich die letzte. Von seiten deines Vaters bist du der letzte. So einfach ist das.«

»Wieso habe ich nie von diesem blöden Rittergut erfahren?«

»Weil ich beim Amtsgericht in Berlin bekannt war und wusste, wo du bist. Ich habe immer gewusst, wo du bist.«

»Weil ich sein Sohn bin?«

»Sicher.« Wieder dieser schnelle Blick. »Den Erbschein hast du ja jetzt.«

»Ich will ihn nicht.«

»Wie lebst du eigentlich?«

»Das siehst du ja. Ich bin Redakteur oder Journalist oder Reporter, ganz wie du willst. Ich arbeite von hier aus. Frei.«

»Und davon kann man leben?«

»Ja, manchmal.«

»Und Familie? Ich meine Frau und Kinder?«

»Habe ich, habe ich gehabt. Sag mal, wieso weißt du eigentlich etwas von Schaumstoffen, die man verschießen kann?«

»Weil ich zeit meines Berufslebens bei der Kripo war, mein Lieber.«

»Und was hast du da gemacht?«

37

»Alles. Angefangen hab' ich neunzehnhundertfünfunddreißig beim Sittendezernat in Stettin. Das war eine böse Zeit. Und manchmal hatte ich nicht genug zu essen. Und jetzt möchte ich ein Stündchen schlafen.« Mehr wollte sie jetzt offenbar nicht erzählen.

Sie stand auf, sah mich an und setzte hinzu: »Ich glaube, wir kommen ganz gut miteinander aus. Bis nachher. Und wenn ich störe, dann sagst du es einfach.« Damit ging sie hinaus.

Meine Katze Krümel saß auf der Fensterbank und sah mich an, als habe sie eine Frage.

»Ich weiß nicht«, sagte ich, »ich weiß es noch nicht. Vielleicht ist sie ganz in Ordnung. Würdest du gern auf einer Art Rittergut in der Mark Brandenburg wohnen?«

Meine Katze Krümel ist eine kluge Katze, sie antwortete nicht. Ich ging zu Fuß in die Kneipe von Mechthild und Markus und süffelte trübe einen Apfelsaft vor mich hin.

Erwin kam gutgelaunt vom Golfplatz her und fragte dröhnend: »Wie nennt man einen Schäfer, der seine Schafe prügelt?«

Höflicherweise sah ich ihn fragend an.

»Mähdrescher!«, strahlte er und bestellte sich ein Bier. Dann sah er mich listig an und fragte: »Was hältst du denn von der Leiche?«

»Was soll ich davon halten? Sie antwortet ja nicht auf Fragen.«

»Eine komische Sache«, murmelte er. »Ich hab mal rumgefragt, kein Mensch kennt den Menschen. Niemand hat ihn je gesehen. Da fragst du dich doch: Wie kommt der ausgerechnet mitten in den Bruch? Und wieso hat der das Schaumzeug im Leib?«

»Vielleicht werden wir das eines Tages wissen, vielleicht nicht.«

»Da ist heute Nachmittag eine Frau gewesen. Im Windbruch. Sie kam an, parkte den Wagen, ging rein, soweit sie konnte, und sah sich einfach um. Dann fuhr sie wieder.«

»Was für eine Frau?«

»Was weiß ich. So um die dreißig, vierzig. Rotes Kleid, braune Lederjacke. Eine Stadt-Tussi. War ein Golf, ein weinroter Golf.«

»Wer hat sie denn gesehen?«

»Mattes. Der hat da Holz vermessen. Sagte, es wäre so um vier Uhr gewesen.«

»Was hatte der Golf für eine Nummer? Woher kam die Frau?«

»Was weiß ich? Mattes hat nichts gesagt.«

»Hat die Frau Mattes auch gesehen? Hat sie ihn entdeckt?«

»Soweit er gesagt hat, hat sie ihn nicht gesehen.«

»Und wo ist Mattes jetzt?«

»Zu Hause, denke ich. Kümmerst du dich vielleicht beruflich um die Leichen?«

»Eigentlich nicht, aber eigentlich doch.«

»Du hast ja auch Besuch«, grinste er.

»Komm bloß nicht auf den Hof«, warnte ich ihn, »die heißt Anni und hat Haare auf den Zähnen.«

»Da sollen sich ja angeblich Geheimdienste drum kümmern«, sagte er so leise, als würden wir beobachtet. »Also, ich meine um die Leiche, nicht um deine Tante Anni.«

»Das ist mir egal«, sagte ich. »Geheimdienste sind geheim, also gehen sie mich nichts an.« Ich zahlte meinen Apfelsaft und ging.

Mattes war zu Hause und bastelte an seinem Trecker. Er sah mich und grinste, schüttelte den Kopf und brummte: »Ich weiß nichts.«

»Wenn du sagst, du weißt nichts, dann hast du dir garantiert die Autonummer aufgeschrieben.«

Er schüttelte den Kopf. »Nicht aufgeschrieben. Ging mich ja nichts an.«

»Wenn du sie nicht aufgeschrieben hast, dann hast du sie im Kopf.«

»Das könnte sein«, gab er zu.

»Was kostet das?«

»Na ja, du könntest auf dem nächsten Kameradschaftsabend vom Musikverein einen Kasten Bier schmeißen. Oder warte mal: einen Kasten Bier und eine Flasche Pflaumengeist. Oder warte mal: Einen Kasten Bier, eine Flasche Pflaumengeist und eine Flasche Aufgesetzten.«

»Wenn ich noch drei Minuten hierbleibe, kostet mich das den Inhalt einer ganzen Kneipe. Also gut, die Nummer?«

»Ich war für das Forstamt unterwegs, weil die da den Windbruch saubermachen wollen. Ich sollte das Holz grob vermessen. Die Frau kam gegen zehn vor vier. Sie kam direkt von der Schnellstraße her, parkte den Golf, weinrot war der, also dunkelrot. Dann ging sie langsam erst um den ganzen Bruch herum, kam dann zurück und wollte von der Weggabelung aus in den Bruch hinein. Das klappte nicht. Wenn du das nicht gewöhnt bist, kommst du da keine zehn Meter rein. Sie stand auf einem Stamm und sah sich um. Ganz langsam und ganz ruhig. Dann kletterte sie die paar Meter raus, ging zu dem Wagen und haute ab.«

»Blond, braun, dunkelhaarig?«

»Dunkelhaarig. Ziemlich langes Haar, würde ich sagen. Ein Kleid, dunkelrot, sage ich mal, jedenfalls dunkel. Dann eine Lederjacke, dunkelbraun. Dann blaue Jeans und Turnschuhe. Sah so aus wie die Wochenendtouristen immer aussehen.«

»Wie alt schätzt du sie?«

»Dreißig, würde ich sagen.«

»Und sie hat dich nicht gesehen?«

»Nein. Konnte sie gar nicht.«

»Und die Nummer vom Auto?«

»D wie Düsseldorf, dann KL, dann 6789.«

»Sonst noch irgendwas?«

»Nein, aber nachgedacht habe ich. Das Foto von dem Toten war ja in allen Zeitungen. Aber es stand nicht genau dabei, in welchem Wald er gefunden wurde. Wenn sie also wegen der Leiche in den Windbruch gekommen ist, dann muss sie vorher irgendwo gewesen sein und gefragt haben, wo man den Toten gefunden hat. Oder?«

»Das ist richtig, der Kandidat hat neunundneunzig Punkte. Wenn sie wegen der Leiche hier war, kannst du dir vorstellen, wen sie gefragt hat?«

»Die Polizei?«, fragte er dagegen.

Ich schüttelte den Kopf und fuhr weiter. Tatsache war, dass Tante Anni schon störte, noch ehe sie richtig angekommen war, denn eigentlich hatte ich keine Minute Zeit für sie – aber eigentlich war sie mein Gast.

Ich fuhr heim, und ein mildes Schnarchen füllte das Treppenhaus. Die Tür zum Gästezimmer schloss nicht richtig.

Ich hockte mich an den Schreibtisch und rief bei der Polizei in Köln an, Waidmarkt. Ich sagte forsch: »Mir ist jemand beim Parken in die Seite gefahren. Was mache ich, wenn ich die Autonummer habe?«

»Sie können Anzeige erstatten, Sie können aber auch dem Halter des Fahrzeugs mitteilen, dass Sie sich gütlich einigen wollen. Oder, warten Sie mal, handelt es sich um Unfallflucht?«

»So dicke nicht«, beruhigte ich ihn. »Es war eine Frau, es war ein weinroter Golf, er hatte eine Düsseldorfer Nummer. Und eigentlich«, ich zögerte ein bisschen, »eigentlich ist die Beule sehr klein, aber die Frau war sehr hübsch.«

41

Auf so etwas fahren sie alle ab. Er lachte sehr sympathisch. »Sie sind sich im Klaren darüber, dass das Datenschutz ist?«

»Also, diese Frau ist eigentlich unter Datenschutz irgendwie zu schade. Und ich dachte, Sie brauchen doch bloß in den Computer zu schauen, und – peng – bin ich glücklich.«

»Also, geben Sie mir mal die Nummer, Sie sind vielleicht selbst eine Nummer!«

»D-KL 6789.«

Es dauerte eine Weile, dann sagte er: »Die Dame heißt Clara Gütt und wohnt in Düsseldorf, Immermannstraße 55.«

»Ich küsse Sie!«

»Sie meinen hoffentlich die Dame«, sagte er.

Ich legte den Hörer bedächtig auf und beschloss, für diesen Tag Schluss zu machen. Ich rief: »Anni, wir gehen nach Gerolstein zum Chinesen.«

»Du brauchst nicht so zu schreien, Junge«, sagte sie ruhig. Sie stand in der Tür. »Wieso zum Chinesen? Ich dachte, ich kriege hier endlich mal deftige Hausmannskost.«

»Dann fahren wir nach Niederehe, zum Fasen. Willst du Forellen?«

»Forellen?« Sie strahlte. »Junge, das, was ich in Berlin kriege, schmeckt immer ein bisschen nach altem Goldfisch.«

»Du kriegst Forellenfilet zur Vorspeise, dann Forelle blau zum Warmwerden und zum Schluß eine aus der Pfanne statt Pudding.«

»Du hast irgendwie seine Stimme.«

»Meinst du meinen Vater?«

»Ja. Seit ich dich wiedergesehen habe, denke ich darüber nach, was aus meinem Leben geworden wäre, wenn er deine Mutter nicht geheiratet hätte.«

Dann schrillte das Telefon, ich hob ab, und Alfred sagte ohne Punkt und Komma: »Falls dich die Leiche wirklich interessiert: Da kriecht schon wieder einer im Windbruch rum. Diesmal ein Mann.« Er hängte einfach ein.

»Ich muss mal eben aus dem Haus. Ich bin gleich wieder da.« Krümel war sofort an meiner Seite und sprang in den Wagen.

Ich fuhr hinunter ins Dorf, dann die Kölner Straße entlang. Wer immer er war, ich wollte es besser machen, ich wollte ihn nicht warnen. Ich schaltete die Scheinwerfer aus und fuhr den Windbruch von Westen an. Das war schwierig, weil die Holzlader die Waldwege total verschlammt hatten. Die Fahrrinnen waren so tief, dass ich das Gefühl hatte, ein feuchtes Feld zu pflügen. Ungefähr einhundert Meter vor der Südecke des Bruchs ließ ich den Wagen stehen und rannte los. Anfangs war es leicht, weil das Licht noch ausreichte, den Weg klar auszumachen, aber als ich den Weg verlassen musste, um in den Bruch einzudringen, wurde es schwierig. Ich bewegte mich auf den Stämmen, glitt aber ein paarmal aus und konnte mich nur durch einen Sprung retten. Nach etwa fünfzig Metern hörte ich auf, mich strikt nach vorn zu bewegen, ich versuchte, unter den Stämmen durchzukommen.

Flüchtig dachte ich, dass ich vielleicht einen Fehler machte. Wenn hier wirklich ein Mann war, musste er irgendwie gekommen sein. Mit einem Auto wahrscheinlich. Also wäre es besser gewesen, zuerst sein Auto zu finden und einfach zu warten. Ich blieb neben einem zersplitterten Tannenbaum hocken und horchte. Es macht keinen Sinn, ein paar Sekunden lang zu horchen und dann eine Entscheidung zu treffen. Man muss Geduld mitbringen, mindestens einige Minuten lang zu unterscheiden lernen, welches Geräusch in den Wald gehört und welches Geräusch etwas bedeuten kann. Das ist schwierig, die meisten Sonntagsjäger lernen es nie.

Rechts von mir gab es ein leises brechendes Geräusch, Bruchteile einer Sekunde lang. Ich bewegte mich ganz vorsichtig darauf zu. Dann wiederholte sich das Geräusch von links. Wer immer es war, es bewegte sich also auf den linken Rand des Bruches zu. Eine Sekunde lang dachte ich erneut, es sei das Einfachste, kehrt zu machen, den Bruch zu verlassen, ihn zu umrunden, auf den Mann zu warten. Ich hätte auf diese Logik hören sollen.

Ich bewegte mich parallel zu ihm, wenigstens bildete ich mir das ein. Dicht vor mir kam ein drittes Geräusch, diesmal klang es so, als laufe jemand einen Stamm entlang. Als ich mich aufrichtete, um irgendetwas zu erkennen, kam der Schlag von hinten und warf mich gegen einen Erdteller, den der Sturm hochgerissen hatte. Etwas fuhr schmerzhaft über meine rechte Gesichtshälfte, und sofort war es vollkommen dunkel vor meinen Augen. Ein dumpfes Feuerwerk explodierte in meinem Kopf.

Sehr lange kann ich nicht ohnmächtig gewesen sein. Ich wurde wach, weil irgendetwas an meiner Haltung höchst unbequem war. Mein linker Arm hatte sich in einer starken Wurzel verfangen und hielt fast mein ganzes Gewicht. Das rechte Auge öffnete sich nicht sofort, weil etwas Blut hineingelaufen war und es verklebt hatte. Ich tastete meinen Kopf ab und fand einen Riss hinter dem rechten Ohr.

Ich erinnerte mich daran, Tante Anni etwas von Forellen erzählt zu haben, und musste unwillkürlich grinsen. Also kämpfte ich mich auf die Beine und fand mich im Prinzip in Ordnung. Ich brachte es fertig, mit Hilfe meines Gasfeuerzeugs auf meine Armbanduhr zu schauen. Länger als eine halbe Stunde konnte dieser Ausflug nicht gedauert haben. Ich kletterte also aus dem Windbruch hinaus, und langsam machten sich Kopfschmerzen breit.

Mein Gegner, wer immer es gewesen sein mochte, hatte gute Arbeit geleistet und davon profitiert, dass ich mich

44

dümmer angestellt hatte als ein Pfadfinder bei seiner ersten Anschleichübung. Er war sogar so umsichtig gewesen, mir anschließend die Luft aus dem linken vorderen Reifen abzulassen. Mein Auto konnte ich vergessen.

Meine Katze Krümel tauchte von irgendwo auf, und es schien mir so, als grinse sie, obwohl grinsende Katzen selbst in der Literatur äußerst selten sind. Wir machten uns auf den Heimweg. Ein Fußmarsch am Abend bringt die Verdauung in Schwung.

Ich schlich von hinten in das Dorf, weil ich das fatale Gefühl hatte, dass dieser oder jener Treckerbesitzer an irgendeiner Ecke wartete, um über mich zu feixen. Ich versuchte, still und leise durch den Flur zu schleichen, das Badezimmer zu erreichen, aber Tante Anni stand wie ein kleiner, unbezwingbarer Berg im Weg und fragte kühl: »Hattest du einen Unfall oder so was?«

»Nein, nein. Ich habe mich nur gestoßen.«

Sie machte nur »Hm« und glaubte mir kein Wort. »Du musst aufpassen, dass sich das nicht entzündet. Am besten ist, du gießt irgendeinen Schnaps drüber.« Dann griff sie nach meinem Kopf wie nach einem Punchingball, bog ihn nach vorn und sagte anerkennend: »Nicht schlecht!«

»Ich wasche mich nur ab, dann geht's zu den Forellen.«

»Du solltest vielleicht eine Hand voll Aspirin nehmen«, sagte sie milde und starrte mich so an, als sei ich ein bisher unbekannter Käfer. »Wir könnten die Forelle ja auf morgen verschieben.«

»Hier wird nichts verschoben«, antwortete ich mannhaft. Der Riss hinter dem Ohr war ekelhaft, aber unbedeutend; es hatte nur heftig geblutet. Ich wusch mich gründlich, klebte ein Pflaster drauf, und wir machten uns auf den Weg, nachdem ich Erwin gebeten hatte, sich mal um mein Auto zu kümmern und irgendwie Luft in den Reifen zu kriegen. Erwin war auch so freundlich, mir sein Auto zu pumpen, das gefährliche Ähnlichkeit mit einer Rostlaube hatte. Aber es transportierte uns nach Niederehe zu den Forellen.

Als wir uns an einen Ecktisch gesetzt hatten, fragte ich sie: »Wie kommt denn eine Frau wie du zur Kripo?«

»Ganz einfach«, sagte sie. »Durch Jiu-Jitsu.« Sie lachte. »Also, das war so. Ich wuchs in der Allensteiner Gegend auf und ging nach der Schule als Hausmädchen nach Berlin. Das war damals eine richtige Karriere. Eines Tages interessierte ich mich für Jiu-Jitsu. Damals war es Frauen möglich, das in Turnvereinen zu lernen. Weil Turnvereine irgendwie auch ein Ersatz für ein Elternhaus waren, ging ich in einen Verein und lernte das. Eines Tages machten wir so einen Schauabend mit Kämpfen. Dabei trat ich als eine Frau auf, die vom Büro nach Hause geht und überfallen wird. Ich musste den Angreifer aufs Kreuz legen. Da waren hohe Polizeibeamte unter den Zuschauern. Nach der Veranstaltung baten sie mich um ein Gespräch und sagten, bei der Kripo brauche man dringend Frauen, ob ich nicht Lust hätte, Polizeibeamtin zu werden. Das war damals die absolute Ausnahme, das machte ich also. Meine erste reguläre Stelle kriegte ich beim Sittendezernat in Stettin. Die meisten wissen das heute nicht mehr, aber Stettin war als Seehafen der Ostsee ein ziemlich übles Pflaster mit Hafenszene, Bordellen und so weiter. Wenn du mal als Frau drei Jahre bei der Sitte warst, dann kannst du nicht mehr heiraten, dann ist dir das endgültig vergangen.«

Das Forellenfilet kam, und sie haute rein, als habe sie eine Woche lang gefastet. »Das ist ja phantastisch!«

Wir aßen ungefähr zwei Stunden lang, ohne viel zu erzählen, und machten uns dann auf den Rückweg. Im Auto sagte sie unvermittelt: »Weißt du, ich bin eine Praktikerin. Erst findest du einen toten Mann, dann wirst du angerufen und verschwindest eiligst, dann kommst du zurück und sagst, du hast dich gestoßen. Du bist also verprügelt worden.«

»Ja, ich gebe es zu. Ich werde dir sagen, was passiert ist.« Ich erzählte es ihr, und sie schnaufte, machte »Hm, hm« und murmelte dann: »Es ist wie mit der Hure und der Uhr.«

»Was war mit der Hure und der Uhr?«

»Das war einer meiner ersten Fälle in Stettin. Ich hatte Nachtdienst und wurde aus einem Bordell angerufen, ich müsste sofort kommen. Zwei ehrenwerte Geschäftsleute hatten sich dort zwei Huren gekauft und verlangten jetzt ihre Brieftaschen und Uhren zurück. Die Brieftaschen rückten die Huren sofort heraus, eine Uhr auch. Aber eine Uhr, eine goldene Taschenuhr mit einem kleinen Glockenspiel zu jeder vollen Stunde, blieb verschwunden. Ich sagte den Huren, sie sollten gefälligst mitkommen auf die Wache. Dort befahl ich ihnen, sich nackt auszuziehen. Dann verhörte ich sie getrennt. Die zweite Hure stand da erbärmlich frierend vor mir und sagte: ›Frau Kommissarin, ich habe die Uhr nicht, verdammt noch mal, ich habe die Uhr nicht einmal gesehen!‹ In diesem Moment war gerade eine volle Stunde rum, die Uhr spielte laut und unüberhörbar ›Üb immer Treu und Redlichkeit‹, und die Hure wurde totenblass. ›Hol sie raus!‹ sagte ich. Sie lächelte verlegen ...«

»Was hat denn diese Hure und die Taschenuhr mit dem Toten und dem Plastik in seinem Bauch zu tun?«

»Ganz einfach: Vielleicht klingelt es. Gewisse Dinge kann man aus einem Fall schließen, ohne weitere Untersuchungen anzustellen. Zum Beispiel weißt du mit ziemlicher Sicherheit, dass der tote Mann nicht von einer Person in den Windbruch gebracht worden ist, sondern von mindestens zwei. Also kannst du davon ausgehen, dass wir mindestens zwei Täter haben. Dann hast du die Adresse einer Frau, die nach der Tat im Windbruch war. Glaubst du denn, dass der Tote von einem Mann und einer Frau dorthin gebracht worden ist?«

»Das kann sein.«

»Also, dann kann diese Frau, die dort auftauchte, die Frau sein, die half, den Toten in den Windbruch zu tragen. Aber das ist unwahrscheinlich. Was sollte sie dort? Viel wahrscheinlicher ist, dass sie das Foto in der Zeitung gesehen hat und den Toten kennt. Dann wurdest du dort niedergeschlagen, eine sehr männliche Tat. Das kann der Mann sein, der die Leiche ursprünglich dorthin brachte. Wenn aber nun ein oder zwei Menschen, die den Toten zuerst dorthin verfrachteten, an diesen Ort wiederkehren, deutet das darauf hin, dass sie dort etwas verloren haben. Oder aber sie sind überzeugt, dass dort sonst irgendwelche Spuren zurückgeblieben sind, die man vernichten muss. Es müssen Spuren sein, die niemandem bisher aufgefallen sind. Leuchtet das ein?«

»Ja, das leuchtet ein. Deiner Meinung nach sollte man also den Fundort noch einmal absuchen?«

»Ja, das sollten wir tun.«

»Wir? Wieso wir?«

»Weil ich mitgehe«, sagte sie einfach. »Das interessiert mich.«

»Bist du verrückt? Das ist ein Dschungel, du musst klettern und kriechen.«

»Anni ist ein zähes altes Luder«, sagte sie milde.

»Hast du eigentlich etwas gegen Huren?«, fragte ich unvermittelt.

»Nein«, sagte sie energisch. »Überhaupt nicht. Die meisten von ihnen hatten nie im Leben eine Chance, irgendetwas anderes zu werden, als sie geworden sind. Warum?«

»Ich mag Menschen mit Vorurteilen nicht«, sagte ich schlicht.

»Dein Vater mochte Vorurteile auch nicht.«

»Ich bin aber nicht mein Vater«, sagte ich scharf. Sie machte mich manchmal wütend.

»Aber du hast so viel von ihm«, meinte sie leise, schwieg eine Weile und fragte dann: »Was machst du eigentlich beruflich mit dieser Geschichte von dem Toten?«

»Ich weiß es nicht. Eigentlich kann ich nichts machen. Ich kann die Recherchenstrecke nicht vorfinanzieren.«

»Wie bitte?«

»Es kostet viel Geld, so eine Sache zu untersuchen. Das habe ich nicht.«

»Ich kann es dir ja vorstrecken.«

Ich sah sie an und wurde hilflos.

»Ich meine es nur gut. Und wenn du irgendeine Zeitschrift anrufst und sagst, das wäre ein komischer Toter?«

»Komische Tote gibt es wie Sand am Meer. Kein Mensch kauft eine Katze, von der er nicht einmal die Schwanzspitze sieht. Es ist bis jetzt keine aufsehenerregende Geschichte, verstehst du? Ein Toter, na und? Einer mit Plastik im Bauch, na und? Vielleicht hat eine Ehefrau ihren Ehemann umgebracht, weiß der Himmel. Welcher Hahn soll danach krähen?«

»Aber du glaubst doch, dass es eine wichtige Geschichte ist, oder?«

Ich wurde wieder wütend. »Anni, es kommt nicht darauf an, was ich glaube, sondern darauf, ob der Fall geheimnisvoll, grausam, ekelerregend, sensationell oder was weiß ich ist. Und bis jetzt ist er nur geheimnisvoll, sonst nichts.«

»Bist du in finanziellen Schwierigkeiten?«

»Anni, tu mir einen Gefallen: Halte dich aus meinen Dingen raus und biete mir nie wieder Geld an. Ich lebe, ich lebe

49

nicht schlecht und versuche, einigermaßen aufrecht durch das Leben zu gehen, sonst nichts.«

»Du kannst nicht bescheißen, was?« Sie hatte einen seltsamen Ausdruck in den Augen.

»Wie bitte?«, fragte ich verblüfft.

»Na ja, du kannst nicht bescheißen, nicht richtig übertreiben, dich nicht verkaufen.«

Ich musste lachen. »Du bist ein Drache. Wenn ich versuche, jemanden um einen Groschen zu betrügen, sieht der mir das vorher schon an. Ich passe nicht so richtig in diese Zeit. Und jetzt ab, marsch ins Bett.«

Wir waren zu Haus angekommen. Krümel hatte sich bereits auf der Fensterbank des Schlafzimmers niedergelassen und starrte auf irgendeinen graugetigerten, furchtbar abgemagerten Kater nieder, der vor dem Fenster unter dem Holunder hockte und sie anhimmelte.

»Du bist eine miese Mata Hari«, sagte ich vorwurfsvoll, aber auf so etwas hörte meine Katze erst gar nicht.

Es gibt Nächte, in denen ich es genieße, nicht schlafen zu können. Dann lese ich all die Bücher, die ich immer schon lesen wollte, und schlafe darüber ein. Diese Nacht war nicht so, diese Nacht quälten mich Träume, und ich schlief erst gegen vier Uhr richtig ein.

Um sieben Uhr war die Nacht zu Ende, weil Tante Anni sehr laut und sehr falsch ›Schenkt man sich Rosen in Tirol‹ grölte. Sie stolperte mit der Lautlosigkeit eines Elefanten die Treppe hinauf und hinunter und ging schließlich zu dem Lied ›Ich hatt' einen Kameraden‹ über. Krümel hockte vollkommen verschreckt unter dem Sessel, und gesetzt den Fall, ich hätte ein Hackebeil unter dem Kopfkissen gehabt, wäre ein ernster Zwischenfall unvermeidlich gewesen. Dann klapperten Tassen und Teller in der Küche, der Kamerad wurde abgelöst von dem schönen Lied ›Mein idealer Lebenszweck ist Borstenvieh und Schweinespeck‹, um dann zu einer sehr lyrischen Version von ›Dunkelrote Rosen‹ überzugehen. Dann war es still. Ich hatte schon die wahnwitzige Hoffnung, sie habe soeben einen Kreislaufzusammenbruch erlitten, aber dann knarrten die Stufen der Treppe, die Tür zu meinem Schlafzimmer öffnete sich mit einem Knall, und da stand Tante Anni mit einem Tablett und fragte unschuldig: »Stehst du auch so gerne früh auf?«

Ich lachte, bis mir die Tränen kamen, und unterdessen stellte sie das Tablett neben mich, goss mir Kaffee ein und stellte eine Schale Müsli dazu.

»Bist du verrückt? Müsli ist der sichere Weg, um magenkrank zu werden.«

»Es ist gesund«, bestimmte sie. Dann musste auch sie lachen, und der uralte graugrüne Bademantel, in den sie sich eingewickelt hatte, zitterte bei ihren Lachsalven. »Ich bin eine verrückte Nudel, ich weiß.«

Wir hockten da im ersten Licht des Tages und schlürften heißen Kaffee.

»Wir sollten uns trennen«, sagte sie.

»Wie das?«

»Ich gehe da in diesen Windbruch und sehe nach, und du versuchst, diese Frau in Düsseldorf zu erreichen, diese Clara Gütt.«

»Ich gebe dir Werner besser mit. Werner ist unser Waldarbeiter, allererste Waldarbeitersahne. Du brauchst jemanden, falls du dir etwas brichst.«

Ich rief also Werner an, und glücklicherweise hatte er ein wenig Zeit. Eine halbe Stunde später ratterte er mit dem Trecker auf den Hof, und ich schob Tante Anni mannhaft keuchend auf den Notsitz über dem linken Hinterrad. »Das ist aber schön«, strahlte sie.

Werner errötete sanft und gab Gas.

Ich stand auf dem Hof und sah ihnen nach und war unsicher: Anni war gekommen und hatte gleich die Befehlsgewalt übernommen. Das gefiel mir nicht.

Ich setzte mich in den Wagen und fuhr nach Düsseldorf. Auf der Autobahn hörte ich im CB-Funk fasziniert zwei Hausfrauen zu, die sich darüber unterhielten, wie verdammt schwierig es ist, zwanzig Kilo Spargel zu schälen. Sagte die eine zur anderen: »Also weisse, bei Möhrchen siehste ja, welche du geschält hast und welche nicht. Aber bei Spargel, dat nich!« Und die andere antwortete ergeben: »Jaa, jaa.«

Clara Gütt, Immermannstraße 55. Es war ein gesichtsloses Haus, gebaut ganz im Sinne eines Unternehmers, der Wohnungen vermieten wollte, nichts sonst. Sie wohnte im ersten Stock, und zuerst öffnete niemand. Dann erschien doch noch ein dicker, rotgesichtiger Mann in der Haustür und sagte: »Frau Gütt ist nicht da.«

»Wissen Sie, wo sie ist?«

»Also ich bin der Hausmeister, ich weiß das immer. Sie ist in der Eifel, sie hat da eine Ferienwohnung oder so. Das ist in Ahrdorf. Sie werden keine Ahnung haben, wenn Sie reinkommen, zeige ich Ihnen auf der Karte ...«

»Ich weiß den Weg«, sagte ich.

Er wurde eifrig. »Wenn es was Wichtiges ist, also wenn Sie eine Behörde sind oder so, können Sie es mir auch sagen. Ich bin schließlich diskret.« Er sah mich an, und vermutlich war sein Leben langweilig.

Ich sagte streng: »Das kann ich nicht sagen, es ist sehr vertraulich.« Das Wort vertraulich hauchte ich, so etwas kommt gut an. Seine Augen wurden größer, und er versicherte: »Verstehe, verstehe.«

Ich fuhr zurück, ich ärgerte mich über das Benzin, das ich so nutzlos in die frische Luft gepustet hatte. Ahrdorf war von meinem Hof nicht weiter als vielleicht zehntausend Meter entfernt. Zuweilen muss man lange Wege gehen, um den kurzen Weg zu begreifen.

Ich fuhr nicht sofort nach Ahrdorf, ich wollte erst wissen, ob Tante Anni Erfolg gehabt hatte.

Sie hockte in der Küche am Fenster und rauchte einen Zigarillo. Sie sagte hohl: »Nix, absolut nix. Dein Freund, der Werner, hat sogar zwei Riesenstämme für mich durchgeschnitten. Einfach so, in Sekunden, mit einer Kettensäge. Ich bin da rumgekrochen wie eine Putzfrau, die die Ecken saubermachen muss. Ich habe nichts gefunden. Seitdem hocke ich hier und überlege folgendes: Wieso haben diese Mörder oder die Helfershelfer der Mörder den Toten mitten in diesen Windbruch geschleppt? Der beste Tote ist der, der nicht gefunden wird, niemals entdeckt wird. Ich frage mich, ob sie vielleicht vorhatten, den Toten dort bloß so lange zu deponieren, bis sie ihn ohne Gefahr irgendwie vollkommen verschwinden lassen konnten. Also frage ich dich: Wenn du nicht in diesem Bruch herumgekrochen wärst – wie lange hätte der Tote dort noch unentdeckt liegen können?«

»Eine gute Frage. Nicht sehr lange. In diesen Wäldern wird seit Monaten pausenlos aufgeräumt, sehr schnell und sehr systematisch. Da fahren Langholzwagen unermüdlich Stämme ab, da sind pausenlos Kolonnen unterwegs, die den Wald wieder auf Vordermann bringen. Allein diese winzige Gemeinde hat hunderttausend Mark investiert, um neue Mischwälder anzupflanzen. Das heißt auf gut Deutsch: In diesem Gebiet bist du nirgendwo lange allein. Überall Arbeitskolonnen, Maschinen, Laster. Jeder, der versucht, eine Leiche zu verbergen, könnte sich alles mögliche aussuchen,

53

nur keinen frischen Windbruch in der Eifel. Mit anderen Worten ...«

»Mit anderen Worten«, sagte sie hastig, »der Tote sollte gefunden werden.«

»Das denke ich jetzt auch. Er sollte gefunden werden. Aber warum?«

»Vielleicht ist der Tote ein Code?«, fragte sie.

»Ein Code für was?«

»Ein verdecktes Signal für ganz bestimmte Menschen, irgendetwas zu tun oder es nicht zu tun«, sagte sie rätselhaft. Dann schüttelte sie heftig den Kopf. »Man muss versuchen nicht ins Phantasieren abzuleiten. Was ist mit dieser Clara Gütt?«

»Sie hat eine Ferienwohnung im Dorf nebenan«, sagte ich. »Ich fahre gleich hin.«

»Hast du schon eine Ahnung, wer dich niedergeschlagen haben könnte?«

»Nicht die geringste«, sagte ich. »Hast du Lust auf einen russischen Karawanentee?«

»Auf was, bitte?«

»So etwas gibt es wirklich. Und es ist einer der besten Tees, die ich kenne. Stark geräuchert und aromatisch wie guter Wein. Ich mache einen.«

»Ich bin müde«, sagte sie, und auf einmal sah man es ihr auch an. »Ich habe noch eine Frage: Angenommen, du hättest eine solche Leiche am Hals und müsstest sie verschwinden lassen. Wäre dir das möglich?«

»Aber ja, kein Problem. Ich würde sie nachts durch Felder und Wälder zu einem der abgelegensten Steinbrüche hier fahren. Es gibt Hunderte. Höhlen gibt es auch. Ich würde den Toten mit schweren Steinen bedecken, anschließend ein paar Büsche darauf pflanzen. Niemand würde ihn finden.«

»Das dachte ich mir«, murmelte sie. »Also entweder sind
es dümmliche Städter, die nicht mit der Natur vertraut
sind, oder es sind besonders brutale und raffinierte Menschen.«

Ich machte uns Tee, wir tranken ihn schweigend. Dann
ging sie ins Arbeitszimmer und legte sich auf die Couch, und
ich verschwand, um Clara Gütt zu besichtigen.

Ahrdorf im Ahrtal auf dem langen Weg nach Aachen,
Blankenhein, Nürburgring, ist ein winziges, höchst maleri-
sches Dorf mit einer skurril kleinen Kirche, bei der der Turm-
bau offenkundig schief gegangen ist. Der Turm ist ein hutar-
tiger, völlig schief sitzender kleiner Klotz mit dem Charme
des ewigen Provisoriums. Die Wege und Straßen führen ver-
winkelt und schwer begreifbar hinauf und hinunter, an uralten Gehöften vorbei. Angeblich wurde die Popgruppe BAP
hier gegründet, angeblich ist Ahrdorf deshalb so beliebt, weil
es hier am Flüsschen einen Campingplatz gibt, auf dem
Wohnwagenbesitzer schon seit drei Jahrzehnten die Eifelsonne anbeten.

Ich fragte eine alte Frau, die mühsam humpelnd aus einer
Gasse kam, wo denn die Frau Gütt zu finden sei. Wortlos
wies sie auf ein Gebäudeviereck, dass einmal ein Gehöft gewesen war.

Die Stallungen waren zu Apartments geworden, die Heu-
und Strohböden auch. »C. Gütt« stand auf einem Klingelschild. Jemand polterte auf Holzschuhen eine Holztreppe
herunter, dann öffnete sich die Tür, und sie stand vor mir
und fragte: »Ja bitte?« Sie wirkte vollkommen uninteressiert,
verschlafen, nicht ansprechbar, nicht einmal neugierig.

»Mein Name ist Siggi Baumeister«, sagte ich. »Ich möchte
mit Ihnen sprechen.«

»Sprechen Sie.«

»Es geht um eine Leiche«, begann ich zögernd. »Sie haben neulich vor Hillesheim am Fundort gestanden und sind dann verschwunden.«

»Also die Polizei«, stellte sie immer noch eher interesselos fest.

»Nein, nein, ich bin Journalist.«

Jetzt war sie interessiert, jetzt erschrak sie. »O Gott!« Dann wollte sie die Tür zuschlagen, besann sich aber dann anders und sah mich verwirrt an.

»Fressen will ich Sie eigentlich nicht«, meinte ich. »Wenn Sie im Moment nicht gut drauf sind, komme ich wieder, oder ich rufe Sie an. Es ist mir nicht eilig.« Es war mir eilig, aber zugeben durfte ich das nicht.

»Ich war dort«, sagte sie. »Aber ich war nicht dort, weil ich irgendetwas mit dieser ... mit diesem toten Mann zu tun habe. Ich war zufällig dort.« Sie sah auf den mit Katzenkopfsteinen gepflasterten Hof, wich meinem Blick aus.

Sie hatte ein weiches, sehr hübsches Gesicht, eingerahmt von schulterlangem kastanienbraunen Haar. Das Gesicht glänzte fettig, war ohne jede Schminke, wirkte kindlich und schutzlos. Wahrscheinlich war sie hier, um ihren Teint zu pflegen, ihrer Haut Gelegenheit zu geben, sich von den Giften der Düsseldorfer Luft zu erholen. Alles an ihr war teuer und edel, angefangen von der rohseidenen, beigefarbenen Seidenbluse bis hin zu den Designerjeans und einer massiv goldenen Uhr im Design von Porsche. Sie wirkte lässig cool, wie Jugendliche sagen, sie war jemand, und sie wusste das jede Sekunde. Sie hatte ihre langen Fingernägel feuerrot lackiert, und auf dem Daumen der linken Hand saß ein goldener Ring mit einem schimmernden Aquamarin. Sie war eine Edeltype, sie war das, was mein Patenkind eine Super-Katalog-Tussi nennt. Sie war einen Kopf kleiner als ich, also um die einhundertfünfundsechzig Zentimeter groß.

»Ich glaube, es ist besser, ich komme an einem anderen Tag wieder«, sagte ich. »Wir können ja auch telefonieren.«

»Wozu sollen wir miteinander sprechen? Ich war wirklich zufällig dort.« Jetzt sah sie mich an und nichts in ihrem Gesicht verriet, was sie dachte. Ihre Augen waren braun und hart wie Kieselsteine.

»Gut gesagt«, erwiderte ich sanft. »Sehen Sie, das glaube ich Ihnen nicht. Und ich möchte nicht unhöflich sein. Ich werde mich also später wieder melden.« Dabei sah ich sie so freundlich wie möglich an.

Sie schien zu begreifen, dass ich vorhatte, wie eine Klette an ihr zu hängen. Sie rümpfte die Nase, sie schnaufte ein wenig und sagte dann: »Wieso glauben Sie mir nicht?«

»Ich hasse nutzlose Diskussionen. Ich glaube es nicht, so einfach ist das«

»Dann lassen Sie es sein«, sagte sie schroff.

»Ich kann es seinlassen«, meinte ich. »Die Polizei wird es erfahren und es nicht seinlassen.«

»Ich mag Journalisten nicht«, schnappte sie. Ihr Gesicht war ein wenig rot geworden. Es war eindeutig keine Liebe auf den ersten Blick.

»Ich weiß nicht, was für Journalisten Sie kennen. Ich will nur wissen, warum Sie an dem Windbruch waren. Nichts sonst. Und Sie werden es nicht morgen in irgendeiner Zeitung lesen.«

»Aber übermorgen?«, fragte sie bissig.

»Übermorgen auch nicht«, sagte ich. »Ich kann Leute nicht leiden, die ständig über Journalisten herziehen und keine Ahnung von deren Beruf haben.«

»Na gut, ein Glas Wasser lang«, sagte sie, drehte sich herum und ging die Treppe hinauf. Sie war vielleicht dreißig Jahre alt, vielleicht auch fünfunddreißig, und sie war die typische Besitzerin einer Zweitwohnung in der Eifel: Das Grün und die Stille genießen, aber um Gottes willen keine Verbrüderung mit dem ungebärdigen Bergvolk.

Es war ein großer Raum mit einer Matratze in der Ecke. Die Bettwäsche bestand aus malvenfarbiger Seide. Eine lederne Sitzecke, ein Küchentisch, eine Nische mit einem Elektroherd, daneben die Tür zum Bad. Ich steuerte den Küchentisch an und sagte: »Ich interessiere mich für diesen Fall, obwohl ich nicht weiß, was er bedeutet. Aber nach Ihnen ist jemand in den Windbruch gekommen und hat mich niedergeschlagen. Ich war der Mann, der den Toten fand. Danach sind Sie aufgetaucht, danach der Mann, der mich niederschlug. Und wir wissen noch immer nicht, wer der Tote ist. Der Grund, weshalb ich hier bin, ist also einfach: Wer ist der Tote, und was verbindet Sie mit ihm?«

Sie setzte sich auf den Stuhl mir gegenüber und sagte tonlos: »Mich verbindet absolut nichts mit diesem Toten. Wollen Sie einen Tee?«

»Kriege ich auch einen, wenn ich sage, dass ich Ihnen nicht glaube?«

Sie lächelte flüchtig. »Der Gast ist heilig. Wieso kommen Sie eigentlich auf die Idee, dass ich etwas mit diesem Toten zu tun habe? Nur, weil ich dort spazierenging?«

»Sie sind nicht spazierengegangen. Sie sind den Waldweg bis zum Windbruch entlanggefahren. Sie haben gehalten, Sie wollten sogar in den Windbruch hinein. Aber Sie haben es nicht geschafft, durch das Chaos der zertrümmerten Bäume zu kommen. Dann sind Sie in Ihren Wagen gestiegen und wieder fortgefahren.«

»Du lieber Himmel«, meinte sie kühl, »war da ein Spanner?«

»Nein, nur ein Waldarbeiter. Sagen Sie mir, was Sie dort wollten?«

»Es ist ganz einfach«, sagte sie. »Als das Bild des unbekannten Toten in der Zeitung abgebildet war, bin ich sicher gewesen, dass ich diesen Mann kenne, irgendwo gesehen habe. Aber dann stellte sich heraus, dass ich nur einen Mann gekannt habe, der ähnlich aussah. Und ich wollte die Stelle sehen, an der er gestorben ist. Das ist alles.«

Ich glaubte ihr kein Wort, und sie spürte es. Ich fragte: »Was war denn das für ein Mann?«

»Ein Bekannter einer Bekannten«, sagte sie, und ihren Worten war anzumerken, dass sie nicht gewillt war, weitere Auskünfte zu geben.

»Gut«, sagte ich, obwohl nichts gut war. »Leben Sie hier eigentlich allein?«

»Ja«, antwortete sie. »Gott sei Dank.« Sie stand auf und sah mich ein wenig so an wie eine Fliege, die man verscheuchen muss.

Ich gab ihr meine Visitenkarte und bat: »Falls Sie auch niedergeschlagen werden oder irgendetwas in der Art, können Sie mich anrufen.« Ich drehte mich um und ging; sie kam nicht einmal hinterher, um die Tür hinter mir zu schließen. Kein Zweifel, ich hatte es mit einem ziemlich verlogenen Schätzchen zu tun.

Recht bedrückt fuhr ich nach Hause und wurde in der Haustür von einer strahlenden Anni empfangen. »Dein Problem hat sich erledigt«, verkündete sie.

»Was heißt das?«

»Da hat eben jemand angerufen. Er sagte, man hätte einen Bauern verhaftet, der die Leiche des Unbekannten in den Windbruch transportiert hat.«

»Einen Bauern? Und wer hat da angerufen?«

»Ja, ein Bauer soll es gewesen sein. Und angerufen hat jemand, der sagte, er sei dein Arzt.«

»Also doch nur irgendeine miese Familiengeschichte?«

»Das weiß ich nicht, das hat er nicht gesagt.«

»Ich kann mir nicht vorstellen, dass ein Eifler Bauer so dämlich ist.« Ich marschierte an ihr vorbei geradewegs zum Telefon und rief den Arzt an. Statt einer Begrüßung sagte ich: »Tante Anni sagt, es sei ein Bauer gewesen. Ist das wahr?«

»Ja«, sagte er. »Zumindest ist ein Bauer verhaftet worden, in dessen Kofferraum die Leiche des Mannes gelegen hat.«

»Und wer ist der Bauer, und woher stammt er?«

»Das weiß ich noch nicht. Meine Flüstertüten sind noch nicht weiter. Geduld. Was haben Sie herausgefunden?«

»Gar nichts oder sehr wenig. Eine Frau ist nach dem Fund der Leiche am Windbruch aufgetaucht. Aber sie will nichts damit zu tun haben. Ein anderer Mensch, ich vermute ein Mann, hat mir eins mit dem Knüppel über den Kopf gehauen. Im Windbruch. Erkannt habe ich ihn nicht. Und jetzt ein Eifelbauer, der eine Leiche in den Wald karrt?«

Er lachte. »Sie glauben das nicht?«

»Ich glaube das nicht nur nicht, sondern ich möchte auch behaupten, dass Sie den Namen dieses Bauern haben. Ich weiß doch, wie Gerüchte laufen. Gerüchte ohne Namen gibt es nicht.«

Er seufzte und meinte schließlich resigniert: »Na gut. Ich weiß also, dass irgendwelche BKA-Leute aus Meckenheim bei Bonn diesen Bauern kassiert haben und verhören. Es ist der alte Nikolaus aus Mirbach.«

»Der olle Niklas? Sind die verrückt?«

»Wieso? Das Gerücht besagt, dass Niklas die Leiche transportiert hat. Was ist daran verrückt?«

Ich sagte: »Dieser Tote sollte gefunden werden. Angenommen, der alte Niklas hat eine Leiche auf dem Hals: Ich wette, er ist klug genug, sie so verschwinden zu lassen, dass

60

sie wirklich verschwunden ist. Niklas ist meiner Meinung nach um einiges intelligenter.«

Er fragte: »Der Tote sollte gefunden werden? Hm, das könnte sein. Aber wer sollte ihn finden?«

»Gut gedacht, großer Meister. Wenn wir die Antwort darauf haben, wissen wir alles. Niklas war es nicht, der lacht sich wahrscheinlich einen Ast. Wie ist man auf ihn gekommen?«

»Das würde ich auch gern wissen«, meinte er und legte auf.

»Wieso bist du so misstrauisch?«, fragte Anni in meinem Rücken. »Du bist doch sonst nicht so!«

»Du redest immer noch von meinem Vater«, brüllte ich wütend. »Irgendwelche Geheimdienstfritzen haben den alten Bauern Niklas im Verhör, weil sie glauben, er habe die Leiche in den Windbruch geschleppt. Ha! Kennst du Niklas? Nein? Niklas ist intelligent genug, ihnen allen einen Bären aufzubinden.«

Sie sah mich an, kniff die Lippen zusammen und meinte dann müde: »Ich bin eine alte Frau. Und ich meine dauernd deinen Vater. Stimmt ja alles. Aber du übersiehst etwas: Das Bundeskriminalamt ist in dem Fall. Und wenn die drin sind, haben wir uns immer verzogen.«

»Das nützt doch mir nichts«, schimpfte ich zurück. »Ich bin sowieso pleite, verstehst du? Ich kann die Recherchen gar nicht finanzieren. Ich muss aussteigen.«

»Musst du nicht«, sagte sie leise. »Ich hab' doch ein Sparbuch.«

3. Kapitel

Ich stand da, starrte aus dem Fenster, war stinksauer, und sie begann hinter mir zu weinen.

»Tut mir Leid«, sagte ich hastig, »tut mir wirklich Leid.«

»Du musst nichts mehr sagen. Wir müssen jetzt überlegen, was wichtig ist.«

»Wichtig ist die junge Frau Clara Gütt, der ich kein Wort glaube. Wichtiger noch ist der alte Bauer Niklas. Ich fahre zu ihm nach Mirbach.«

»Und was kann ich tun?« Sie fragte ganz demütig, sie fragte so, als bitte sie mich, sie nicht aus dem Haus zu werfen.

»Ich weiß es nicht, ich weiß es wirklich nicht. Überleg mal, ob mein Vater nicht nur klug und weise, nicht nur freundlich und humorvoll, sondern auch ein bisschen feige war.«

Sie starrte mich an und blinzelte verwirrt, schloss dann die Augen und senkte den Kopf. Sie murmelte: »Söhne bleiben immer Söhne.«

Ich ging hinaus und fuhr nach Mirbach.

Mirbach – wunderbar hingetupftes kleines Dorf am Eingang des Lampertstales, Wacholderheide, wie man sie schöner kaum irgendwo findet. Kunsthistoriker allerdings fangen ganz breit zu grinsen an, wenn sie den Namen Mirbach hören, und einige von ihnen schlagen sich vergnügt auf die Schenkel.

Das Dorf verfügt über zwei der wunderlichsten Bauten, die man auf deutschem Boden finden kann. Das eine ist die so genannte Erlöserkapelle, die nachts wunderbar angestrahlt als eine Art Disney-Insel in den Wäldern der Eifel schwimmt. Das andere Gebäude ist eine Burgruine – beide wurden von ein und demselben Mann gebaut.

Mirbach heißt Mirbach, weil dort das Geschlecht derer von Mirbach hauste. Allerdings besaßen sie dort nur zwei Bauernhöfe, die sie bereits 1559 verkauften. Sie verließen die Eifel. 1902 nun baute der Oberhofmeister der späteren Kaiserin Auguste Viktoria, Ernst von Mirbach, im Dorf seiner Ahnen die Erlöserkapelle, einen Wust an goldglänzenden Mosaiken, figuralen und ornamentalen Darstellungen, Säulen, Kapitellen, Rundbogenarkaden, umlaufenden Friesen und vielem mehr, kurz allem, was die Romantik für gut, angebracht und teuer hielt. Wenn man im Portal dieser schier unglaublichen Anhäufung steht, starrt man auf die Burgruine, die Ernst von Mirbach gleich mitbauen ließ. Ursprünglich war es ein Steinhaufen, bei dem man nicht genau wusste, was er einmal war. Aber der von Mirbach ließ sich von niemandem ausreden, dass es »der Stammsitz meiner Ahnen« sei, und er ließ von einem rührigen Bautrupp in den benachbarten Burgruinen (die echt sind) einiges an gutem Zubehör besorgen, um es in Mirbach zu einer eindrucksvollen Ruine zusammenzubauen. Touristen finden das Arrangement einfach toll.

Abseits dieser phantastischen Steinsammlung steht der Hof des Bauern Niklas. Niklas ist für seine Listigkeit berühmt; mit seinem harmlosen Grinsen trieb er selbst schon Bankbosse zur Verzweiflung. Ich klopfte gegen die Tür, weil Niklas von Klingeln nichts hält. Da stand er mit seinem von Wind und Wetter und einem langen Leben gegerbten Gesicht und sagte erleichtert: »Ach, du bist es nur.« Also hatten sie ihn zumindest nicht dabehalten.

»Hattest du erwartet, dass dich die Herren vom Bundeskriminalamt noch einmal holen kommen?«

Er war ein schmaler, leicht gebückter Mann, sicherlich älter als fünfundsiebzig Jahre, und er hatte sich die Eigenart angewöhnt, immer leicht von unten nach oben zu gucken, was täuschenderweise den Eindruck vermittelte, er sei scheu und hilflos.

Er antwortete nicht, er lächelte nur, hatte pure Belustigung in seinen klaren blauen Augen und sagte freundlich: »Kumm herinn!« Er schlurfte vor mir her in die Küche und hockte sich an den Tisch. »Wenn du einen Kaffee willst, musst du dir eine Tasse aus dem Schrank nehmen.« Er kurbelte sich eine Zigarette mit einer kleinen Maschine, zündete sie an und behielt sie zwischen den Lippen. Die Zigarette saß wie festgewachsen, und er würde sie nicht eher aus dem Mund nehmen, bis sie Millimeter vor den Lippen ausging. Niklas ohne Zigarette im Mund war nicht vorstellbar.

Ich nahm mir eine Tasse, goss sie voll und setzte mich. Ehe ich vorsichtig die erste Frage stellen konnte, murmelte er: »Du musst dir mal vorstellen, dass diese Kameraden von den Geheimen ihr Geld damit verdienen, dass sie dich in ein Auto laden, zu sich ins Büro fahren und dir dann so verrückte Fragen stellen, dass du selbst gar nicht darauf kommen würdest. Stelle dir vor, dafür werden die bezahlt, mit meinen Steuergeldern!« Er schüttelte den Kopf und grinste vor sich hin. »Und die werden ja nicht schlecht bezahlt. Da war einer von denen, so ein Glatzkopf – du lieber Himmel, der muss sich irgendwie für oberschlau halten. Der sagte: ›Also wir wissen, dass du die Leiche transportiert hast. Wir wissen eben nur nicht, warum. Und weil du ein netter Kerl bist, musst du nur sagen, warum du das gemacht hast, und dann kannst du sofort nach Hause.‹« Er prustete los vor Vergnügen und gleichzeitiger Empörung.

»Und was hast du geantwortet?«

»Was soll man da antworten? Ich habe nur dauernd ›ach ja?‹ gesagt, dauernd ›ach ja?‹«

»Was sollst du denn genau gemacht haben?«

64

»Also: Ich habe diese männliche Leiche in meinen Kofferraum geladen und zu euch da oben in den Windbruch geschleppt!«

»Allein?«

»Na ja, das wussten sie nicht so genau. Ich habe nur gesagt: ›Wenn Sie meinen, dass es so war, kann ich Sie nicht davon abhalten.‹«

»Und wie ging das weiter?«

»Na ja, ich habe sie nur gefragt, wie ich denn an die Leiche gekommen sein soll. Ich habe gesagt: ›Also, es war so, die Leiche kam draußen vorbeispaziert, ich habe sie geschnappt und in meinen Kofferraum geladen und in den Wald gefahren.‹ Da sagten sie, ich solle sie nicht verarschen. Die wussten wirklich nicht, was sie wollten.«

»Gut, du hast die Leiche nicht im Kofferraum gehabt ...«

»Na wie denn? Oder bin ich so dumm und lade die dann einfach im Wald ab?«

»Nein, so dumm bist du nicht. Ich glaube auch nicht, dass du überhaupt irgendetwas mit der Leiche zu tun hast ...«

»Wie denn auch? Und mit diesem Plastikscheiß, den die im Bauch hatte.«

»Niklas, ich will nur wissen, wie die Kriminalisten denn ausgerechnet auf dich gekommen sind.«

»Also, das habe ich mich anfangs auch gefragt, aber nun weiß ich es. Also, das Ganze fing damit an, dass ich für meinen Jungen eine Wiese gekauft habe. Rund sechs Ar. Und ich weiß, dass irgendeiner aus dem Dorf mir das schwer verübelt hat, bloß weil ich schneller war als der. Und da habe ich vor drei Tagen dem Jagdpächter eine tote Wildsau nach Hause gefahren. Die war noch nicht ausgeblutet. Jedenfalls hatte ich das Tier auf einer alten Wolldecke hinten im Wagen liegen. Da ist Blut auf die Decke gelaufen. Und dieser Nachbar hat

65

das irgendwie spitzgekriegt und die Polente gerufen. Und die haben dann gleich im Bundeskriminalamt angerufen.«

»Das mit dem Nachbarn – haben die das gesagt?«

»Ja. Nicht freiwillig, aber ich habe sie ein bisschen rausgelockt und mich wütend gestellt und gedreht, ich würde dem eine Mistgabel in den Bauch rammen. Und dann haben sie gesagt, ich soll nicht sauer sein, der Mann hätte ja nur seine Pflicht als Bürger getan.«

»Also waren die auch noch ...«

»Richtig, dumm waren sie auch noch. Sie haben mich dann nach Haus gefahren. Und sie haben gesagt, wenn ich einen Arbeitsausfall hätte, sollte ich ihnen die Rechnung schicken. Was meinst du, wieviel soll ich denen berechnen? Das waren ja zehn Stunden.« Er sah mich verschlagen grinsend an, und in seinen Augen ratterte eine Registrierkasse.

»Stell denen Meisterstunden in Rechnung. Die kosten sechzig Mark, dann kommst du auf sechshundert und kannst etwas damit anfangen.«

Er strahlte und meinte vergnügt. »Das mach' ich, das mach' ich.« Niklas war eben einer jener alten, knorrigen Eifelbauern, die Jahrzehnte ihres Lebens damit verbracht haben, morgens um vier aufzustehen, mit einem Langholzwagen in die Wälder zu fahren, Stämme auf den Wagen zu wuchten und dann quer durch die Eifel dreißig Kilometer bis nach Adenau in die Sägemühle zu trecken. Niklas war jemand, der sehr genau wusste, was die Mark wert ist. Und zufrieden fühlte ich, dass er die Kriminalbeamten bluten lassen würde.

»Sie haben dich lange verhört, du musst dabei doch einiges mitgekriegt haben, was diese komische Leiche anlangt. Was haben sie denn so gesagt?«

»Also, sie haben gesagt, dass sie noch immer nicht wissen, wer der Tote ist. Und dann haben sie gesagt, sie hätten keinen Menschen gefunden, der den Toten jemals gesehen hätte. Und sie sagten auch, das hätte wohl etwas mit der ehemaligen DDR zu tun. Dann wurden sie aufgeregt. Dann kam nämlich so ein junger Typ in das Büro und sagte ganz zappelig, sie hätten jetzt einen zweiten Plastikfall. Dann sind sie alle rausgerannt, und kein Mensch wollte sich mehr um mich kümmern.«

»Hat irgendeiner erwähnt, wo dieser zweite Plastikfall ist?«

»Ja, der Fahrer von dem Auto, was mich zurückbrachte, war so ein junger Wichtigtuer, der keine Ahnung hat. Den habe ich gefragt, wo diese zweite Leiche denn ist. Und er sagte was von einem Wald in Ahrdorf. Also hier um die Ecke. Das muss drei Stunden her sein.«

Ich dachte sofort an diese merkwürdige Frau namens Clara Gütt, bedankte mich nicht, rannte einfach hinaus. Bis Ahrdorf waren es lächerliche sechs Kilometer, und ich fuhr sehr schnell. Ich tippte auf die Waldungen zwischen Ahrdorf und Ahütte und behielt recht.

Kurz vor der Abbiegung nach rechts in das Unkental geht ein Waldweg steil in die Hügel hinauf. Dort stand ein Polizeiwagen, dessen Blaulicht kreiste. Dahinter ein zweiter, ein dritter und drei zivile Pkw. In Gruppen und Grüppchen standen Uniformierte und Zivilisten herum, diskutierten und sahen zum Waldrand hin. Ich holte das Schild ›Jagdschutz‹ aus der Ablage und heftete es an die Frontscheibe. Dann bog ich bei den Polizeifahrzeugen in den Weg ein und rumpelte weiter. Niemand stoppte mich, niemand brüllte Ungehöriges, die Uniformierten hoben freundlich die Hand. Hast du ein Schild, bist du in Ordnung.

Im Schatten der Bäume standen sechs Männer in Zivil um ein Bündel herum, das hinter einem niedrigen Eichenbusch lag. Sie machten allesamt einen melancholischen Eindruck. Ich hob die Hand, hielt an und sagte forsch: »Sie haben nichts dagegen, dass ich hier durch muss?«

»Nein«, sagte einer von ihnen, ein Mann, der so griesgrämig aussah, als habe er Magengeschwüre.

»Was haben Sie denn da?«, fragte ich und stieg aus.

»Einen Toten. Diesmal wenigstens mit Papieren«, sagte ein kugeliger Dicker in grauem Zweireiher. Dann starrte er ängstlich auf seine Schuhe, weil er sie wahrscheinlich dreckig gemacht hatte. Er versuchte, sie an einem Grasbüschel sauber zu putzen. »Sind Sie heute Morgen auch hier durchgekommen?«

»Nein«, sagte ich.

Der Tote hinter der Krüppeleiche lag auf dem Rücken. Er war ein großer, athletisch gebauter Mann, nicht älter als vielleicht vierzig Jahre. Sein weißgraues Gesicht war vollkommen verzerrt in grellem Schmerz und ungläubigem Staunen.

»Wie der im Windbruch«, sagte ich.

Der Schuss hatte den Mann tief in den Unterleib getroffen. Das aufquellende Plastikmaterial hatte die Hose gesprengt. Es sah widerwärtig und obszön aus.

»Was heißt das?«, fragte der Dicke misstrauisch. »Haben Sie den im Windbruch von Hillesheim auch gesehen?«

»Ja, natürlich«, sagte ich.

»Der Herr arbeitet für die Forstbehörde«, erklärte der magere Magenkranke. »Er wird das schon beruflich erfahren haben.«

»Das ist es eigentlich nicht«, sagte ich gemütlich. »Den im Windbruch habe ich gefunden.« Ich holte die Nikon aus der Tasche und fotografierte den Toten.

»Dann sind Sie der Baumeister?«, fragte der Dicke schrill. »Fotografieren verboten. Und darüber zu schreiben ist auch verboten!«

»Ich habe bis jetzt kein Wort geschrieben«, sagte ich freundlich. »Und solange ich nicht mehr weiß, kann ich auch nicht schreiben.« Ich fotografierte den Toten weiter, und der Hagere sagte erschreckt: »Lassen Sie das doch, um Gottes willen!«

»Nur fürs Archiv«, erklärte ich und machte mich auf den Rückzug.

»Moment mal«, protestierte der Dicke scharf, »wieso fahren Sie das Schild *Jagdschutz* mit sich herum?«

»Weil wir hier im Sommer darauf achten müssen, dass dumme Touristen keine Feuerchen machen«, erklärte ich. Ich setzte mich in mein Auto und rumpelte den Waldweg weiter hoch, während sie mir nachsahen und offenkundig keine Vorstellung davon hatten, was sie von mir halten sollten.

Es war, wie ich gedacht hatte: Auf der Kuppe des Hügels neigte sich der Waldweg in scharfen Schleifen ins Tal. Und unten, vierhundert Meter weiter, lag der kleine alte Bauernhof, in dem Clara Gütt ihre Ferienwohnung hatte. Ich ließ den Wagen langsam hinabrollen und bereitete mich auf diese Frau vor. Diesmal wollte ich nicht hinnehmen, dass sie von alledem nichts wusste, nie gehört hatte, zufällig hineingeraten war. Ich war wütend und sauer und hätte nicht einmal sagen können, auf wen.

Ich parkte auf der Straße und schellte bei ihr. Dabei beobachtete ich eine Gruppe älterer Männer, die offensichtlich über die Leiche im Wald sprachen, weil einer von ihnen immer wieder den Waldhang hinaufdeutete.

Sie öffnete die Tür und sagte ohne Einleitung seltsam friedlich: »Sie kommen eher, als ich Sie erwartet habe. Ich dachte: Er kommt morgen.«

»Ich möchte noch einmal versuchen, mit Ihnen zu sprechen.«

»Sie sind sauer auf mich, nicht wahr?«

69

»Man kann es so nennen. Kochen Sie uns einen Tee oder einen Kaffee?«

Sie nickte, drehte sich herum und ging vor mir her die Treppe hinauf. Diesmal trug sie einen sehr bunten Flickenrock, und sie hatte hübsche Beine und machte weit ausgreifende Schritte wie eine Leichtathletin.

»Kaffee oder Tee?«

»Dann Tee, bitte. Was wissen Sie nun über den Toten hinter Ihrem Haus?«

Sie drehte sich zur Kochplatte herum und murmelte fast unhörbar: »Den kenne ich. Der war ziemlich sicher auf dem Weg zu mir.«

Ich sagte höflicherweise »aha« und schwieg dann, weil mir nichts Gescheites einfiel.

»Ich glaube, ich muss das erklären«, sagte sie endlich und fummelte mit einem kleinen Löffel und einer Teetüte herum. »Wie haben Sie denn davon erfahren?«

»Der alte Niklas in Mirbach sagte es mir. Was wollte der Tote bei Ihnen?«

Sie drehte sich zu mir herum und lächelte mager. »Schutz wollte er wohl.«

»Schutz? Schutz, wovor?«

»Vor dem Tod, denke ich, oder?«

»Hätten Sie ihn denn schützen können?«

Sie sah auf den Boden und schüttelte den Kopf. »Wohl kaum.«

»Wieso kam er auf die Idee, dass ausgerechnet Sie ihn schützen würden?«

»Er war hilflos und hatte Todesangst. Zu Recht, oder?«

»Der Teetopf läuft über«, mahnte ich.

»Danke.« Sie drehte sich um und stellte das kochende Wasser ab. »Das ist alles total verrückt«, murmelte sie. Sie klap-

70

perte mit den Tassen und machte den Eindruck, als sei sie eigentlich nicht hier, sondern ganz weit fort in einer anderen Welt, in anderen Begebenheiten. Endlich setzte sie sich mir gegenüber. Sie musste einen langen Anlauf nehmen, um darüber zu sprechen.

»Also der Tote da oben im Wald ist mein Chef. Er ist Chemiker. Sein Name ist ... war Dr. Jürgen Sahmer. Er ist achtunddreißig Jahre alt.«

»Wie kommen Sie auf die Idee, dass er ausgerechnet auf dem Weg zu Ihnen war? Oder hatten Sie etwas miteinander?«

Sie lächelte flüchtig. »Nein, wir hatten nichts miteinander. Aber er war einer der ganz wenigen, die gewusst haben, wo meine Wochenendbleibe ist.«

»Woher wissen Sie denn, dass er es ist?«

»Ich habe ihn mir angeschaut«, sagte sie einfach und war dabei ganz weiß im Gesicht. »Es war heute morgen, als die Leute sagten, der Revierförster habe oben eine Leiche gefunden. Und da sind alle raufgerannt in den Wald. Ich natürlich mit.«

»Und dann?«

»Nichts. Ich habe ihn erkannt, ich habe nichts gesagt, ich habe mich hierher geflüchtet. Und seitdem denke ich darüber nach, was da passiert sein könnte. Ich fasse es nicht, ich fasse es wirklich nicht.« Sie fing an zu weinen, aber ihre Augen waren groß und rund in all dem Kummer.

»Was ist mit dem Toten in dem Windbruch? Wieso sind Sie dort aufgetaucht?«

»Ich habe wirklich gedacht, der sei der Freund einer Bekannten. Aber er scheint es nicht zu sein. Die Bekannte hat jedenfalls auf meine Frage gelacht und geantwortet, er lebe noch, und soweit sie wisse, gehe es ihm gut.«

»Haben Sie über das grässliche Plastikzeug nachgedacht?«

»Ja, natürlich. Ich kann mir keinen Reim darauf machen.«

»Wollen Sie nicht von Beginn an erzählen?«

»Was meinen Sie damit?«

»Nun ja, erst ein Unbekannter, dann Ihr Chef, alles vor der Haustür und jedesmal mit der Plastikmasse. Sie sollten mir also sagen, wo Sie arbeiten, was Sie arbeiten, woher Ihr Chef kam, und so weiter.«

»Ach so, ja natürlich.« Sie stand auf, setzte sich wieder und zog die Beine unter den Körper. Sie schauderte zusammen, weil sie fror.

»Wir, also der Betrieb, in dem ich arbeite, sind ein Ableger von einem Chemiekonzern, Leverkusen und so. Wir sind eine kleine, feine Firma in Nord-Düsseldorf zwischen dem Rhein und dem Lohhausener Flughafen. Wir machen Verpackungen, Verpackungen für Pralinen, Parfüms und Uhren und so ein Zeug. Sahmer war unser aller Chef. Dann gibt es da noch eine Physikerin, Dr. Vera Grenzow. Sie ist vierzig Jahre alt. Dann gibt es außer Sahmer noch einen Papierspezialisten. Das ist der Günther Schulze. Der ist sechsundzwanzig Jahre alt, glaube ich. Wir sind eine richtig gute Truppe, wir arbeiten seit acht Jahren im Team, und das Geschäft wächst und wächst und wächst.«

»Moment mal, was für eine Sorte Verpackungen machen Sie denn?«

»Edle Verpackungen. Wir kriegen die Aufträge von Firmen, die irgendwelche neuen Produkte auf den Markt bringen. Und wir denken uns dann eine möglichst elegante Verpackung aus, so mit allem Drum und Dran. Kennen Sie diese raffiniert geformten neuen Parfümflaschen zum Beispiel? Wir formen auch die Glasflaschen, dann formen wir aus Pappe und Papier und anderen Stoffen die Ver-

72

packungen für diese Flaschen. In einem Luxusland ist das ein phantastisches Geschäft.«

»Gut. Das habe ich jetzt verstanden. Wie fing denn alles, was Sie sich nicht erklären können, an?«

»Es fing damit an, dass der Papier- und Druckspezialist, der Günther Schulze, plötzlich verschwand. Er tauchte weder zu Hause noch irgendwo auf. Das war vor sieben Tagen. Seine Frau weiß nichts von ihm und hat keine Ahnung, wo er abgeblieben sein kann. Er hat den Betrieb abends gegen siebzehn Uhr verlassen und ist zu Hause nicht angekommen. Wir erstatteten von der Firma aus eine Vermisstenanzeige bei der Düsseldorfer Kripo. Bis heute haben die keine Spur von ihm, ich telefoniere jeden Tag mit dem Büro. Dann, vor einer Woche, ging ich hierher, um ein bisschen abzuschalten. Wir hatten viel gearbeitet. Dann las ich in der Tageszeitung von dem Toten im Wald von Hillesheim. Ich hätte schwören können, dass ich den Mann kannte. Jedenfalls fuhr ich also in den Windbruch. Wenn ich ganz ehrlich sein ...«

»Entschuldigen Sie die Unterbrechung, Sie sind mir zu schnell. Sie haben vergessen zu berichten, woher Sie den Toten kannten. Darf ich mir Notizen machen?«

»Ja. Wollen Sie etwas veröffentlichen?«

»Das weiß ich noch nicht. Wenn ich es tue, erfahren Sie es vorher. Woher kannten Sie also den Toten?«

»Sie müssen wissen, dass wir als Team alle ziemlich gute Freunde waren. Die Vera Grenzow zum Beispiel ist meine Chefin, weil ich die Sekretärin bin, aber sie ist auch meine Freundin. Sie wohnt am Rand der Düsseldorfer Altstadt in einem Penthouse. Es war Weihnachten; am ersten Weihnachtstag war ich bei ihr eingeladen. Wir tranken Kaffee und aßen Kuchen, als es schellte. Es war dieser Tote, der vor der Wohnungstür stand.« Sie hielt inne, schloss die Augen und nickte dann energisch. »Ich wette, es war dieser Tote! Vera stellte ihn mir als lieben alten Freund vor. Weil ich nicht stören wollte, verabschiedete ich mich. Als jetzt dieser Mann tot im Wald lag, rief ich Vera natürlich an. Sie sagte, sie wäre auch ziemlich erschrocken gewesen, als sie sein Foto in der Tageszeitung fand. Aber es sei eben bloß ein Toter, der ihm zur Verwechslung ähnlich sehe. Sie habe den Freund angerufen, ihn auch erreicht, und er sei quicklebendig und es gehe ihm gut.«

»Kann es denn nicht sein, dass diese Vera lügt?«

»Nein. Vera? Nein, das glaube ich nicht. Warum sollte sie lügen, sie hat doch keinen Grund!«

»Wo ist diese Vera Grenzow jetzt?«

»In Düsseldorf, zu Hause bei sich. Oder vielleicht in der Firma, ich weiß es nicht. Gestern jedenfalls rief mich mein zweiter Chef, also Dr. Sahmer, hier an und sagte mir sehr aufgeregt, er müsse mich sprechen. Ich fragte, wieso, aber er wollte mir am Telefon nichts sagen. Er sagte noch, ich solle hier auf ihn warten. Das nächste war dann ... na ja, ich sah ihn als Toten wieder.«

»Haben Sie denn in der Firma irgendetwas mit Plastik zu tun?«

»Nein. Das ist es ja eben. Natürlich gibt es hier und da bei Verpackungen Plastikstreifen oder Plastikeinsätze, wenn man zum Beispiel Parfümflaschen vor Transportschäden bewahren will.«

»Und was denken Sie jetzt?«

»Ich weiß es nicht. Ich habe einfach Angst. Wieso tut Sahmer plötzlich so geheimnisvoll und will mich sprechen? Und wieso will er am Telefon nicht darüber reden? Und wieso wird er dann umgebracht? Das macht mir Angst!«

»Sie sprechen mit mir, weil Sie Angst haben?«

»Ja, natürlich. Mit irgendwem muss ich ja sprechen.« Sie sah mich eindringlich an. »Kann es nicht sein, dass ich etwas weiß, was ich eigentlich nicht wissen darf? Und kann es nicht sein, dass ich gar nicht weiß, was ich weiß und ...«

»Beruhigen Sie sich. Sie haben Recht. Vielleicht wissen Sie etwas, was Sie nicht wissen. Vielleicht stoßen wir in den nächsten Tagen darauf. Packen Sie eine Tasche. Das Nötigste. Ich warte unten. Sie müssen hier heraus.«

»Muss ich nicht zu diesen Leuten von der Polizei und ihnen sagen, dass der Tote mein Chef ist?«

»Das mache ich per Telefon. Keine Angst.«

Wir fuhren fünf Minuten später, und sie saß verkrümmt und angstvoll neben mir, starrte aus dem Fenster und sagte kein Wort.

Anni hockte wie ein Uhu auf meinem Buchenholz, und als Clara ausstieg und guten Tag sagte, meinte sie nur: »Ich wusste doch, dass er nicht dauernd abstinent lebt.«

»Moment mal«, sagte ich hastig. »Wir haben jetzt eine zweite Plastikleiche. Und diese Leiche war ihr Chef. Das ist Clara Gütt, das ist meine Tante Anni.«

Sie gaben sich zögerlich die Hand und betrachteten einander misstrauisch. Dann sagte Anni schroff: »Wie ich ihn kenne, dürfen Sie hier ...«

»Sie schläft im Arbeitszimmer auf der Couch«, sagte ich. »Du solltest dir anhören, was Clara zu sagen hat.«

»Kann ich duschen?«, fragte Clara.

»Na sicher«, sagte ich. »Im ersten Stock, geradeaus.«

Anni sah hinter ihr her und fragte: »Glaubst du ihr? Und was hat sie gesagt?«

»Komische Geschichte. Aber ich glaube ihr.« Ich sagte ihr, was Clara Gütt erzählt hatte, und Anni schnaufte nur und kommentierte: »Das ist alles ziemlich unlogisch, oder?«

»Sei kein Drache. Ich glaube schon, dass sie Angst hat.«

»Angst? Vielleicht will sie dich nur rumkriegen. Du bist doch ein Mannsbild, oder? Und sie ist ein Vamp!«

»Ach, Anni. Mich hat die nicht nötig. Was hältst du von der zweiten Leiche? Ist das nicht komisch?«

»Wir sollten rausfinden, wer derartige Geschosse machen kann«, überlegte sie. »Es gibt wohl nur einen Schlüssel: diese Plastikmasse. Vielleicht läuft irgendein Verrückter herum?«

»Anni, denk an das Bundeskriminalamt. Die sind drin. Und weshalb sind sie drin? Und wieso der Hinweis auf die DDR, die ehemalige DDR?«

»Die beliebteste Spielwiese des Bundesnachrichtendienstes war die DDR, das feindliche deutsche Ausland, solange es existierte. Vielleicht wollen die etwas reparieren.« Dann verzog sie den Mund. »Junge, geh raus aus der Sache, das ist nicht gut.«

Von oben kam das Plätschern der Dusche.

Anni sagte: »Du glaubst doch nicht, dass die da oben so unschuldig ist, wie sie tut?«

»Nein, das glaube ich nicht. Aber hier im Haus muss sie Auskunft geben, hier kann sie nicht weglaufen, nicht wahr?«

Anni strahlte plötzlich und meinte: »Du Sauhund, min Jung!« Dann setzte sie hastig hinzu: »Ich mache uns einen Kaffee. Ich habe übrigens nachgedacht über das, was du von deinem Vater gesagt hast. Wieso glaubst du, dass er ein Feigling war?«

»Weil er sich immer weigerte, mit mir zu streiten. Er weigerte sich überhaupt, mit irgendeinem Menschen Streit zu haben. Irgendwann hat er sogar versucht, die Tötung von sechs Millionen Menschen mit fehlgeleiteten Hassgefühlen zu entschuldigen.«

»Das ist nicht wahr.«

76

»Das ist wahr. Jetzt mach uns den Kaffee und lass uns darüber schweigen.«

Ich ging hinaus, um das Haus herum in den Garten. Was hatte ich schon? Einen unbekannten Toten, einen sehr wohl bekannten Toten, dessen lebende Sekretärin und einen vagen Hinweis auf die ehemalige DDR. Dann noch einen verschwundenen Druck- und Papierspezialisten. Wahrscheinlich hatte ich es tatsächlich mit dem BND zu tun, der niemals irgendwelche Auskünfte gibt. Dann gab es diese Plastikmasse, angeblich Geschosse, die sich nach Aufprall und im Zusammenspiel mit Sauerstoff grauenhaft aufblähten. Das konnte der Grund sein, weshalb der BND im Spiel war. Was hatte ich also? Nicht viel, entschieden zu wenig, um irgendeinen Plan zu fassen. Ich hatte nur Clara Gütt, und ich war sicher, dass sie mir nicht die ganze Wahrheit sagte.

Hinter meiner Natursteinmauer her kam der Ruf einer Glockenunke. Irgendwer hatte gesagt, das bringe dem Haus Glück. Wahrscheinlich brauchte ich mehr als eine Glockenunke, wahrscheinlich brauchte ich eine ganze Unkeninvasion. Ich musste die Polizei anrufen, ich musste sagen, wer der zweite Tote war. Warum hatte ich das nicht längst getan? Krümel fegte wie ein grauweißer Strich durch das Gras und sprang an den Stamm des Pflaumenbaumes. Sie war schnell in den obersten Ästen und blickte leicht wippend über das Dorf. Hätte sie einen Spiegel gehabt, hätte sie vermutlich gemauzt: »Bin ich nicht toll?«

Ich wusste plötzlich, weshalb ich die Polizei noch nicht angerufen hatte: Ich war misstrauisch, ich glaubte nicht einmal sicher, dass der zweite Tote der Chef der Clara Gütt war. Der Fall schien klebrig wie eine fleischfressende Pflanze.

Anni öffnete das Fenster und rief: »Es gibt Kaffee.« Der alte Opa Gertmann kam um die Ecke geschlurft. Er hatte

77

wie üblich einen kalten Zigarillo im Mundwinkel und schnaufte vor Atemnot. »Junge«, sagte er, »das ist aber ein Wetterchen. Oben am Sportplatz fängt der Raps schon an zu blühen. Na und du kümmerst dich um die Leiche aus dem Windbruch?«

»So gut ich kann«, meinte ich. »Wir wissen ja noch nicht mal, wer es ist.«

»Tja«, lamentierte er empört, »also da kannst du mal sehen, wie die Welt ist. Da liegt einer tot rum, und wir wissen nicht mal, wer es ist.« Er war verwirrt und schlug mit der Spitze seines Spazierstocks gegen einen Rotsandsteinblock, mit dem ich ein kleines Blumenbeet eingefasst hatte. »Ich weiß nicht, aber früher wäre das nicht vorgekommen. Nee, ich bin froh, dass ich bald abdampfen kann. Ich komm nicht mehr mit.« Er war weit über achtzig Jahre alt, und jetzt gab ihm der Sommer wohl einen Lebensschub, es noch einmal anzugehen.

»Wir haben einen zweiten Toten dieser Art in Ahrdorf«, sagte ich.

»Auch in Plastik?«, fragte er verblüfft.

»Auch in Plastik«, bestätigte ich.

Er schüttelte den Kopf. »Wir hier in der Eifel kennen unsere Toten«, sagte er. »Wir kennen die genau. Wir haben ja mit denen gelebt. Und egal wie sie waren, sie haben einen Namen und werden ordentlich beerdigt. Das erinnert mich an die Geschichte, wie sie in Hillesheim den ollen Schnigger beerdigt haben, also den Schneider. Der hockte sein ganzes Leben lang auf dem Tisch und nähte. Natürlich ist er von dieser Arbeit krumm geworden. Als er tot war, legten wir ihn in den Sarg. Der war ein kleines Männchen. Nun lag er da, krumm wie er war. Wir kriegten den Deckel nicht drauf, so krumm war der. Wenn ich auf die Knie drückte, um ihn flach zu kriegen, kam der Kopf hoch. Drückte ich auf den Kopf,

78

kamen die Knie hoch. Und wie ich mich so mühte, sagt mein Chef: ›Lass mich mal machen!‹ Und er versucht es mit dem ollen Schnigger. Jedesmal, wenn er auf die Knie drückte, kam der Kopf hoch. Da wurde mein Chef wütend und schrie: ›Auch noch Widerworte, was?‹« Der alte Gertmann grinste zahnlos und kicherte dann ganz hoch.

»Ich habe einen Kaffee auf dem Tisch«, sagte ich.

»Na ja, ich muss sowieso weiter«, meinte er und ging langsam um das Haus herum. Ich hockte mich im Arbeitszimmer ans Telefon. Ich wollte zu diesem Zeitpunkt nichts mit der Polizei zu tun haben, ich rief den Arzt an.

»Haben Sie schon gehört?«, fragte er schnell. »Wir haben einen zweiten Toten mit Plastik im Bauch. Dem hat es den ganzen Unterleib zerrissen.«

»Ich weiß«, sagte ich. »Und was sagen die Flüstertüten Neues?«

»Nichts«, sagte er.

»Können Sie sich damit einverstanden erklären, dass dieses Telefonat gar nicht stattgefunden hat?«

Er war einen Moment lang still, dann meinte er: »Wir können es ja versuchen.«

»Also der Tote ist ein Mann namens Dr. Jürgen Sahmer, achtunddreißig Jahre alt, aus Düsseldorf.«

»Woher haben Sie das?« Er war gehörig verblüfft.

»Irgendjemand hat es mir gesagt«, antwortete ich. »Aber damit habe ich ein Problem am Hals. Und Sie könnten bei den Herren des Bundeskriminalamtes ein bisschen gut Wetter machen. Der tote Sahmer war nämlich auf dem direkten Weg zu seiner Sekretärin, einer gewissen Clara Gütt. Die hat ein Ferienapartment in Ahrdorf, und sie wohnt zur Zeit dort. Ich hab' das kombiniert, fand sie vor Angst erstarrt und nahm sie einfach mit.«

Er war still und meinte dann höflich kühl: »Das heißt also, Sie haben den Bullen schlicht die wichtigste Zeugin weggeschnappt?«

»Man kann es so nennen. Sie wird sich melden. Wenn Sie sich also jetzt freundlicherweise mit den Beamten in Verbindung setzen und denen erklären, wieso das alles passiert ist, dann ...«

»Sagen Sie mal, Baumeister, sind Sie verrückt?«

»Nicht die Spur«, sagte ich, »ich war nur schneller als die Polizei erlaubt. Sagen Sie denen bitte, die Frau Gütt meldet sich. Gleich, in einer Viertelstunde oder so. Ja?«

»Lieber Himmel, Sie sind wirklich irre. Also gut.«

»Dein Kaffee wird kalt«, rief Anni aus der Küche.

Ich ging hinüber und sah sie einträchtig am Tisch hocken und Kaffee schlürfen.

Anni biss in eine Scheibe Rosinenbrot und erklärte kauend: »Ich habe der jungen Frau gerade erklärt, dass wir glauben, dass sie uns eine Menge verschweigt. Ich habe ihr auch gesagt, sie soll lieber die ganze Geschichte erzählen, weil du sie sowieso rauskriegst.«

»Und was hat sie darauf geantwortet?« Ich sah Clara Gütt an.

»Ich weiß wirklich nicht sehr viel«, sagte sie störrisch.

»Sie wissen mehr, als Sie wissen«, sagte ich. »Ihr Chef will Sie besuchen. Offensichtlich sehr heimlich durch die Hintertür. Er kommt unsinnigerweise durch den Wald hinter dem Dorf. Das ist schon an sich so verrückt, dass man es kaum glauben kann. Aber dann passiert etwas vollkommen Verrücktes. Auf dem kurzen Weg durch den Wald schießt ihn jemand tot. Mit einer Art Plastikmunition, von der wir nicht einmal wissen, wer die herstellt. Du lieber Himmel, ich habe etwas Wichtiges vergessen. Anni, du hast es auch vergessen.«

»Was denn?«, fragte sie verblüfft.

»Sein Auto! Er muss mit einem Auto gekommen sein. Aber da war kein Auto. Was für einen Wagen fährt er?«

»Einen Golf GTI«, sagte Clara Gütt. »ja, tatsächlich, wo ist dieses Auto?«

»Geben Sie mir seine Telefonnummer«, sagte ich schnell.

»Aber seine Frau weiß noch nichts«, widersprach sie.

Anni grinste ein wenig teuflisch. »Natürlich weiß sie es längst. Wenn das BKA drin ist, hocken die längst in seinem Wohnzimmer.«

Clara Gütt gab mir die Telefonnummer. »Hier ist Melanie Sahmer«, sagte eine Kleinmädchenstimme.

»Kann ich bitte deine Mammi sprechen?«

»Ja«, sagte das Mädchen.

Es war sicher: Wenn das BKA in Sahmers Wohnzimmer hockte, hörte jetzt jemand mit.

Dann meldete sich eine Frau. »Sahmer hier«, sagte sie ausdruckslos.

»Forstbehörde in Blankenheim«, log ich tapfer. »Es tut mir Leid, gnädige Frau, dass ich stören muss. Aber wir vermissen immer noch den Golf GTI Ihres Mannes.«

»Aber der ist doch hier«, sagte sie schrill. »Wir wissen ja gar nicht, wie mein Mann in die Eifel gekommen ist.«

Ich schwieg einen Moment, um zu überlegen. Dann war da plötzlich eine sehr barsche Männerstimme. »Wer sind Sie? Woher rufen Sie an?«

Ich hänge ein. »Er ist nicht in seinem GTI gekommen«, sagte ich.

»Jetzt setzen Sie sich mal in den Sessel da«, sagte Anni energisch und drückte Clara Gütt in den Sitz. »Sehen Sie mal, da kommt ein Chef zu seiner Sekretärin und benutzt nicht einmal sein eigenes Auto. Selbst wenn Sie nicht viel wissen, wie Sie sagen, so ahnen Sie doch etwas, oder?«

81

»Hat er gesagt, dass er sein Auto nicht benützen wird?«, fragte ich.

Sie schüttelte den Kopf. »Kein Wort.«

»Aber er muss Angst gehabt haben vor irgendetwas, oder? Sonst wäre er in seinem Auto gekommen. Also, was ahnen Sie?«

»Ich bin ganz durcheinander«, sagte sie und strich sich mit der Hand über die Stirn.

»Sie schinden Zeit«, stellte Anni fest. »Ich kenne das von den Verhören.«

»Es ist alles sehr kompliziert«, murmelte Clara Gütt leise. Sie sah hübsch aus, und sie wirkte wie ein kleines Mädchen.

»Kann es sein, dass auch Sie getötet werden sollen?«, fragte ich ganz nebenbei.

Einen Augenblick lang war es sehr still. Anni meinte trocken: »Das könnte sein, so wie die Sachen liegen.«

»Wie liegen denn die Sachen?«, fragte Clara hektisch.

»Das«, sagte Anni milde, »wollen wir ja von Ihnen hören.« Danach war es wieder still.

»Ich könnte ja auch diese Dr. Vera Grenzow besuchen, die Freundin von Ihnen. Vielleicht weiß die mehr.«

Jetzt war unverkennbar Spott in ihrer Stimme. »Du lieber Himmel, Vera schwärmt für Wagner, fährt jedes Jahr zwei Wochen nach Bayreuth und hat sonst nichts als ihre Wissenschaft und die Geschäfte im Sinn.«

»Das ist merkwürdig. In Ihrer kleinen, hochfeinen Firma verschwindet der Druck- und Papierspezialist Günther Schulze, sechsundzwanzig Jahre alt. Dann wird ein Mann getötet, den Sie selbst als Besuch bei der wagnerliebenden Dr. Vera Grenzow erlebt haben. Dann will Ihr Chef Sie besuchen und wird ein paar Meter vor Ihrem Haus im Wald umgebracht. Und nun sage ich: Da Sie die Mutter dieser kleinen

Kompanie waren, das Mädchen für alles, die Sekretärin, die Kaffeekocherin, die Briefschreiberin, kurz die, die wirklich alles wusste, wird die Polizei Sie tagelang in die Mangel nehmen. Diese Leute werden nicht glauben, dass Sie nichts wissen. Ich glaube das auch nicht, und Anni genausowenig. Also soll ich Sie jetzt wieder nach Hause bringen und warten, bis man Ihre Leiche findet?«

»Das ist aber hart, mein Junge«, meinte Anni trocken.

»Ich bin einfach sauer«, erklärte ich. »Ich soll einen Fall aufklären, von dem ich noch nichts weiß und den bisher keiner veröffentlichen wird, wenn ich ihn geklärt habe. Dann werde ich längst pleite sein und keine Freunde mehr haben.«

»Wo soll ich denn anfangen?«, fragte Clara kleinlaut.

»Bei der Firma«, sagten Anni und ich gleichzeitig.

»Also die Firma ... was soll ich da erzählen?« Sie spielte wieder kleines Mädchen und biss sich auf die Unterlippe.

»Alles«, sagte Anni.

»Also, die Firma ist jetzt acht Jahre alt. Wir hatten damals von der Konzernleitung vier Jahre Zeit bekommen, um in die schwarzen Zahlen zu rutschen. Wir schafften es in zwei Jahren. In so einem Konzern werden Kopfschmerztabletten hergestellt und Düngemittel und Farben: Da tun sich neue Märkte auf, neue Produkte in neuem Design. Und weil man da Gelder investieren kann, wurden wir gegründet.«

»Sind Sie von Beginn an dabei gewesen?«, fragte Anni.

»Ja sicher. Wir waren alle dabei, also alle bis auf Günther Schulze. Der kam später. Das war damals die Idee meines Chefs. Der heißt Dr. Helmut Kanter und ist jetzt dreiundfünfzig Jahre alt. Er saß im Vorstand und war zuständig für eine ganze Latte kleiner Tochterfirmen. Ich weiß noch, wie er eines Tages sagte: ›Wir brauchen eine kleine effektive Truppe, die nicht nur unsere Produkte verpackt und ver-

83

braucherfreundlich macht, sondern auch Verpackungen für andere entwirft.‹«

»Sie sind also die Müllmacher?«, fragte ich.

Sie sah mich an und lächelte dann. »Das sind wir. Wir machen so klasse Verpackungen, dass die Leute die Produkte einfach kaufen müssen. Wir fingen also 1983 an, wir nannten uns MICHELLE, wahrscheinlich nach dem Lied der Beatles. Damals waren wir zunächst zu dritt: Also ich im Büro, Dr. Jürgen Sahmer und Dr. Vera Grenzow. Sie waren beide schon im Konzern und bewarben sich intern um diese Position. Wir entwickelten zunächst bloß Verpackungen für die Produkte des Konzerns. Später nahmen wir andere Kunden hinzu. Es lief phantastisch.«

»Sie hatten also ein eigenes Gebäude, eigene Räume?«, fragte ich.

»Ja. Wir zogen nach Düsseldorf. Nördlich der Altstadt an den Rhein in ein kleines Industriegelände. Wir hatten jeder einen Büroraum und dann die Versuchsräume mit den verschiedensten Möglichkeiten, Verpackungen herzustellen. Also Papier, Pappe, Kunststoff, Glas und so weiter.«

»Wann kam denn dieser verschwundene Günther Schulze dazu?«, fragte ich. »Vor zwei Jahren«, sagte sie.

»Kam der auch aus dem Konzernbereich oder von draußen?«

»Konzernbereich. Halt, dann habe ich noch Willi vergessen, aber der lebt nicht mehr. Willi Kotowski. Der war so eine Art Mädchen für alles, Hausmeister, Hilfsarbeiter und so. Der fuhr Motorrad. Der ist mit dem Motorrad tödlich verunglückt. Das muss so 1985 gewesen sein.«

»Gibt es einen neuen Kotowski, Hausmeister?«

»Ja, aber der neue ist nicht so nett, wie Willi war. Der ist auch Motorradfahrer, aber eben ein kühler Typ, der immer so wirkt, als hätte er schlechte Träume.«

84

»Und wie heißt er?«, fragte Anni.

»Lippelt, Harry Lippelt. Alter ungefähr dreißig.«

»Ich möchte wissen, was er für eine Maschine fährt«, bat ich.

»Eine Yamaha Genesis. Das weiß ich zufällig, weil ich ihn mal gefragt habe, wie schnell das Ding ist. Zweihundertachtzig Kilometer schnell.«

»Wo ist der Kotowski 1985 verunglückt?«

»Vor dem Betrieb, direkt vor unserem Haus. Das ist eine breite Stichstraße. Unser Haus ist das einzige. Willi muss abends oder nachts vom Hof losgerast sein. Er ist auf der Fahrbahn ausgerutscht und hat sich das Genick gebrochen.«

»Kein Plastik?«, fragte Anni sachlich.

Sie biss sich auf die Unterlippe. »Nein, kein Plastik. Ach, der Willi war ein ewig lustiger Typ, ein echtes Schätzchen.«

»Also: Kotowski tot, Schulze verschwunden, Sahmer tot, Grenzow wahrscheinlich zu Hause, ihr unbekannter Freund tot. Bleibt uns also nur, sofort Vera Grenzow zu besuchen. Sonst haben wir die nächste Leiche. Kann ich ihre Telefonnummer haben?«

Sie war eine gute Sekretärin, sie schnarrte die Nummer herunter.

Ich ging in mein Arbeitszimmer und rief an. Sie meldete sich sofort, sagte gedehnt: »Jaaa, Grenzow hier.«

»Wir kennen uns nicht. Ich rufe Sie aus der Eifel an. Ihr Kollege Dr. Sahmer ist tot. Wissen Sie das?«

»Ja, ja. Die Herren sind noch hier, um mich zu befragen.«

»Hören Sie jetzt gut zu. Ich soll Sie von Ihrer Sekretärin grüßen. Von Clara Gütt. Antworten Sie bitte nur mit ja oder nein. Ich komme Sie jetzt besuchen. Glauben Sie, dass Sie um Mitternacht allein sind?«

»Nein.«

»Wären Sie trotzdem bereit, sich mit mir zu unterhalten?«

»Aber ja. Wer sind Sie?«

»Das erkläre ich Ihnen später.« Ich hängte ein.

»Soll ich dir ein Butterbrot für die Fahrt mitgeben?«, fragte Anni.

»Wie bitte?« Wahrscheinlich hatte mich das zum letzten Mal vor dreißig Jahren meine Mutter gefragt.

»Ein Brot für die Fahrt«, seufzte Anni, als sei ich schwer von Begriff.

»Ich möchte mit Ihnen kommen«, sagte Clara Gütt schnell.

»Kommt nicht in Frage«, widersprach ich. »Ich will allein mit Ihrer Chefin sprechen.«

»Brauchst du Geld für Benzin?«, fragte Anni fröhlich.

»Ich will mit«, rief die Gütt ganz hektisch.

»Sie kommen nicht mit«, schrie ich beinahe. »Ich brauche auch kein Spritgeld. Bin ich denn hier in einem Irrenhaus?«

»Ja«, sagte Anni und schmierte Griebenschmalz auf eine Vollkornschnitte.

»Warum soll ich nicht mit Ihnen fahren?«

»Weil Sie ein störrisches Weibsbild sind«, brüllte ich. »Diese geheimnisvollen Toten stammen alle aus der Firma, in der Sie die Sekretärin sind. Und Sie behaupten steif und fest, Sie wüssten von nichts. Das kauft Ihnen kein Mensch ab. Ich will nicht von Ihnen gestört werden.«

»Reichen drei Schreiben?«, fragte Anni. »Nun übertreib aber nicht! Schrei nicht so rum!«

»Das ist mein Haus«, sagte ich, wieder ganz ruhig. »Ich habe hier das Sagen, wenn die Höflichkeit ein Ende hat. Und ich sage, ich fahre allein! Ohne deine Scheißbutterbrote und ohne dein Spritgeld und ohne die Dame Gütt. Ist das jetzt klar?«

»Warum bist du denn so frustriert?«, fragte Anni ganz ruhig.

Da war ein Rauschen in meinen Ohren. »Ich habe keinen Mut mehr, ich bin müde, ziemlich müde. Mich kotzen im Moment die Lebensläufe anderer Menschen an, egal ob sie Heilige, Nutten oder Mörder sind. Ich ... ich weiß nicht, ich möchte mich verkriechen. Da sind diese ekelhaften Toten mit

86

von Plastik zerfetzten Gedärmen ... Und wir schwätzen hier miteinander, als wären wir wichtig. Ach Scheiße!«

»Ist es, weil ich dauernd von deinem Vater ...?«

»Vielleicht auch das, ich weiß es nicht. Tut mir Leid. Außerdem ist mir die letzte Reportage in die Hose gegangen.«

Sie wollte irgendetwas erwidern, ließ es dann aber. Ich fühlte, wie ich ganz starr wurde.

Clara Gütt saß jetzt am Tisch und weinte auf eine sehr kindliche Art. Sie wimmerte, sie hatte einen schiefen Mund wie ein Clown, sie saß so gebeugt, dass man glauben konnte, sie habe einen Buckel. Ihre Schultern zuckten, und ihre Hände mit den grellroten Fingernägeln fingerten an der Kaffeetasse herum. Ich sah, dass ihre Knie sich schnell hin und her bewegten. »Verdammt noch mal, ich möchte mitfahren. Ich werde kein Wort sagen. Ich verspreche es.« Ihre Stimme war hoch und zittrig.

»Nimm sie mit«, sagte Anni. »Sie ist völlig fertig, davon verstehe ich was.«

»Es geht nicht«, widersprach ich müde. »Sie ist ein ahnungsloses Risiko, verstehst du denn nicht, Anni? Wenn ich sie mitnehme und sie flippt aus, kann ich mit dieser Grenzow kein vernünftiges Wort ...«

»Ihr seid ja zwei völlig Irre!« schrie Clara Gütt auf einmal. Sie sprang auf, dass der Stuhl nach hinten gegen den Herd flog. »Ihr seid zwei vollkommen Irre! Ich habe Angst! Soll ich es wiederholen? Ich habe Angst, ich habe Angst! Acht Jahre habe ich in einem Team gearbeitet. Irgendetwas ist in all den Jahren abgelaufen, wovon ich keine Ahnung habe. Versteht Ihr mich?« Sie schrie jetzt richtig hysterisch. »Da ist etwas passiert – und ich habe es nicht gemerkt – jetzt habe ich Angst davor, dass irgendeiner mir den Bauch voll Plastik schießt. Ihr Arschlöcher!« Sie stand da, leicht vornübergeneigt, als wolle sie uns anspringen, und wahrscheinlich wollte sie es in dieser Sekunde auch.

Annis Unterlippe zitterte bedenklich.

»Zieh dir einen Pullover an«, sagte ich. »Die Nächte sind verdammt kalt.«

»Moment mal«, sagte Anni, »so einfach geht die Sache auch nicht. Das BKA weiß inzwischen, dass dieser Dr. Sahmer zwei Meter vor der Ferienwohnung seiner Sekretärin ermordet wurde. Sie werden nach ihr suchen. Da sie nicht in ihrer Wohnung in Düsseldorf ist und nicht in der Wohnung hier in der Eifel, muss uns irgendetwas einfallen. Oder sie meldet sich bei der Polizei.«

»Ich melde mich«, sagte sie in fast normalem Ton. »Aber erst mal will ich nach Düsseldorf.«

»Augenblick«. sagte ich, »Anni hat Recht. Wenn sie dich hier in der Ferienwohnung nicht finden und nicht in Düsseldorf, werden sie nur zwei Minuten brauchen, um festzustellen, dass du bei mir bist. Mich kennt man hier, ich bin wie ein bunter Hund. Also meldest du dich jetzt besser. Und du sagst, du weißt, was los ist, willst aber noch nach Düsseldorf. Du bietest ihnen an, dorthin zu kommen, wohin sie dich haben wollen. Weil wir uns zusätzliche Feinde nicht leisten können, bist du hübsch höflich, ja?«

Sie ging zögernd die Polizei anrufen, und ich aß eines von Annis Butterbroten. Clara kam sehr schnell wieder und sagte: »Sie wollen mich heute noch in Meckenheim haben. Sie sagen, ich soll schnell kommen. Egal wie, aber schnell. Werden sie mich dort festsetzen?«

»Auf jeden Fall wird es Stunden dauern. Also erst nach Düsseldorf zu deiner Chefin, dann nach Meckenheim zu den Jüngern von der Heiligen Wanz. Und ich hatte gehofft, ich könnte schlafen.«

4. Kapitel

Im Auto sagte sie: »Weißt du, ich schäme mich, ich schäme mich wirklich. Als du so wütend geworden bist, ist mir plötzlich aufgegangen, dass ich irgendetwas in meinem Leben falsch gemacht haben muss.«

»Wieso das?«

»Zwei Tote, ein Verschwundener. Da muss in der Firma etwas abgelaufen sein. Ich hatte mir eingebildet, wir wären ein Team, ich hatte gedacht, ich kenn' sie alle genau.«

»Wie sah dein Leben denn aus?«

»Also ich fand es gut. Wir waren eine starke Truppe, wir haben schwer rangeklotzt, eine erfolgreiche Firma, gute Leute, ich hatte mit niemandem Krach.«

»Was waren eure Themen, über was habt ihr geredet?«

»Meistens war es fachlich. Wie man eine Parfümflasche formen kann, in welche Plastikflasche man dieses Geschirrspülmittel tut, wie du am besten Waschpulver verkaufen kannst, in welche Schachtel, in welche Farbe am besten weiße Krokantpralinen passen. Wie wir den Umsatz steigern, wie wir an den nächsten großen Kunden kommen, ob wir einen Preis im Design kriegen, was für Autos man sich kauft, wo man welche schicken Klamotten gesehen hat, ob du im Urlaub in den Süden gehst oder in Finnland Kajak fährst. Halt all diesen normalen Scheiß.«

»Okay. Nun zu diesem Sahmer. Er war also verheiratet. Was weißt du über die Freunde und Freundinnen der Dr. Grenzow?«

»Na ja, eigentlich nichts. Außer der Sache mit Kanter, also unserem Oberboss in der Konzernleitung.«

»Was war das für eine Sache?«

»Das ist ganz normal, nichts Aufregendes. Ich war Kanters Sekretärin, und ich war ziemlich bald auch privat mit ihm zusammen – jedenfalls meistens. Dann lernte er im Konzernbereich Vera kennen und sagte mir das auch ganz offen. Ich stieg also aus, und er hat seitdem mit ihr ... Sonst weiß ich eigentlich ...«

»Du machst mich krank!« Ich explodierte fast.

»Wie bitte?« Sie war völlig verunsichert.

»Ich erkläre es dir, ich will nicht platzen. Also: Du sagst, alles sei völlig normal gewesen. Dann erwähnst du dein Liebesverhältnis mit dem eigenen Chef ungefähr so, wie Eifelbauern über ein Schlachtschwein reden. Du tust so, als wäre das alles stinknormal, du gehst mit deinem Chef ins Bett, dann kommt eine andere Frau, die zufällig jetzt auch noch deine Chefin ist, und sie spannt dir den Chef und Liebhaber aus. Das tut doch weh, Mädchen, das macht doch traurig, das ist doch viel mehr als ein Paar neue Jeans oder eine neue Uhr. Mit anderen Worten: Kannst du auch mal etwas menschlicher reagieren als das Gefrierfach in meinem Eisschrank?«

Sie antwortete nicht, sie blickte starr nach rechts aus dem Fenster, und nach einer Weile merkte ich, dass sie lautlos weinte.

Erst als wir die A 3 von Köln nach Düsseldorf erreicht hatten, sagte sie: »Also wenn du mich so fragst, weiß ich von Vera eigentlich nichts. Außer: Sie ist große Klasse im Beruf. Sie sagt immer: ›Ich kann aus Scheiße ebenso Bonbons machen.‹ Das stimmt. Nur dieser Mann, dieser Tote aus dem Wald, den habe ich bei ihr gesehen. Ich irre mich nicht. Denn der Mann sah absolut nicht so aus, als würde er zu Vera passen. Sie ist elegant, ein weiblicher Typ, arrogant fast, sehr zurückhaltend. Ja, und schön ist sie auch. Und Frau Dr. Und sie verdient ein Schweinegeld. Dieser Mann wirkte so wie ein freundlicher, harmloser Eifelbauer. Sicher einen Kopf kleiner als sie.«

»Kannst du dich genau an die Szene erinnern? Wie sah das aus? Vera und du, ihr habt zusammengehockt und Kuchen gegessen. Es schellt. Sie steht auf und geht zur Wohnungstür. Was passierte dann?«

»Also, sie sagte: ›Wer kommt mich denn an so einem Tag besuchen?‹ Dann stand sie auf und ging zur Wohnungstür, machte sie auf, und da stand dieser freundliche, kugelige Kerl und strahlte sie an. Sie sagt, sie sagt ... verdammt noch mal, ich krieg' das nicht mehr zusammen.«

»Einen Namen?«

»Richtig, einen Namen, aber welchen? Halt, ich habe es. Sie sagt ›Volker!‹ Und sie sagt es so, als habe sie mit jedem gerechnet, nur nicht mit diesem Volker.«

»Was passiert dann?«

»Dann sagt sie: ›Komm rein, komm rein!‹ Er kommt auch rein, ein bisschen scheu und verlegen. Ich gebe ihm die Hand, und er murmelt etwas, das ich nicht verstehe.«

»Seinen Nachnamen?«

»Keine Ahnung. Wenn er den gesagt hat, habe ich ihn nicht mitbekommen. Er setzt sich also hin und weiß nicht recht, wie er anfangen soll. Dann sagt er so was wie: ›Ich kam hier grad' vorbei und dachte, schau doch mal zu Vera rein.‹ Dann bin ich aufgestanden und habe gesagt: ›Ich muss gehen. Ich bin dann auch gegangen.‹«

»Gut. Er heißt also mit Vornamen Volker. Du hast jetzt sein Bild in der Zeitung gesehen und sofort die Vera angerufen. Sie hat gesagt, der Tote sehe diesem Volker zwar zum Verwechseln ähnlich, aber Volker sei sehr lebendig. Richtig?«

»Richtig.«

»Du hast dann gesagt, Vera würde sicherlich nicht lügen. Glaubst du das immer noch?«

»Nein, irgendetwas stimmt da nicht.«

»Eine weitere Frage: Du bist eine ziemlich hübsche Frau. Ich nehme einmal an, dass du nicht allein lebst. Wer ist dein Freund?«

»Ich habe zur Zeit keinen.«

»Wie lange lebst du schon allein?«

»Seit einem halben Jahr. Bis dahin war es ein Techniker von Siemens, aber der war nicht aufregender als handgestrickte Unterwäsche. Er hat es mir gründlich abgewöhnt.«

»Also: Sahmer verheiratet, Schulze verheiratet, du ohne festen Freund, von Dr. Vera Grenzow nichts bekannt? Ist das richtig so? Wie schätzt du Vera Grenzow in Bezug auf Männer ein?«

»Na ja, sie spielt die coole Arrogante, aber ich denke, sie ist genauso ein aufgeregtes Mädchen wie andere auch, wenn es sie erwischt. Aber ich weiß nicht, ob sie darüber reden würde. Nein, ich glaube nicht.«

»Weißt du zufällig, was sie verdient?«

»Auf den Pfennig genau. Rein netto hat sie fast achttausend. Kannst du mich eben zu Hause vorbeifahren? Drei Minuten.« Sie lotste mich in die Immermannstraße, und ich wartete, bis sie mit einer großen Segeltuchtasche wieder erschien. »Jetzt fährst du in die Altstadt, dann am Rhein entlang Richtung Duisburg.«

Auf dem Klingelschild stand nur Grenzow, und auf unser Schellen ertönte sofort der Summer. Wir fuhren mit dem Lift nach oben, und Clara flüsterte: »Ich werde den Mund halten. Vera macht mich immer so unsicher.«

Vera Grenzow stand in der offenen Wohnungstür und sagte mit sehr zurückhaltendem Lächeln: »Hallo.«

Ich sagte auch »Hallo« und setzte hinzu: »Baumeister, Siggi Baumeister.« Ich konnte ihr nicht die Hand geben, ich wollte es auch nicht. Ich stand steif da wie ein Ladestock und hätte am liebsten kehrtgemacht. Mit dieser Frau wollte ich instinktiv nichts zu tun haben.

»Hallo Vera«, murmelte Clara. Sie umarmten sich, und das wirkte für zwei Freundinnen verdammt wenig herzlich.

Sie war mittelgroß, sehr schlank, sehr gut gebaut. Sie trug eine sehr eindrucksvolle Pagenfrisur, von der ich annahm, dass der beste Friseur der Stadt sie persönlich geformt hatte. Weiße einfache Seidenbluse, schwarzer schlichter knielanger Rock – alles von jener Einfachheit, die so teuer war wie die kleine Rolex an ihrem rechten Handgelenk. Ihr Gesicht war madonnenhaft, herzförmig, mit einem kleinen wohlgeformten Mund unter einer schmalen, wohlgeformten Nase. Sie war so perfekt, dass ich augenblicklich Angst bekam. Und sie hatte steinharte, eisgraue Augen.

Sie sagte in sanfter, künstlich wirkender Modulation: »Hinein mit euch«, und sie musterte mich mit einem Blick, als erkundige sie sich nach dem Kilopreis für mageres Schweinefleisch. Dann wandte sie sich ab und gab den Weg frei in ihr Reich.

Vor mir war eine einflügelige Schwingtür. Als ich sie aufstieß, hörte ich Clara sagen: »Weißt du, das mit Jürgens Tod ist einfach so schrecklich, dass wir kommen mussten.«

»Ja«, sagte Vera Grenzow. »Das ist wirklich schrecklich.«

Der Raum vor mir war sehr groß und senkte sich zur Fensterfront hin um drei Stufen. Er wirkte wie ein Amphitheater, und er wirkte fast genauso groß. Der Raum maß sicherlich ebenso viele Quadratmeter wie eine Sozialwohnung für ein Ehepaar mit drei Kindern. Weiß war die vorherrschende Farbe, weiß die Wände, weiß alle Möbel, einschließlich der

Ledergarnituren, die so groß aussahen wie Doppelbetten. Alles war teuer, alles mit Sicherheit unerschwinglich.

Der Raum irritierte mich nicht, es waren die Menschen, die mich irritierten. Es waren sicher fünfzehn Menschen in diesem Raum, merkwürdigerweise alles Männer. Sie hockten in Grüppchen herum, sie standen zu zweit beieinander, hielten ein Glas in der Hand.

Alle sahen schweigend zu der Schwingtür hin, durch die ich kam. Groteskerweise sagte niemand etwas, kein Gemurmel im Raum, nicht einmal ein Glas klirrte. Ich starrte sie an und sagte dann: »Ich bitte darum, mich nicht mit dem Weihnachtsmann zu verwechseln.«

Hinter mir sagte Vera Grenzow: »Die Clara kennt ihr alle. Das ist Siggi, ein Freund von ihr.«

»Ich wollte aber nicht stören«, sagte ich über die Schulter.

»Oh, Sie stören gar nicht«, meinte sie leichthin. »Wir überlegen nur, was jetzt werden soll, nachdem Jürgen Sahmer tot ist.«

Ich konnte deutlich zwei Gruppen unterscheiden. Die etwas teureren Männer befanden sich alle auf dem unteren Niveau des Raumes, vor den Fenstern. Sie hatten alle die Jacketts lose um die Schultern hängen, und die Jacketts sahen nach Armani aus.

Die etwas billigeren Ausgaben waren in Dunkelgrau mit langweiligen Krawatten über weißen oder hellblauen Hemden ausgestattet; sie hockten oder standen in der oberen Hälfte des Raumes.

Diese Männer ließ Vera Grenzow rechts und links liegen und steuerte vor mir her die feineren Grüppchen an. »Das ist Dr. Kanter, der Chef unseres Unternehmens. Das ist Siggi ... äh, ich habe nicht verstanden.«

»Siggi Baumeister«, sagte ich und reichte Kanter die Hand.

94

Er war ein athletisch gebauter Mann mit kurzen grauen Haaren und einem schmalen, scharf geschnittenen Gesicht. Er war einen Kopf größer als ich, und er hielt sich wohl aus Höflichkeit leicht gebeugt. Er sagte: »Hallo, Herr Baumeister. Wie geht's in der Eifel?«

»Blendend«, murmelte ich.

»Darf ich Ihnen meinen Kollegen Dr. Bleibe vorstellen? Er kommt direkt aus dem Wilden Osten. Direkt aus Chemnitz.«

Irgendjemand hinter meinem Rücken lachte pflichtschuldig.

»Hallo«, sagte ich und reichte dem Chemnitzer die Hand.

»Es wäre einfacher«, sagte Vera Grenzow neben mir, »wenn die anderen sich vielleicht selbst vorstellen.«

Sie folgten ihr wie die Hündchen. Sie schritten auf mich zu, bildeten eine Art Schlange und reichten mir nacheinander mit kurzem, trockenem, männlichem Druck die Hand. Sehr eindrucksvoll, wenngleich ich keinen der Namen verstand. Sekunden nach dem Zeremoniell vereinigten sie sich wieder zu Grüppchen und Pärchen, und bald erfüllte Gemurmel den Raum.

»Hallo, Liebes«, sagte Kanter und umarmte Clara.

»Helmut!«, sagte sie begeistert und küsste ihn auf die Wange. Sie umarmte und küsste fast jeden, und sie schaffte das mit einer erstaunlichen Geschwindigkeit.

»Haben Sie den toten Jürgen Sahmer gesehen?«, fragte Vera Grenzow und gab sich ganz besorgt.

»Habe ich«, sagte ich. »Er sah schlimm aus. Plastik, wissen Sie? Irgend so ein Zeug, das man verschießt und das im Körper aufquillt, wenn man getroffen wird.«

»Aha«, sagte sie. Der Chemnitzer Dr. Bleibe reagierte rasch. »Das müssen Sie mir erzählen, das klingt ja sehr blutig.«

»Das ist es auch«, sagte Clara dumpf. Dann wandte sie sich an Vera und murmelte: »Jürgen wollte zu mir, verstehst du?

95

Er rief mich an und sagte, er käme jetzt. Und dann ist es passiert. Vor meiner Haustür sozusagen.«

»Aha«, sagte Vera Grenzow. »Und was sagt die Polizei?«

»Nichts«, mischte ich mich ein. »Was wollen die schon sagen?«

»Weshalb wollte Jürgen denn zu dir?«, fragte Vera Grenzow, als hätte ich nichts gesagt.

»Das weiß ich nicht«, sagte Clara. »Das weiß ich wirklich nicht. Vielleicht irgendetwas besprechen?«

»Die Polizei war bis vor einer Stunde bei mir«, sagte Vera, als sei das höchst lästig gewesen. »Erstaunlich, was diese Leute so alles fragen. Dabei weiß ich doch wirklich nichts.«

»Hat sich dieser Schulze eigentlich wieder eingefunden?«, fragte ich.

»Nein«, sagte Kanter. »Das ist merkwürdig.« Er lächelte Vera flüchtig zu. »Eine schöne kleine Firma, praktisch um die Hälfte der Belegschaft gekürzt. Ich verstehe das alles nicht. Aber ich muss ja auch nicht alles verstehen.«

»Ich hol' mir mal einen Wein«, sagte Clara erstaunlich unbekümmert. »Willst du auch etwas?«, fragte sie mich.

»Hat das Haus vielleicht einen Kaffee?«, fragte ich.

»Selbstverständlich«, sagte Vera Grenzow. »In der Küche.«

»Wie schön«, sagte ich und trabte hinter Clara her. Die Küche machte den heiteren Eindruck der Kommandobrücke eines Schlachtschiffes. Es gab jede Menge Schalttafeln für elektrische und elektronische Spielereien, und erstaunlicherweise war das Ganze nicht weiß, sondern taubengrau.

»Irgendwo muss Chablis sein«, murmelte Clara.

»Betrink dich bitte nicht«, mahnte ich.

»Will ich gar nicht«, sagte sie. »Irgendwie stimmt das alles nicht. Wenn man denen zuhört, sind sie völlig ahnungslos.«

»Wer sind diese Männer, ich meine diese dunkel Gekleideten?«

»Das sind Fahrer und Begleiter. Die sind immer da, wie Schatten.«

»Was heißt Begleiter? Leibwächter?«

»Ja, natürlich. Es wird nicht darüber geredet, aber es gibt sie. Die tragen alle Waffen, und sie können alle möglichen Kampfsportarten.«

»Kannst du dich an sie ranmachen und sie ein wenig aushorchen?«

Sie goss sich Weißwein in einen Kelch. »Was genau wollen wir wissen?«

»Das weiß ich nicht. Wo ist der Zucker?«

»Im Schrank. Soll ich nach Volker fragen?«

»Aber ja«, meinte ich.

»Kann aber sein, dass Vera sauer wird«, wandte sie ein.

»Es wird nichts bleiben, wie es war«, entgegnete ich und sah sie an. Sie sagte nichts, sie nickte nur, nahm ihren Wein und verschwand. Ich nahm meinen Kaffee und ging hinter ihr her.

Jetzt konnte man deutlich drei Sorten Männer unterscheiden. Da waren dieser Dr. Bleibe aus Chemnitz und Dr. Kanter in zwei Ledersesseln an der Fensterfront. Etwas zurück die Gruppen der jüngeren Männer. Oben die Fahrer und Leibwächter. Ich steuerte die Chefs an, ließ mich bei ihnen nieder und fragte frohgemut: »Machen Sie jetzt die hübsche Firma MICHELLE dicht?«

»Kommt nicht in Frage«, sagte Kanter schnell. Er rauchte eine Zigarre. »Die Firma ist fest im Markt, macht guten Umsatz, hat einen hervorragenden Ruf. Wahrscheinlich klärt sich das mit Schulze auf. Das mit Sahmer deutet für mich darauf hin, dass irgendein Verrückter unterwegs ist. Mit der Firma hat das nicht das geringste zu tun. Das ist privat.«

»Es ist aber schon der zweite«, widersprach ich. »Der Erste war Volker.«

Kanter war nicht die Spur irritiert, doch Bleibe reagierte erschreckt und sah mich mit großen Augen an. Er war ein kleiner, dicklicher Mann um die fünfzig, offensichtlich nervös, der nun schnell und leicht lispelnd fragte: »Wer um Gottes willen ist Volker?«

»Weiß ich nicht«, sagte Kanter ungeduldig. »Es gab einen wohl durchaus ähnlichen Fall in der gleichen Gegend. Soweit ich hörte, nur ein paar Kilometer entfernt von der Leich ... vom Tatort mit Dr. Sahmer. Also der Mann ist identifiziert?«

»Ist er nicht«, erklärte ich. »Man sagt, er heißt Volker mit Vornamen. Haben Sie irgendeine Ahnung, was diese Plastikmasse bedeutet? Woher stammt sie?«

»Nicht aus unserem Bereich«, sagte Kanter schnell.

Bleibe entspannte sich und lehnte sich zurück. Er hatte etwas sagen wollen, aber sein großer westlicher Bruder war ihm zuvorgekommen.

»Was haben Sie damit zu tun?«, fragte Kanter.

»Eigentlich nichts«, sagte ich. »Ich habe Volker gefunden. Ich bin Journalist und lebe dort, wo man Volker fand.«

Es war eine Weile still.

»Das wird dann sicherlich ein Gemetzel in der Boulevardpresse.« Die Stimme des Dr. Bleibe war sehr hoch und sehr sächsisch.

»Das glaube ich nicht«, sagte Kanter. »Natürlich ist das für euch im Osten sehr verwirrend. Aber, glaube mir, mein Lieber, wegen dieser merkwürdigen Plastikgeschichte wird man keine Sensation machen.«

»Na ja«, sagte Bleibe nicht sehr überzeugt. Er stand auf und verschwand.

»Für wen arbeiten Sie?«, fragte Kanter.

»Ich arbeite frei«, sagte ich. »Mal für den, mal für den.«

»Und dieser Fall interessiert Sie?« Er lächelte, eigentlich lächelte er ständig.

»Sicher interessiert er mich. Kannten Sie Volker wirklich nicht?«

Sein Kopf zuckte leicht.

»Nein, nein, ich sagte schon, ich kannte ihn nicht. Das Foto in den Zeitungen sagt mir nichts. Wieso?«

»Weil Vera Grenzow ihn kannte. Er war hier. Er war ihr Besucher.«

»Sind Sie sicher?«

»Ziemlich«, meinte ich.

»Und das kann keine Verwechslung sein?«

»Ich denke nicht.«

»Vera!«, rief er.

Sie stand in einer Gruppe junger Männer, die sie anhimmelten. Sie lächelte in die Runde und kam schnell zu uns. »Ja, Liebling?«

»Baumeister hier sagt, du kanntest den Toten. Den aus der Zeitung. Er sagt, der Tote hieß Volker, und er sagt, der Tote war hier.«

»Ja, die Clara hat das auch vermutet. Tatsächlich kenne ich einen Mann, der so ähnlich aussieht wie der Tote. Der Mann hat mir die Installationen in der Küche gelegt, Liebling. Aber tot ist er nicht. Im Gegenteil, es geht ihm gut. Die Ähnlichkeit mit dem Toten ist so frappierend, dass ich ihn anrief. Er ist sehr lebendig.«

»Aha«, sagte Kanter, aber er war sichtlich nicht beruhigt.

»Ich glaube das nicht«, stellte ich nüchtern fest.

Vera Grenzow wurde steif. »Sie müssen es nicht glauben, mein Lieber, so wichtig sind Sie nicht.«

»Na, na«, murmelte Kanter gutmütig. »Sie wollen doch nicht sagen, dass meine Freundin lügt, Baumeister, oder?«

»Soweit ich weiß, drücke ich mich klar aus«, erklärte ich kalt.

Es war sehr still, das Gemurmel der Männer in unserem Rücken klang sehr gedämpft.

»Das ist ja verrückt«, sagte Vera Grenzow hart. »Habe ich das nötig?«

»Scheinbar ja«, sagte ich. »Ich glaube, ich muss jetzt gehen.«

»Bleiben Sie doch noch«, sagte Kanter. »Das ist sicherlich ein Missverständnis. Sagen Sie, haben Sie vielleicht Lust, für meine Presseabteilung zu arbeiten?«

»Nein, habe ich nicht«, antwortete ich. »Da gab es schon mal einen Likörfabrikanten, der ziemlich unsauber war. Und als er wusste, dass ich es weiß, wollte er mich anstellen, um seine Memoiren zu schreiben. Für so viel Geld, dass man darin sämtliche Wahrheiten hätte einpacken können. Clara, lass uns gehen.«

Clara stand neben zwei Männern, die zu den Fahrern und Begleitern zählten. Sie drehte sich herum und nickte.

»Es war mir ein ausgesprochenes Vergnügen«, sagte ich leichthin. Ich stand auf und ging. Es war sehr still, und sie hatten alle aufgehört zu reden. Das Gesicht von Vera Grenzow war weiß vor Zorn.

Clara sagte atemlos: »Tja, Leute, dann macht's mal gut.« Dann wurde auch sie unsicher, machte ein paar schnelle, trippelnde Schritte und wusste nicht wohin mit ihren Händen.

»Ich wünsche noch eine fröhliche Trauerfeier«, sagte ich heiter und erreichte die Schwingtür.

Als die Wohnungstür hinter uns zufiel, sagte Clara aufschluchzend: »Verdammte Scheiße, damit ist doch mein ganzes Leben im Eimer.«

»Das ist sehr salopp ausgedrückt«, meinte ich ungerührt. »Aber es stimmt.«

»Und was wird jetzt aus mir?«

»Du musst ein neues Leben leben«, sagte ich. Ich hätte sie jetzt gern in den Arm genommen, aber ich traute mich nicht.

»Aber Vera lügt normalerweise wirklich nicht«, sagte Clara hilflos.

»Nichts an diesem Fall ist normal«, knurrte ich. Ich war sauer, ich war wütend auf mich. Ein Journalist, der etwas herausfinden will, sollte mögliche Informanten wie rohe Eier behandeln und nicht auf sie eindreschen. Ich war auf einmal wieder so wütend, dass ich Clara ziemlich unsanft in den Wagen schubste und den Schlag hinter ihr zuschlug, als gelte es, sie auf ewig einzuschließen.

Sie starrte mich erschrocken an.

»Tut mir Leid. Auf, nach Meckenheim in die Fänge des BKA, aufgemotzt mit ein paar BND-Jungs.«

»Und wenn die mich behalten?«

»Tun sie nicht, wenn du artig bist und die Wahrheit sagst.«

»Und was ist die Wahrheit?«

»Die Wahrheit ist, dass du die Wahrheit nicht einmal ahnst.«

Nach einer Weile fragte sie schüchtern: »Warum bist du so grob?«

»Weil ich nach wie vor die Hoffnung habe, zur Ruhe zu kommen, aufzuhören, mir um meine täglichen Brötchen Sorgen zu machen, endlich ein brauchbares Manuskript abzuliefern. Mit anderen Worten: Ich habe von dieser Welt die Schnauze voll, ich hocke in einem schwarzen Loch.«

»Aber eigentlich bist du gar kein schlechter Typ«, murmelte sie nach einer Weile.

Dann mussten wir lachen, und ich mochte sie plötzlich viel lieber als vorher.

Ich schaltete das Radio ein und erwischte eine der verzweifelsten Musiksendungen dieser Nation: Den ARD-Nachtexpress, eine ziemlich grob dröhnende Mischung von Schnulzen und solchen, die es gern werden wollen. Ein grauenhafter Versuchstenor schluchzte irgendetwas von einem Strand bei Santa Maria. Ich versuchte einen anderen Sender, aber der strahlte gerade eine akustische Sadistin aus, die in ihrer eisernen Härte an eine Blechdose erinnerte. Sie sang etwas von einem Mario, der irgendwo auf sie warten wird, oder sie auf ihn, oder was weiß ich. Jedenfalls lachten wir wieder, womit die segenspendende Nachtarbeit dieser Rundfunkkette bewiesen ist.

»Ich kann mit Vera nie mehr zusammenarbeiten«, sagte sie plötzlich. »Nach diesem Vorfall geht das nicht mehr.«

»Das wird ohnehin nicht gehen«, sagte ich. »Ich denke, dass diese beiden Toten nicht nur dein Leben verändern, sie werden auch deine Arbeit verändern.«

Eine Weile schwieg sie und sagte dann tapfer: »Tja, so wird es sein.«

Es war jetzt zwei Uhr, die Nacht war dunkel, und ich fuhr nicht allzu schnell, ich rollte zwischen den Lastern dahin. Dann war plötzlich ein Motorradfahrer dicht hinter uns und blieb in meinem Windschatten bis zum Leverkusener Kreuz. Dann zog er davon, schnell wie ein Strich.

In Köln-Süd bog ich auf die Bahn nach Bonn ab, in Meckenheim-Nord fuhr ich ab. Auf der Landstraße zwischen Bonn und Meckenheim waren wir allein.

»Zwei Kilometer noch«, sagte ich.

»Wartest du auf mich?«

»Aber sicher. Glaubst du, ich lass dich allein in der Höhle des Drachen?«

»Und wenn es Stunden dauert?«

»Dann werde ich Stunden warten. Sei gelassen. Die wissen nichts, aber achte bitte auf jedes Wort, was sie sagen. OK?«

»Ich werde es mir merken, ich bin eine gute Sekretärin.«

Ich bog in die scharfe Kehre ein, die direkt auf die Schnellstraße hinführt, die am Bundeskriminalamt vorbei verläuft. Die Straßen in diesem Bereich haben nichts von dem Charme alter Verkehrswege, sie sind kalte, breite, überdimensionierte Verbindungsstraßen, die von hohen Erdwällen eingefasst sind, damit die Bevölkerung in den hundert Meter entfernten Siedlungen nicht vollends lärmverrückt wird. Das Gebäude liegt wie eine gewaltige Krake in einer Landschaft, in die es nicht gehört.

»Achte auf alles, was sie reden, achte auf jede Bemerkung«, sagte ich noch einmal.

Ohne sich noch einmal umzudrehen, ging sie auf den Glaskasten zu, in dem ein Pförtner sitzt, und ich stellte mich mit dem Wagen in die Ausbuchtung einer Bushaltestelle. Anfangs versuchte ich, MC Hammer zuzuhören, aber das machte die Szenerie noch trostloser, wahrscheinlich hätten mir nur die weißen Rosen aus Athen helfen können. Ich versuchte es auch mit zehn Minuten Mozart – aber wahrscheinlich kann überhaupt niemand der Trostlosigkeit Meckenheims bei Nacht etwas entgegensetzen. Irgendwann döste ich ein. Anderthalb Stunden später kam sie offensichtlich fröhlich und beschwingt unter dem Licht der Bogenlampen herangetanzt. Sie setzte sich neben mich und gluckste. »Ich mag ja vielleicht eine Träne gewesen sein, aber ich will es wieder gutmachen. Schimpf nicht und sag nichts. Als ich zu Hause war, habe ich das da eingesteckt, und jetzt hast du neunzig Minuten Bundeskriminalamt original.«

Sie legte mir einen Walkman auf den Schoß, seufzte tief und rieb sich in diebischem Vergnügen die Hände. Das muss

103

man erlebt haben, das macht Mut: Da marschiert eine junge Frau zur Elite deutscher Kriminalisten und nimmt sie auf Band.«

»Hast du wieder kleines Mädchen gespielt?«

Sie wurde rot. Sehen konnte ich es nicht, aber sie neigte schnell den Kopf zur Seite. »Das wirkt doch«, sagte sie.

Ich startete und beschloss, sie wirklich ein wenig zu mögen. »Das Band werde ich in Andacht zu Hause hören. Kannst du kurz sagen, was die Überlegungen der Herren sind?«

»Mir ist klar, dass sie irgendeinen Spionagering der Stasi aus der ehemaligen DDR vermuten. Irgendetwas muss das alles mit den Stasi-Leuten zu tun haben. Aber sehr sicher wirkten sie nicht. Jedenfalls haben die mich ganz direkt danach gefragt.«

»Was haben sie gefragt?«

»Kannst du bitte losfahren? Mir ist das nicht geheuer hier. Sie haben mich gefragt, ob ich mir vorstellen kann, dass Vera Grenzow und Jürgen Sahmer und Günther Schulze Agenten der Staatssicherheit der ehemaligen DDR sind.«

»Was hast du geantwortet?«

»Verdammt verdammt, verdammt ...« Sie schlug sich mit der Faust in die linke Handfläche. »Ich habe gesagt, ich kann es mir nicht vorstellen. Ich habe gesagt: ›Undenkbar.‹ Ich habe gesagt: ›Das hätte ich doch irgendwie merken müssen.‹ Aber verdammt noch mal, ich hätte es nicht gemerkt. Verstehst du, ich hätte es niemals bemerkt. Ich war so etwas von naiv, ich war dumm, dämlich, ach was weiß ich. Und sie haben mich auch nach Sven Sauter gefragt. Und ich erinnere mich, dass ich dir das eigentlich sagen wollte.«

»Wer bitte ist Sven Sauter?«

»Das ist ein SPD-Bundestagsabgeordneter, ein Spezi von Kanter. Er ist dauernd um Kanter rum, wie ein Satellit. Und sie nennen ihn auch den Satelliten. Und eben bei Vera, da fehlte etwas. Ich dachte dauernd: Irgendeiner fehlt hier. Und richtig: Sauter fehlte. Weißt du, er ist so ein Typ, der gerne Frauen in den Hintern kneift, er säuft auch ziemlich viel. Er ist hoffnungslos von Kanter abhängig. Mensch, fahr doch endlich los!«

Ich fuhr also los, und diesmal fuhr ich so schnell es ging. »Haben sie irgendetwas über diese Plastikgeschosse gesagt?«

»Ja, sie haben mich danach gefragt. Aber sie wissen selbst nichts, das merkt man. Natürlich haben sie erwartet, dass ich es weiß. Aber ich weiß nichts. Bis du eigentlich wahnsinnig, Baumeister? Warum rast du so?«

Ich fuhr ein wenig langsamer, ich drehte SWF 3 auf und gleich wieder ab, weil da ein Bataillon Violinen Schmalz absonderte. »Hast du eigentlich eine Vorstellung, in welcher Stimmung dein Chef Dr. Sahmer war, als er zu dir kommen wollte?«

»Ich denke dauernd darüber nach. Er muss vorgehabt haben, mir etwas zu erzählen. Ich bin immer schon eine Art Briefkastentante gewesen. Er hat immer seinen Kummer auf den Schreibtisch geschüttet. Wenn er Zoff mit seiner Frau hatte, oder das Geld nicht reichte, oder irgendwas in die Binsen ging. Er kam zu mir und ließ es raus. Ja, ja, ich war seine Kummerecke. Ich denke, er wollte mit irgendeiner großen Sorge zu mir kommen.«

»Warum hat er sie nicht am Telefon rausgelassen?«

»Ich vermute, es war ihm so wichtig, dass er am Telefon nicht darüber reden wollte.«

»Kann es sein, dass er Angst hatte, wahnsinnige Angst, wirkliche Todesangst?«

»Ich versuche dauernd, mich an seine Stimme zu erinnern. Ich glaube, ich habe diese Stimme noch nie so flach und atemlos, so gepresst erlebt, wenn du weißt, was ich meine.«

»Was ist mit diesem verschwundenen Günther Schulze? Warst du auch seine Vertraute, sein Kummerkasten?«

»Nein, der Günther war irgendwie anders. Stiller, leiser, verlegener. Meinst du etwa ...?«

»Ja, das meine ich. Wenn Sahmer Kummer und Angst loswerden wollte, kann es sein, dass Schulze diesen Kummer geteilt hat. Aber Schulze macht etwas anderes: Er ist plötzlich nicht mehr da, verschwunden, weg von der Bildfläche. Vielleicht hat er auch Angst gehabt.«

»Und was ist dann passiert?«

»Ich denke: Entweder ist er entkommen, oder aber er ist auch tot – und man hat ihn nur noch nicht gefunden. Wie ist seine Frau?«

»Eine Öko-Tussi, soweit ich weiß.«

»Warum sagst du das so verächtlich?«

Sie reagierte schnell und unwillig. »Weil ich diese Typen, die immer so aussehen wie schlecht verdienende Sozialarbeiter, nicht ausstehen kann.«

»Und sie sagen bestimmt von dir, du seist ein Typ aus der Brigitte, mit einem nachgemachten Leben. Na gut, wo wohnen sie?«

»In Düsseldorf.«

»Dann holen wir sie jetzt aus dem Bett.«

»Bist du verrückt?«

»Ja.« Ich war kurz vor Altenahr, ich wendete. »Haben sie dich über den Günther Schulze ausgefragt?«

»Ja, natürlich. Aber ich weiß wirklich nichts. Ich weiß eben nur, dass er vor vier oder fünf Jahren aus Ost-Berlin kam, direkt von der Humboldt-Universität. Irgendwie trickreich über Ungarn oder so. Damals war er noch nicht verheiratet.«

»Woher kommen eigentlich die Grenzow und der Sahmer?«

106

»Auch aus Ost-Berlin, also aus dem ehemaligen Ost-Berlin. Auch von der Humboldt-Universität. Das ist ja das, was mir jetzt Sorgen macht. Irgendwie bin ich stinksauer auf mich selbst. Ich bin nie darauf gekommen, darüber nachzudenken.«

»Clara Gütt, hüte dich vor faschistoiden Gedanken! Die Tatsache, dass die drei aus der Ostberliner Humboldt-Universität gekommen sind, besagt zunächst nichts anderes, als dass sie wahrscheinlich in ihren Spezialgebieten klasse sind.«

»Ja, aber es macht doch nachdenklich. Wenn die da drüben dauernd bei uns spioniert haben, dann kann es doch sein ...«

»Mach dich nicht verrückt. Natürlich kann das sein. Es kann aber auch sein, dass absolut nichts dran ist an der Agentengeschichte, dass die Kameraden vom BND und BKA nur ein bisschen spionage-neurotisch sind. Das sind die garantiert. Jeder, der in der ehemaligen DDR Leitungsfunktionen hatte, kam zwangsläufig mit der Stasi zusammen. Beispiel: Ein Hausmeister in einem Krankenhaus soll als Held der sozialistischen Arbeit mit einer Dampferfahrt nach Kuba belohnt werden. Um zu garantieren, dass der Mann das auch wirklich verdient hat, tauchen Stasi-Agenten bei seinem Chef auf und erkundigen sich nach seiner Linientreue. Was immer der Chef auf diese Frage antwortet: Schon hat er Verbindung zur Stasi! Wir selbst haben die Hitler-Vergangenheit nur mühsam aufgearbeitet, in manchen Punkten überhaupt nicht. Und jetzt schreien wir: ›Hängt die Stasi-Schweine auf!‹ Das macht mich fertig. Welche Ausfahrt?«

»Düsseldorf-Zentrum. Was willst du sie fragen?«

»Ob sie sich vorstellen kann, wohin ihr Mann verschwunden ist. Wenn er überhaupt verschwunden ist.«

»Was heißt das?«

»Nun ja, das ist einfach. Nehmen wir an, irgendetwas hat diesen Mann zu Tode erschreckt, so dass er flüchten muss. Kann es nicht sein, dass er in seinem eigenen Keller hockt?«

»Das könnte sein«, sagte sie nach einer Weile. »Raffiniert genug ist er.«

Dann schwiegen wir. Ich schaltete den Funk ein, und jemand kam über Kanal neun mit dem Hilfeseufzer: »O Scheiße, mir ist links hinten der Reifen geplatzt. Kann jemand mir helfen?«

Eine Männerstimme fragte: »Was brauchst du denn?«

»Einen Reifen«, sagte die Panne.

»Willst du sagen, du hast keinen Reservereifen dabei?«

»Richtig.«

»Lass dich nicht von den Bullen erwischen.«

»Statt zu reden, könntest du helfen.«

»Kann ich nicht, Schätzchen, bin auf der Gegenfahrbahn.«

»Sausack!«

Clara Gütt lotste mich in die Innenstadt. Eine schmale Straße bog von der Immermannstraße ab, eine Sackgasse, an der sechs Doppelhaushälften standen. »Das letzte«, sagte sie. »Ich hab' ein Scheißgefühl.«

»Keine Panik«, sagte ich beruhigend. Es war vier Uhr morgens. Clara klingelte Sturm, aber nichts regte sich. Sie sagte in den Lautsprecher an der Haustür: »Mensch, Selma, mach doch auf. Ich bin's, die Clara Gütt.«

Kein Lebenszeichen.

»Was machen wir jetzt?«

»Ich weiß es nicht. Vielleicht ist sie mit ihm verschwunden.«

»Aber sie haben doch ein Baby«, sagte sie empört.

»Man kann auch mit Baby verschwinden«, hielt ich dagegen.

Dann hörten wir es. Es war ein keineswegs hysterisches, sondern eher beruhigendes, kräftiges Babygeschrei. Aber niemand öffnete die Tür, kein Licht ging an. Das Geschrei blieb gleichmäßig.

»Wir gehen um das Haus«, entschied ich.

An der Seite des Hauses und dahinter war ein Garten, einfach und außerordentlich sauber gepflegt, fast keimfrei. Hinter dem Haus ein kleiner, mit Betonplatten belegter Platz mit einem neuglänzenden Schaukelgestell und einer Teppichstange.

»Lieber Himmel, die Tür zum Keller steht auf«, hauchte Clara.

»Bleib hier. Ich gehe mal rein.« Ich sah mir die Tür an. Sie war aufgebrochen worden. Vermutlich hatte man einen einfachen eisernen Hebel benutzt, denn das Schloss war einfach zur Seite herausgebrochen.

Es war stockdunkel und roch nach nichts. Ich tastete nach einem Lichtschalter, und als ich einen fand und daran drehte, wurde es schmerzhaft hell. Es war eine Waschküche, sehr ordentlich aufgeräumt, mit einer Waschmaschine und einem Trockner.

Clara kam herein, und ich bedeutete ihr, leise zu sein.

»Hallo!«, rief ich nach einer Minute laut.

Niemand antwortete. Irgendwo über uns schrie das Baby. Es wirkte jetzt quengeliger.

»Das Kind kann doch nicht allein hier sein«, sagte Clara entrüstet.

»Ist es wohl auch nicht«, meinte ich hoffnungsvoll. »Komm, lass uns nachsehen.«

Wir stiegen die Kellertreppe hinauf. Die Tür am Ende der Treppe war angelehnt, nicht geschlossen.

Selma Schulze lag am Ende des Flures auf dem Rücken. Der Mörder hatte sie mit dem Plastikgeschoss in der linken Leiste erwischt. Sie war bis auf den Slip nackt, und sie war eine schöne Frau gewesen.

109

»Sie hat etwas gehört, kam hinuntergerannt und lief ihm genau in die Bahn«, sagte ich tonlos. »Fass nichts an, sieh dich aber vorsichtig und genau um. Und wenn du weißt, wo hier das Telefon steht, geh hin und ruf die Leute vom BKA Meckenheim an.«

Sie antwortete nicht, sie sah zu, dass sie schnell mit abgewandtem Kopf an der Toten vorbei kam. Ihr Gesicht war schneeweiß. Dann hörte ich, wie sie atemlos sagte: »Sie müssen ganz schnell kommen.« Den Rest verstand ich nicht.

Alle Möbel waren aus naturbelassener Kiefer; ein paar Stücke der Tischchen und Tische, der Sessel und Hocker sahen so aus, als seien sie selbstgefertigt. Das kleine Haus war sehr gepflegt und sauber, keine Spur irgendeiner Unordnung.

»Hat er das Haus gekauft?«

Sie hockte in einem Sessel neben dem Telefon und starrte bleich in den hellbeigen Wollteppich. »Ja. Es ist ein Firmenhaus. Man kann es zu günstigen Bedingungen vom Gehalt abzahlen. Er hat es so gemacht. Meinst du, dass er auch tot ist?«

»Kann sein. Könntest du zu dem Baby gehen? Es ist zwar eingeschlafen, aber man sollte nachsehen.«

»Ja, natürlich«, sagte sie erschreckt. »Ich kann mit Babys aber nicht umgehen.«

»Du bist sicher ein Naturtalent«, beruhigte ich sie.

»Dann muss ich aber durch den Flur.«

»Ja«, sagte ich.

Sie ging, und ich hörte sie die Treppe hinaufsteigen, sehr langsam, Stufe um Stufe. Ich ließ alle Rollläden herunter und folgte ihr dann nach oben. Sie stand an einem Kinderbettchen in einem kleinen Raum. Das Kind schlief.

»Lass die Rollläden herunter«, sagte ich. »Ich schau' mich nur mal um.«

Auch in dieser Etage keine Spur von Unordnung, keine offene Schublade, keine offene Schranktür.

»Was war Selma von Beruf?«

»Krankenschwester. Und was ist, wenn das Baby aufwacht?«

»Das macht nichts, dann singen wir ihm ein Liedchen. Die Polizei wird sich darum kümmern. Es muss doch Verwandte geben. Hatte er Verwandte?«

»O ja, Schwiegereltern. Hier irgendwo in der Gegend. Seine Eltern leben wohl in Leipzig. Er hat auch einen Bruder, der Rechtsanwalt ist. Mein Gott, das ist alles schrecklich.«

Wir gingen durch den Keller hinaus auf den Platz mit der Kinderschaukel und rauchten eine Weile schweigend. Als ich die Olivenholzpfeife ausklopfen wollte, brach das Mundstück ab, und ich warf sie in den Garten.

»Ich verstehe das alles nicht«, murmelte sie. »Ich kann doch nicht diese Katastrophen übersehen haben, die müssen sich doch irgendwie vorbereitet haben.«

»Vielleicht ist es ein Geistesgestörter«, sagte ich, aber es war nur eine dumme Bemerkung.

»Ob sie die Vera Grenzow verhaftet haben?«

»Ich weiß es nicht. Warum?«

»Weil sie so getan hat, als sei der tote Volker nicht der tote Volker.«

»Deshalb kann man sie nicht gleich des Massenmordes verdächtigen«, sagte ich. »Man wird sie schützen, weil sie vielleicht auch auf der Liste steht. Ich habe aber noch eine Frage zu dem verschwundenen Günther Schulze: Kennst du irgendeine Person, zu der er besonderes Vertrauen hatte?«

»Nein. Das hätte ich dir längst gesagt.«

Dann gingen wir wieder ins Haus. Im Schlafzimmer war nur eine Betthälfte benutzt. Sie hatte Horvaths ›Jugend ohne

111

Gott‹ gelesen. Da war auch ein kleiner Taschenkalender, in den sie gelegentlich etwas eingetragen hatte. Die letzte Eintragung war vier Tage alt. Sie lautete: ›Mein Gott, das ist wie ein Alptraum: Er ist weg. Er ist so schrecklich weg, als habe es ihn nie gegeben. Ich kann mir nicht einmal vorstellen, warum er fortgegangen ist.‹

»Sie hatte keine Ahnung«, sagte ich. Wir gingen hinaus, setzten uns in das Auto, und ich hörte mir das Band an, das Clara aufgenommen hatte. Es war voller Ironie, dass die Männerstimmen auf dem Band genau dieselben Fragen stellten, wie wir sie uns gerade gestellt hatten. Es gab Bemerkungen, die ich nicht verstand. Zum Beispiel sagte eine junge Stimme mehrere Male: »Und ich sage euch, wenn Frau Gütt behauptet, dass sie keine Ahnung hat, dann glaube ich ihr, weil die Ukams immer so gearbeitet haben.« Was um Himmels willen waren Ukams?

Ich hörte immer wieder eine Tür mit einem bestimmten Quietschton auf- und zugehen. Dazwischen sagte Clara etwas verzerrt: »Warum soll ich Ihnen denn etwas vormachen? Ich weiß absolut nicht, was das alles zu bedeuten hat, ich weiß ja nicht einmal, was Doktor Sahmer von mir wollte. Ich glaube nur zu wissen, dass der erste Tote dieser Bekannte von Frau Dr. Grenzow war, dieser Volker. Aber das ist auch alles.« Die Tür quietschte wieder, dann meinte eine Männerstimme beruhigend: »Regen Sie sich nicht auf, Frau Gütt. Wir fragen nur, weil wir fragen müssen.« Dann Clara, hoch vor Aufregung: »Warum sagen Sie so dummes Zeug, wie ich solle mich nicht aufregen? Was soll der Quatsch? Dieser Volker ist tot, mein Chef, Dr. Sahmer, ist tot, sein Mitarbeiter Schulze verschwunden. Und ich soll mich nicht aufregen?« Dann wieder das Quietschen der Tür, dann jemand, offensichtlich am Telefon: »Verdammt, Herr Staatsanwalt, nun rauben Sie uns doch nicht den letzten Nerv. Wir arbeiten ja, oder glauben Sie, wir hocken hier und spielen Monopoly?« Dann eine andere Männerstimme: »Ich wette, dass Sven Sauter knietief in der Scheiße hockt. Und ich wette, dass er das nicht einmal weiß.« – »Sauter«, sagte eine andere Stimme, »wird doch nicht so blöd sein und sich selbst einen Agentenring ins Vorzimmer zu holen.« – »Nein, nein«, giftete eine andere Stimme, »ihr macht es euch zu einfach. Wenn Sauter etwas weiß, wird er es uns nicht sagen. Vielleicht sollten wir in Pullach anrufen, um zu erfahren, ob sie Sauter auf der Liste haben. Das könnte nützlich sein.« – »Dann mach es doch gefälligst«, schnaubte irgendjemand mit einer Bassstimme, »red nicht rum, sondern mach es. Aber ruf nicht an, geh über Fernschreiber.« Irgendwann stellte ich das Band einfach ab.

Als sie kamen, war bereits der Tag über Düsseldorf angebrochen. Sie kamen in zwei dunkelgrauen, schweren BMWs ohne Blaulicht und Trara. Es waren sieben Männer und eine Frau, und sie sahen alle übermüdet aus. Sie grüßten sehr höflich. Ein hagerer, beinahe unwirklich dünner Mann kam zu uns und sagte: »Müller ist mein Name. Danke, dass Sie uns benachrichtigt haben. Sie sind Siggi Baumeister?«

»Ja. Und sagen Sie mir nicht, ich soll mich heraushalten. Das höre ich jedesmal, und ich halte mich nie daran.«

Er hatte erstaunlich helle blaue Augen. Er sah mich an und bemerkte gelassen: »Lassen Sie uns von Beginn an keine Aggressionen schüren. Bekanntlich hilft das keinem. Ich kenne Ihre Beiträge in einigen Magazinen, und ich mag Ihre Aufrichtigkeit. Falls Sie mir in die Quere kommen, werde ich mich allerdings wehren, und ich werde unhöflich genug sein, das gründlich zu tun. Sie haben uns Frau Gütt bereits als

113

Zeugin einen ganzen Tag lang vorenthalten, um es vornehm auszudrücken. Wiederholen Sie das bitte nicht. Und jetzt beantworten Sie mir bitte eine Frage: Warum sind Sie mitten in der Nacht hierhergefahren?«

Es war ein starker Typ, kein Zweifel. Und ich wusste nicht genau, ob er zu denen zählte, die das auch ständig wissen. Ich dachte, es sei besser, vorsichtig zu sein. Ich meinte also ruhiger: »Tut mir Leid, keine Aggression.«

»Warum sind Sie also hierhergefahren?«, wiederholte er.

»Weil wir dachten, dass Selma Schulze vielleicht eine Ahnung hat, wo ihr Mann ist und wohin er verschwunden sein könnte«, antwortete Clara.

»Die Kellertür war auf«, sagte ich. »Kein Licht im Haus, nur das Baby schrie. Alles, was wir angefasst haben, können wir markieren. Aber ich glaube nicht, dass dieser Mörder irgendwas berührt hat, es sei denn mit Handschuhen.«

»Wie kommen Sie darauf?«, fragte er mich freundlich.
»Weil nichts im Haus in Unordnung ist«, antwortete ich. »Im Schlafzimmer werden Sie einen Kalender finden. Da hat die Frau Eintragungen gemacht. Aus denen geht hervor, dass sie vollkommen ahnungslos war.«

»Auch das noch«, seufzte er.

»Wir möchten eigentlich nach Hause«, begann ich. »Wir sind todmüde.«

»Geht noch nicht«, entschied er knapp. »Wir haben Frau Dr. Grenzow erst einmal aus dem Verkehr gezogen. Schutzhaft. Und eigentlich dachten wir daran, dasselbe mit Frau Gütt zu tun.«

»Aber ich bin bei Baumeister zu Hause doch sicher«, wandte Clara ein.

»Ich möchte mir hinterher keine Vorwürfe machen«, erklärte er. »Aber vielleicht warten Sie noch eine halbe Stunde. Ich muss mir erst einmal den Tatort ansehen.« Er winkte der Truppe zu, und sie verschwanden gemeinsam im Haus.

»Das kann er doch nicht machen«, sagte Clara zaghaft.

»Natürlich kann er das«, sagte ich. »Diese Frau ist getötet worden, obwohl sie nach der Eintragung in ihrem Kalender nicht die Spur einer Ahnung hatte.«

Es war sechs Uhr, als der Leiter der Truppe wieder zu uns kam. »Kann ich Sie einen Augenblick sprechen?«, bat er mich. Wir gingen in das erste Obergeschoss in einen Raum, der offenbar so etwas wie das Arbeitszimmer des verschwundenen Günther Schulze gewesen war. Wir hockten uns auf zwei Stühle.

»Was denken Sie über diesen Fall?«, fragte er.

»Ich weiß es nicht. Ich stochere herum. Ich gehe davon aus, dass irgendeine massive Gefahr auf Dr. Sahmer zukam, der er auszuweichen versuchte. Ohne Erfolg. Vorher war bereits Günther Schulze verschwunden. Entweder ist er lange tot, oder aber er sah diese Gefahr ebenso plötzlich und entschloss sich zur Flucht.«

»Oder aber«, wandte er ein, »der Fall Sahmer hat mit dem Fall Schulze gar nichts zu tun.«

»Das kann auch sein«, gab ich zu, »aber wahrscheinlich ist es nicht.«

Er nickte. »Haben Sie irgendwas über diese Plastikgeschosse gehört?«

»Nicht die Spur«, antwortete ich.

»Nehmen Sie Frau Gütt mit zu sich nach Hause?«

»Ja. Vorausgesetzt, Sie lassen es zu.«

»Das lasse ich zu«, sagte er. »Wir können sowieso keinen Personenschutz stellen, wir haben keine Leute. Wir sollten etwas abstimmen: Wenn Sie etwas herausfinden, rufen Sie mich sofort an?«

»Ja«, sagte ich verblüfft.

Er lächelte. »Ich heiße Müller«, meinte er überflüssigerweise. Eigentlich war ich entlassen.

»Ich möchte doch auch eine Frage stellen. Ich möchte wissen, wie tief der Bundestagsabgeordnete Sven Sauter in dieser Geschichte steckt. Und in welchem Zusammenhang sind Sie überhaupt auf den gestoßen?«

»Routine«, sagte er nachdenklich. »Bei so einem Fall gehen wir in die Computer. Wir geben die Namen der scheinbar Beteiligten ein und kriegen vom Computer neue Namen geliefert. Wenn Sie also den Namen der Firma MICHELLE eingeben, in der der Tote und der Verschwundene beschäftigt waren, kriegen Sie den Chemiekonzern und sofort den Namen des Mannes, der dieser Firma vorstand, also Dr. Helmut Kanter. Dann kriegen Sie automatisch auch den Bundestagsabgeordneten Sven Sauter. Der war nämlich im Gesamtbetriebsrat des Konzerns und ging von dort aus in den Bundestag. Er ist ganz offiziell Teil der Lobby des Konzerns und wird ganz offiziell auch für die Beratung bezahlt. Er kriegt zweitausend netto monatlich dafür auf die Hand. Aber alles das sagt absolut nichts aus über diese geheimnisvollen Vorgänge. Will sagen: Kanter kann etwas wissen, muss aber nicht. Sauter kann etwas wissen, muss aber nicht. Wir werden nachfragen. Warum lächeln Sie so?«

»Ich frage mich gerade, ob Sie wissen, wie oft Sie gegen den Datenschutz verstoßen, wenn Sie derartige Angaben auf Knopfdruck geliefert bekommen.«

Er nickte nachdenklich. »Mag sein, aber ich habe keine Zeit, mich auch noch um Datenschutz zu kümmern. Datenschutz ist zuweilen Täterschutz, also Scheiß drauf. Ihre Personenunterlagen lassen im Übrigen darauf schließen, dass Sie auch nicht gerade ein vorsichtiger Typ sind. Seien Sie auf der Hut!«

116

»Bin ich doch immer«, sagte ich und ging. Er war ein guter Typ, es war das erste Mal, dass mir jemand in so einer hohen Position gefiel.

Wir machten uns aus dem Staub, und Clara setzte sich sofort auf die Rückbank, rollte sich zusammen, bedeckte sich mit einem alten Parka, den ich dort deponiert hatte, und sagte: »Weck mich nie mehr auf.« Nach ein paar Minuten war sie eingeschlafen. Sie schlief unruhig, sie drehte sich hin und her, sie träumte wild. Sie hatte offensichtlich vor etwas Angst, aber ich konnte keines ihrer Worte verstehen.

Wenn man über Köln und Euskirchen in die Eifel hinauffährt, verlässt man die Zivilisation und beginnt sich im Angesicht des hinterlistigen Bergvolkes wirklich wohl zu fühlen. Ich dachte nicht über diesen Fall nach, ich glaube, dass ich überhaupt nichts dachte. Ich war viel zu erschöpft. Als die lange Steigung begann, hängte ich mich hinter einen Lastzug voll Gerolsteiner Sprudel und döste vor mich hin. Ich würde duschen und wahrscheinlich zwanzig Stunden schlafen. Irgendwann würde Tante Anni eines ihrer Operettenlieder grölen – und wahrscheinlich würde ich sie erwürgen. Irgendwann war ich das Dösen satt, überholte den Lastzug und zog los. Eine sehr rote Sonne begann im Osten hochzusteigen, wahrscheinlich würde es warm werden.

Dann sah ich den Motorradfahrer, eine vollkommen schwarze Figur auf einer ebenso schwarzen Maschine. Er trug einen feuerroten Schal um den Hals, der lustig hinter ihm herflatterte. Er kam mit hoher Geschwindigkeit heran und war wie ein Blitz vorbei. Wahrscheinlich fuhr er weit über zweihundert Kilometer die Stunde. Möglicherweise war er einer dieser Irren, die mit den Rekordzeiten ihres Lieblingsfahrers im Ohr zum Nürburgring rasten, um die Zeiten zu verbessern. Vielleicht war er einer dieser Freaks, die irgendwann als blutige Bündel verre-

117

cken, weil sie der Braut auf dem Soziussitz unbedingt zeigen müssen, dass sie hohe Geschwindigkeiten nicht beherrschen.

Ich schaltete WDR 2 ein und hörte eine Weile den Nachrichten und der Musik zu. Am Ende der Autobahn bog ich nach links auf Hillesheim zu, hielt kurz an, um zu pinkeln, und beobachtete dabei eine Nachtigall, die besoffen vor Lebensfreude über einen Wiesenhügel taumelte.

Clara wurde wach und fragte gähnend, ob wir wohl ein Frühstück kriegen würden. Dann schlief sie wieder ein.

Ich überquerte die Kreuzung mit der Ahrtalstraße. Plötzlich war die schwarze Figur des Motorradfahrers wieder hinter mir. Er überholte nicht, er nahm meinen Windschatten und blieb hinter uns. Ich weiß nicht, warum ich plötzlich unruhig wurde, vielleicht war es Übermüdung, gesteigerte Phantasien unter Erschöpfung.

Er fuhr eine schwarze Yahama Genesis, und ich wunderte mich darüber, denn ich glaubte zu wissen, dass man dieses Geschoss nur in Weiß-Rot kaufen kann. Aber vielleicht gehörte er zu den Verrückten, die eine neue Maschine kaufen und sie sofort umspritzen lassen, um sich und der Welt zu beweisen, dass sie völlig aus dem Rahmen fallen. Ich wurde langsamer und schaltete in den dritten Gang zurück, dann in den zweiten. Ich kroch das Ende der Steigung hoch. Und um zu beweisen, dass ich mir absolut nichts dabei dachte, hielt ich schließlich an und begann mir eine Pfeife zu stopfen. Er zog langsam an mir vorbei und lockerte dabei fröhlich seine Beine. Das Visier seines Helms funkelte schwarz.

»Wer ist denn das?«, fragte Clara hinter mir.

»Ich weiß es nicht«, sagte ich. »Ich fahre sofort weiter, ich will nur warten, bis die Pfeife richtig brennt.«

In der lang gezogenen Linkskurve in Höhe Mirbach lehnte er mit dem Hintern an der aufgebockten Maschine und sah mir entgegen. Er hatte etwas in der Hand. Als ich sah, dass es so etwas wie eine Maschinenpistole war, blieb keine Zeit zu bremsen. Ich schrie: »Nimm den Kopf runter, wirf dich hin!« und gab Gas. Der erste Schuss zertrümmerte die Windschutzscheibe. Weil ich die Augen zu lange geschlossen hielt, während mir das Glas in kleinen Bröckchen um die Ohren sauste, musste ich den Wagen fangen und geriet einen Augenblick lang ins Schleudern, wurde zu langsam und musste in den zweiten Gang zurückschalten.

»Nein!«, schrie Clara.

»Kopf runter!«, schrie ich und schaltete hoch.

Im fünften Gang war ich jetzt bei einhundertzwanzig, aber viel mehr als einhundertsechzig würde der Wagen nicht hergeben. Ich hatte einen Vorsprung von etwa vierhundert Metern.

»Wer ist das?«, schrie Clara.

»Ich weiß es nicht«, brüllte ich zurück. »Bleib liegen, komm nicht hoch.« Ich versuchte zu überlegen, ich wusste nur, er würde in Sekunden wieder bei uns sein. Und während ich noch zu überlegen versuchte und in die erste Linkskurve bei Wiesbaum ging, war er bereits wieder da. Er fuhr dicht auf, nahm mit beiden Händen die Waffe hoch in die Hüfte, fuhr freihändig weiter und schoss.

Die Kugeln knallten hinten in das Blech, zertrümmerten die Rückscheibe, und Clara wimmerte.

Ich trat mit aller Gewalt in die Bremsen und ließ den Wagen quer zur Fahrbahn kommen. Aber er war besser als ich, er roch es. Er ließ die Hände mit der Waffe sinken, nahm den Lenker, kam mit einer eleganten Bewegung parallel zu mir und stand. Ich gab wieder Gas.

»Ich biege in den Wald ab«, schrie ich. »Es ist unsere einzige Chance. »Wieso ist hier denn keiner?«, fragte sie kläglich.

»Zu früh für Berufsverkehr. Bleib liegen, nimm den Parka und stopf ihn zwischen dich und die Rückenlehne. Im Wald bin ich sicherer, vielleicht.« Er kam sehr ruhig heran, wirkte nicht im geringsten aufgeregt, und tatsächlich war es nur eine Frage der Zeit, wann er uns wie auf einem Schießstand erledigen konnte.

Ich ging über Kanal neun und brüllte: »Wer immer mich hört, hol die Bullen. Ich werde beschossen, ungefähr fünf Kilometer vor Hillesheim. Ein Motorradfahrer beschießt mich. Schwarze Montur, schwarze Yamaha. Das Kennzeichen ... er hat gar kein Kennzeichen. Holt die Bullen!«

Vor dem Waldweg, der am Rande einer großen abgeholzten Fläche begann, hielt ich kurz, schaltete den Vierradantrieb ein und gab dann Vollgas.

»Jetzt wirst du hüpfen«, schrie ich.

Der Funk kam mit großem Rauschen. Jemand rief: »Junge, biste besoffen? Wer beschießt dich wo?«

»Wiesbaum-Hillesheim. Ich fahre in den Wald Richtung Eichengrund. Bullen her!«

Er konnte auf diesem Weg nicht freihändig fahren, er musste versuchen, mich auf eine andere Weise zu stoppen. Er war etwa dreißig Meter hinter uns und machte gewaltige Sprünge über die Bodenwellen.

»Halt dich fest«, schrie ich. Dann riss ich das Steuer nach rechts, kam den Bruchteil einer Sekunde zum Stehen, schob den kleinen Schalthebel auf doppelte Kraft und halbe Geschwindigkeit. »Jetzt pflüge ich.«

Er war geschickt, er fuhr nicht hinter mir her, er fuhr parallel, etwa zwanzig Meter versetzt links von mir. Wenn ich noch zweihundert Meter durchhielt, konnte ich ihn dort haben, wo ich ihn haben wollte.

»Lass deinen Kopf unten«, brüllte ich. Ich sah aus den Augenwinkeln, wie er schneller wurde, und ich wusste sofort, was er vorhatte. Er brauchte nur fünfzig Meter Vorsprung zu

120

haben, dann konnte er seine Maschine sausen lassen und uns auf kürzeste Entfernung wie Spatzen abschießen.

»Lieber Gott, das halte ich nicht aus.« Clara schluchzte haltlos. Er fuhr jetzt einen ziemlich spitzen Winkel und würde gleich von der Maschine springen, um zu schießen. Ich versuchte, in der Fahrt wieder in den normalen Vierradantrieb zu schalten, und merkwürdigerweise klappte das, obwohl der Hersteller behauptete, das ging nicht. Der Wagen kam schnell hoch, als ich im zweiten Gang Vollgas fuhr.

Er ließ die Maschine weiterrollen und sprang ab, kniete sich hin, hob die Waffe, und – er war zu langsam. Ich raste direkt auf ihn zu. Er sprang schnell zur Seite, machte eine Rolle und stand sofort wieder. Dann schoss er. Die Kugeln siebten seitlich und hinten in meinen Wagen, Glas splitterte, Clara schluchzte ganz laut.

Ich sah im rechten Außenspiegel, wie er auf die Maschine loslief, sie hochschob und startete. Seine Bewegungen waren affenartig schnell.

»Wir haben es gleich geschafft«, schrie ich.

»Er kommt doch schon wieder«, rief sie verzweifelt.

»Du sollst den Kopf unten halten«, brüllte ich.

Da, wo es ziemlich steil zum Eichengrund heruntergeht, war ein alter Weg, der ganz schmal durch einen Erdwall führte. Unmittelbar dahinter eine große Brache, die voll Wasser stand. Das Wasser war immer von Gras und altem Laub bedeckt. Und in diesem Schlamm sah ich unsere einzige Chance. Als ich durch den Erdwall röhrte, bremste ich ab und schob wieder die doppelte Traktion rein.

Er war jetzt etwa zwanzig Meter hinter mir, und ich hielt mich zurück.

Ich wollte ihn so nah wie möglich heranlassen. Ich gab Gas im Leerlauf, um anzudeuten, dass irgendetwas mit meinem

Wagen nicht stimmte. Ich bremste, gab Vollgas, bremste. Er war jetzt unmittelbar hinter mir.

Jemand schrie im Funk: »Die Bullen sind unterwegs. Die nehmen den Spinner ernst.«

Jemand sprach hastig und hoch dazwischen, aber ich konnte nichts verstehen.

Die Brache lag lang gezogen und hellgrün vor mir. Sie sah vollkommen friedlich aus, aber ich wusste, dass ich im Bruchteil einer einzigen Sekunde bis zu den Achsen im Schlamm stehen würde.

»Jetzt!«, schrie ich und gab Vollgas. Ich hielt im zweiten Gang auf die Sumpffläche zu.

Er war so dicht hinter mir, dass es zu spät für ihn war. Ich zog durch, mein phantastisches Auto zog glatt und mühelos durch klebrigen Morast.

Er glitt samt Maschine flach wie ein Messer zur Seite, und das Wasser klatschte mächtig auf.

»Bleib unten«, rief ich drängend, »bleib um Gottes willen unten!« Ich kam auf festen Boden, schlug die doppelte Traktion raus und gab Gas.

Ich sah, wie er hochkam, im Dreck stand, sich schnell nach allen Seiten umsah, den Helm vom Kopf nahm und dann in den Schlamm warf. Er nahm das, was ich für eine Maschinenpistole hielt, und begann zu laufen. Er lief quer zu unserer Fahrtrichtung in den Hochwald hinauf.

Ich fuhr noch etwa dreihundert Meter, hielt dann und keuchte: »Wir haben es geschafft.«

Sie antwortete nicht, sie bemühte sich, vom Hintersitz zu kommen. Sie klappte den Beifahrersitz nach vorn, öffnete die Tür, glitt hinaus, würgte und stürzte dann auf den Waldboden. Sie übergab sich, und ich sagte dummerweise dauernd: »Nun beruhige dich doch. Es ist doch nichts passiert.«

5. Kapitel

Ich wartete, bis sie ganz allein wieder in den Wagen kriechen konnte, dann setzte ich mich hinter das Steuer und
fuhr weiter. Irgendwo weit entfernt waren Polizeisirenen zu
hören. Ich orientierte mich am Sonnenstand und nahm den
nächsten Waldweg nach Süden. Ich kam am Sportplatz heraus und musste hart bremsen, weil ich die Streifenwagen zu
spät sah.

Ein Polizist kam an den Wagen und meinte fast melancholisch: »Mein Gott, wo Sie sich herumtreiben, ist auch immer
was los!«

»Sie sind ja bloß neidisch, nicht wahr?«

»Sie sollten hier warten, bis die Herren kommen.«

»Welche Herren?«

»Na ja, die von irgendeiner Kommission, was weiß ich.«

»Dann sagen Sie denen, wo ich wohne. Ich brauche eine
Dusche und ein Bett. Irgendwelche Herren brauche ich
nicht.« Ich gab Gas und fuhr ihm einfach davon. Er hatte
einen Gesichtsausdruck wie mein letzter Weihnachtskarpfen.

Ich rollte auf den Hof, und Anni stand in einer weißen
Hausfrauenschürze vor dem Haus. Sie hatte die Arme in die
Seiten gestemmt, und falls sie mit dem Nudelholz auf mich
losgegangen wäre, hätte ich mich auch nicht gewundert.

»Du musst den Arzt rufen. Die Nummer steht in der Kartei
unter A. Das Mädchen hat einen Schock.«

»Und du?« Es war ein kriegerischer Ton. »Und es ist kein
Mädchen, es ist eine Frau!«

»Ich habe keinen Schock, ich bin nur müde und sauer, ratlos, wütend und beschissen drauf und alles mögliche. Hast
du einen Kaffee?«

123

»Na sicher. Was ist passiert? Was sind das da für Löcher in deinem schönen Auto? Das sieht ja aus wie mein Küchensieb.«

»Kugeln. Das Ding, mit dem er schoss, sah aus wie eine Maschinenpistole.«

Clara ging mit unnatürlich weit offenen Augen und schneeweißem Gesicht an uns vorbei, und Anni geriet ins Jammern. »Ach Gott, Kindchen, Sie Arme!«

Ich ging hinter das Haus und verkroch mich wie üblich unter meiner großen Birke. Aus irgendeinem Grund gab sie mir in solchen Zeiten Ruhe. Krümel kam herangesprungen und strich um meine Beine. Da hockte ich, und sie sprang auf meine Schultern und sah sich stolz um.

»Ich habe Schwein gehabt. Beinahe hättest du deinen Ernährer verloren.«

»Junge!« Anni kam wie ein Feldwebel um die Hausecke. »Dein Kaffee wird kalt. Willst du Spiegeleier?«

»Vier, auf Schinken.«

»Na, dann komm! Magst du jetzt erzählen oder später?«

»Später. Ich habe das Gefühl, ich falle um.«

»Das ist jetzt dein Schock. Kreislauf, verstehst du? Geh schön langsam, atme flach.«

Ich kann mich daran erinnern, dass ich zwei oder drei Gabeln Spiegeleier auf Schinken aß, dass ich zweimal an dem Kaffee nippte, dass ich versuchte, mir meine Pfeife zu stopfen, und dass sie mir herunterfiel. Ich kann mich auch daran erinnern, dass der Arzt in den Flur stürmte und fragte, wem er denn die Spritze in den Hintern rammen dürfe.

Anni jammerte ihm etwas von modernen Zeiten vor und sagte dann: »Das Mädel liegt oben und friert.«

Der Arzt antwortete: »Sie muss verdammt schlank sein, dass sie keine Kugel erwischt hat. Die Karre sieht ja aus wie eine Fliegentür. Und wie geht es dem Journalisten?«

124

Ich weiß, dass ich versuchte, vom Stuhl aufzustehen, und dass ich dabei fast auf den Flickenteppich meiner Küche fiel. Irgendwie muss ich dann doch den Weg ins Bett geschafft haben. Ich wurde wieder wach und stellte mit einem Blick fest, dass draußen die Sonne schien.

In der offenen Tür stand Clara Gütt, nackt und ziemlich hübsch und fragte zittrig wie ein kleines Mädchen: »Kann ich mich zu dir legen?«

Ich weiß nicht, was ich antwortete, ob ich überhaupt antwortete. Ich weiß nur, dass sie sich an mich kuschelte, irgendetwas flüsterte.

So lagen wir da, ich und Clara, die ich anfangs gar nicht besonders gemocht hatte. Aber darauf kam es gar nicht mehr an. Irgendwie reizte sie mich, irgendwie konnte ich gut verstehen, dass sie in einer heillosen Krise steckte. Zu erkennen, dass man über Jahre hinweg etwas in der eigenen Umgebung nicht sieht, nicht begreift, nicht begreifen will – um dann plötzlich unsanft geweckt zu werden, das muss ziemlich brutal sein.

»Na ja, rutsch ran«, murmelte ich, als sie längst da war. »Danke«, flüsterte sie.

Natürlich blieb es nicht beim Ranrutschen, natürlich ging es irgendwie weiter, natürlich waren wir schläfrig und zugleich hellwach.

»Du bist eine wirklich gute Therapie«, flüsterte sie. Ich konnte nichts mehr antworten, weil es ohnehin viel zu spät war. So hielt ich sie einfach fest, und ich erinnere mich, dass ich sie großartig fand.

Ich wachte auf, weil mich ein nicht enden wollendes fernes Gebrabbel störte. Vermutlich hatten sich sämtliche bedeutsamen Mordspezialisten in meiner Küche versammelt und erledigten meinen Bauernschinken.

125

Clara Gütt schlief tief und fest. Krümel hockte auf der Fensterbank und starrte beleidigt hinaus in den Garten. »Was willst du eigentlich?« Ich ging sofort in die Verteidigung. »Ich hab' doch kaum etwas mit ihr gehabt.« Sie gönnte mir nicht einmal einen Blick.

Ich stapfte ins Badezimmer, stellte mich unter die Dusche und spülte Schmutz von achtundvierzig durchwachten Stunden ab. Anni fragte lautstark durch die Tür, ob ich etwas essen und trinken wolle, und ihre Stimme hatte einen höchst zufriedenen Klang.

»Wer ist denn da unten in der Küche?«

»Die Herren vom Bundeskriminalamt«, sagte sie. »Es sind sehr nette Herren.«

Ich rasierte mich und stapfte dann in meine Küche, in der eine ähnliche Luft herrschte wie in unserer Dorfkneipe, wenn wir drei Stunden geknobelt haben.

»Guten Tag«, sagte ich und erwischte einen Blick auf das vor Aufregung hochrote Gesicht meiner Tante Anni, die gerade zu dem Bundeskriminalisten Müller sagte: »Also Herr Kollege, mein Kompliment zu Ihren Überlegungen.«

»Von welcher Dienststelle sind Sie denn?«, fragte mich ein freundlicher Dicker, der Roger-Rabbits Vorderzähne hatte.

»Ich bin hier der Hausmeister«, sagte ich. »Ich fege hinterher die Bude, wenn Sie fort sind.«

Tante Anni sah mich an und kam herangerauscht. Das war einigermaßen schwierig, weil in der Küche, im Durchgang und in der Stube rund ein Dutzend Männer in allen möglichen Positionen herumsaßen und -standen.

»Ich habe Rosenkohl mit Kartoffeln und Hackbraten«, sagte sie. »Der Herr Müller will dich sprechen.« Sie schaufelte mir von dem Essen etwas auf einen Teller. »Geh in dein Arbeitszimmer. Da habe ich nämlich abgeschlossen, sonst ginge es hier ja zu wie in einer Kneipe.« Ich steuerte also mit dem Teller hinüber in mein Refugium, setzte mich an den Schreibtisch und aß. Nach ein paar Minuten kam Anni, Müller im Schlepptau, schloss hinter sich ab und stellte fest. »Jetzt sind wir ungestört.«

»Wunderbar, Frau Kollegin«, sagte Müller strahlend. Er sah mich an. »Was da geschehen ist, war schlimm, aber ich glaube nicht, dass das vorauszusehen war. Ich habe Ihren Wagen zu erkennungsdienstlichen Zwecken in eines unserer Labors bringen lassen. Wissen Sie, dass der Kerl ungefähr sechzig Schüsse auf Sie abgegeben hat?«

»Nein, ich habe nicht gezählt.«

Er grinste. »Ihr Auto ist ein Schrottplatz. Es war wirklich eine Maschinenpistole, übrigens eine israelische. Fragen Sie mich nicht, aus welcher Quelle die kommt. Ich möchte Sie bitten, mir diese Fahrt genau zu schildern.«

Der Hackbraten war Anni hervorragend geraten, und als ich mir nach dem Mahl die Pfeife anzündete, schloss ich auch meinen Bericht: »Ich würde sagen, der Mann, falls es ein Mann war, ist schlank, ungefähr einsachtzig groß, ziemlich stabil gebaut. Nach seinen Bewegungen bestens trainiert. Er handelte nicht im geringsten überhastet oder aufgeregt. Es gibt da nur einen Punkt, der mich wirklich verwundert, und ich frage mich weshalb ...«

»Das haben wir schon überlegt«, unterbrach Anni. »Du fragst dich sicher, warum er nicht Plastikgeschosse verwendete. Das kann zwei Gründe haben. Erstens, weil er mit dem Schützen der Plastikgeschosse nichts zu tun hat, was uns jedoch nicht besonders einleuchtet. Oder weil er mit Plastikgeschossen nichts erreichen konnte, solange ihr beide im Schutz des Autoblechs wart. Das heißt: Wenn du, Clara oder alle beide ausgestiegen wäret, hätte er vermutlich nur das Magazin wechseln müssen.«

»Der Gedankengang Ihrer Frau Tante ist sehr bestechend«, sagte Müller lächelnd. »Wir haben übrigens eine Ringfahndung ausgelöst, sobald wir Kenntnis von Ihrem Notruf erhielten. Aber der Mann ist meiner Meinung nach viel zu gewitzt. An der Maschine gibt es übrigens weder Hersteller- noch Maschinennummer. Sämtliche Zubehörteile ganz normal von den üblichen Lieferanten. Es wird Tage dauern, ehe wir den Käufer ermitteln können. Wenn er die Maschine selbst schwarz lackiert hat, wird es vermutlich Monate dauern, ehe wir herausfinden können, wo sie gekauft wurde.«

»Was vermuten Sie, was steckt dahinter?«

Er zuckte die Achseln. »Die ganze Sache ist äußerst verwirrend. Wir haben drei Tote durch ein Plastikgeschoss, von dem wir nicht einmal wissen, wer es herstellt. Wir haben zwei neue mögliche Opfer, nämlich Sie und Clara Gütt. Entweder sollte Clara Gütt getötet werden, was meine Verwirrung eher noch steigern würde. Oder aber Sie beide sollten getötet werden. Einer der Toten ist immer noch unbekannt, heißt angeblich mit Vornamen Volker. Dann haben wir diesen verschwundenen Druck- und Papierspezialisten Günther Schulze, den wir bis jetzt überhaupt nicht einordnen können. Es sei denn, er ist Mitglied einer Gruppe, die aus Vera Grenzow, Jürgen Sahmer und ihm selbst bestand. Aber in dieser Richtung fehlen alle Beweise, und Mutmaßungen helfen uns nicht. Es gibt nur sehr vage Hinweise auf die ehemalige DDR, weil alle Mordopfer etwas mit der ehemaligen DDR zu tun haben. Die kleine Belegschaft der Firma stammt mit Ausnahme der Clara Gütt aus Ost-Berlin, dem ehemaligen Ost-Berlin. Aber das sollte uns nicht dazu verführen, ausschließlich in Kategorien der Spionage zu denken. Möglicherweise steckt etwas dahinter, was wir bisher nicht laut zu vermuten wagen: Irgendjemand zum Beispiel, der sich aus unbekannten Gründen an den Leuten dieser Firma rächen will. Kurzum, ein Verrückter. Aber dann muss er auch ein Genie sein. Ein Genie, das diese Plastikgeschosse herstellen kann. Wir haben Herrn Dr. Kanter in Düsseldorf einem Verhör unterzogen, ebenso den Bundestagsabgeordneten Sven Sauter.«

»Was ist dabei herausgekommen?«

Er machte einen ganz schmalen, misstrauischen Mund.

»Nichts, natürlich. Sie behaupten beide steif und fest, nicht die geringste Ahnung davon zu haben, was da gespielt wird.«

»Und der gute Siggi glaubt das nicht«, sagte Anni.

»Nein, das glaube ich wirklich nicht. Es gibt eine merkwürdige, aber eindeutige Geschichte. Clara Gütt, die oben liegt und sich ausschläft, war einmal die Sekretärin dieses großen Chefs, dieses Kanters. Sie war auch seine Geliebte. Dann kam Vera Grenzow und löste sie ab. Das finde ich merkwürdig.«

»Was ist daran merkwürdig?«, fragte Müller. »So ist das Leben.«

»Clara Gütt ist eine sicherlich gute Sekretärin. Vera Grenzow ist eine ziemlich arrogante Wissenschaftlerin und ...«

»Vielleicht liebt dieser Kanter die Abwechslung?«, fragte Anni.

»Sie meinen, dahinter steckt Absprache? Irgendein Plan?«, fragte Müller.

»Es muss nicht sein, es kann aber sein«, antwortete ich. Von heute auf morgen explodiert eine kleine Firma. Einer der Chefs wird ermordet. Ein anderer, dessen Namen wir nicht kennen, der aber auch Verbindungen in diese Firma hat, wird ermordet. Die Frau eines Mannes, der ebenfalls in der Firma arbeitet, wird getötet. Ihr Mann ist verschwunden, vielleicht längst tot. Clara Gütt soll getötet werden. Und diese Clara Gütt, ein durchaus nüchterner Mensch, behauptet nun, sie habe dieses Unheil nicht einmal gerochen. Sie ist absolut ohne jede Ahnung. Und weil ich ihr das glaube, glaube ich auch, dass dahinter eine gigantische Schweinerei steckt. Seit wann haben Sie Vera Grenzow in Schutzhaft?«

»Wir haben sie uns ungefähr zu der Zeit geholt, als Clara Gütt bei uns in Meckenheim war. Warum die Frage?«

»Das ist doch einfach«, bemerkte Anni. »Siggi fragt sich zu Recht, woher dieser merkwürdige Todesschütze mit dem Motorrad denn wissen konnte, dass Baumeister die Clara ausgerechnet zu diesem Zeitpunkt über die Autobahn von Köln in die Eifel fahren würde, nicht wahr?«

»Wer wusste denn das?«, fragte er schnell.

»Eine ganze Menge Leute«, sagte ich. »Da ist zum ersten die Besucherversammlung bei der Dr. Vera Grenzow. Das waren unter anderem Dr. Kanter sowie sein Geschäftsfreund aus Chemnitz, ein Dr. Bleibe. Es waren weiterhin deren Fahrer und deren Begleiter, alles in allem mindestens weitere acht Männer. Sie erlebten, dass die Gütt und ich ankamen und klar zu erkennen gaben, dass wir der ganzen Sache nicht trauten. Auf gut Deutsch habe ich die Grenzow eine Lügnerin genannt, weil sie immer noch bestreiten wollte, dass der erste, der unbekannte Tote identisch mit ihrem Freund Volker ist. Aber es muss noch jemanden geben, der ziemlich genau wusste, was Clara Gütt und ich in dieser Nacht unternahmen. Und dieser Mann muss beim BND sein.«

»Wie bitte?«, fragte Müller aufgebracht.

»Also, hier habe ich ein Tonband, und ich schenke es Ihnen. Auf diesem Tonband regt einer der Männer Ihres Kommissariats an, beim Bundesnachrichtendienst in Pullach anzufragen, ob Sven Sauter mit irgendeiner geheimen Spionagegruppe

130

der ehemaligen DDR in Verbindung stand. Wenn Ihre Leute angefragt haben – und ich nehme an, das haben sie – dann musste jemand im BND ganz klar begreifen, dass Clara Gütt und ich auf Tour waren. Er wird dann nämlich auch erfahren haben, dass Clara und ich die tote Frau Schulze fanden.«

Das traf ihn, das traf ihn hart. Er reagierte entsprechend ungestüm. »Das ist doch abenteuerlich, Baumeister, absolut abenteuerlich!«

»Nach Barschel ist nichts mehr abenteuerlich!«, widersprach ich. Ich lächelte ihn so freundlich an, wie es mir möglich war. »Sie werden doch zugeben, dass irgendwer sehr genau gewusst hat, wann ich über die völlig leere Autobahn in die Eifel hinauffahren würde. Und genau zu diesem Zeitpunkt taucht dieser Irre mit seiner Maschine auf und versucht uns umzulegen, oder?«

»Das ist ziemlich logisch«, bestätigte Anni. »Und jetzt hole ich euch noch einen Kaffee.«

Müller stand auf und starrte in meinen Garten. »Barschel war für euch Journalisten ein Schock, nicht wahr?« meinte er nachdenklich.

»Für die, die mitdenken, ja.«

Anni kam mit einem Tablett herein, setzte es ab, verteilte den Kaffee und murmelte mit einem Seitenblick auf mich: »Clara ist wach.«

»Ich gehe zu ihr«, sagte Müller schnell. »Ist sie oben?« Und schon war er verschwunden.

»Verdammt noch mal«, schimpfte Anni, »wie soll das denn weitergehen? Da rennt irgendeiner rum und tötet Menschen. Was kann man tun?«

»Ich hoffe nicht, dass Müller Clara jetzt auch in Schutzhaft nimmt. Es gibt einen Punkt, an dem wir noch mal ansetzen könnten. Das ist dieser verschwundene Schulze.«

131

»Wie das, wo er verschwunden ist?«

»Nun, genau diese Tatsache könnte uns weiterhelfen.«

Da ich nicht bereit war, meine Gedankengänge genau zu erklären, bemühte ich mich, ein kluges Gesicht zu machen. Ich hätte auch gar nicht vernünftig begründen können, warum ich Hoffnungen auf diesen verschwundenen Mann setzte. Aber Anni fragte nicht mehr nach.

Die Kriminalisten verließen mein trautes Heim eine Stunde später und nahmen Clara Gütt nicht mit. Müller sagte: »Falls Sie etwas in Erfahrung bringen, sagen Sie es mir. Ich lasse Frau Dr. Grenzow frei. Aber ich werde ein Auge auf die Szene haben.« Er zwinkerte mir zu und verschwand mit einer höchst luxuriös aussehenden Karosse. Meine Welt war wieder in Ordnung, das Dorf sauber.

Anni sagte versonnen: »Er treibt ein gefährliches Spiel, der Gute.«

»Wieso?«, fragte Clara.

»Weil er euch alle diskret beschattet«, meinte Anni besorgt. »Das ist seine einzige Chance, den Mörder kennen zu lernen. Jetzt muss ich aber spülen, ich habe keine einzige saubere Tasse mehr.«

»Clara, lass uns eine Weile spazieren gehen«, schlug ich vor. »Frische Luft tut gut.«

»Du willst mich ausquetschen, nicht wahr?«

»Ja.«

»Ich muss mich noch entschuldigen. Wegen heute Nacht. Ich hatte Angst, weißt du ...«

»Lass nur, ich kann das gut verstehen.«

Wir schlenderten zum Weinberg hoch. »Konzentrier dich jetzt bitte. Ich weiß: Eigentlich weißt du nichts, aber stell dir genau diesen Günther Schulze vor. Er ist sechsundzwanzig Jahre alt, ziemlich frisch verheiratet. Sie haben ein Baby. Und

132

aus irgendeinem Grund verschwindet er, als wäre er vom Erdboden verschluckt. Was war er eigentlich für ein Typ?«

»Der typische Fachmann. Total vergraben in sein Denken, in die Möglichkeiten, die er so hatte. Er konnte zum Beispiel aus Papier die seltsamsten Figuren falten. Vögel, alle möglichen Tiere, Blumen und so weiter. Und er brachte es fertig, mit einem Küchensieb und drei Grundfarben geradezu irre Siebdrucke zu machen, einfach so. Ein Wahnsinnstyp, aber leise, verstehst du? Ich habe manchmal gedacht, er schläft. Ich bin in sein Büro gegangen. Da hockte er und dachte darüber nach, wie man ein Stück Pappe falten kann und trotzdem noch einen langen Schriftzug darauf unterbringt. Manchmal hockte er auch vor einem Schachbrett und dachte stundenlang über irgendeinen Zug nach. Er sagte: ›Ich finde das grandios, was dem menschlichen Hirn so einfällt.‹« Sie kicherte. »Irgendwie war er ein komischer Heiliger. Total naiv. Einmal hat er einen Kredit aufnehmen wollen bei irgendeinem Finanzmenschen, bei dem das Geld um glatte vier Prozent teurer war als nebenan bei der Volksbank. Und als wir ihn dann darauf aufmerksam machten, war er ganz verwirrt und sagte: ›Ja und? Der Mann ist doch so nett!‹«

»Er spielte Schach? Und scheinbar gut, oder?«

»O ja, er war irgendein Meister an der Uni. Und in Düsseldorf spielte er in irgendeinem Club.«

»Von seiner Frau hast du gesagt, sie sei eine Öko-Tussi. Hatte das Folgen für ihn?«

»Na ja, er hat mal gesagt, er sei erst durch sie darauf aufmerksam gemacht worden, wie schnell der Mensch die Erde zerstört. Und dann Moment mal – er hat sogar aufgehört, irgendwelche großartigen Reisen zu unternehmen. Früher war er auf den Philippinen, auf Samoa und in China. Dann machte er plötzlich Zelttrips mit seiner Frau. Sie fuhren Rad und zelteten. Die Donau entlang zum Beispiel. Ich weiß noch, wie wir gelacht haben, wenn er erzählte, dass er in einer Nacht im Zelt sechsundsiebzig Mückenstiche auf seinem Bauch gezählt hat.«

»Also Schachspiel und Zelten.«

Sie meinte: »Warte mal. Da war noch ein irrer Trip der beiden in Finnland. Da hat Günther sich ein Kanu andrehen lassen, das zwei Löcher hatte. Und dann hat er die Löcher mit Hansaplast zugeklebt. Weil das nicht dichthielt, hat er nach seiner Rückkehr der Firma geschrieben, sie sollten gefälligst ihre Erzeugnisse verbessern. Wir haben einen Tag lang gelacht.«

»War er ein liebenswerter Narr?«

Sie wurde plötzlich sehr ernst. »Ja, das ist es wohl, das war er. Und weil er so schrecklich naiv ist, denke ich, dass jemand sich an ihn ranmachen kann, um ihn umzubringen. Günther wird sagen: ›Nett, Sie kennen zu lernen.‹« Sie versuchte erfolglos, eine Träne zurückzudrängen.

»Was trieb er eigentlich am Wochenende? Weißt du etwas darüber?«

»Nicht viel. Sie hatten zwei Enten, er eine, sie eine. Und sie schaukelten damit in der Gegend herum. Wenn gutes Wetter war, zelteten sie irgendwo an der Mosel oder so. Ich erinnere mich an die Mosel. Oder war das die Sieg? Na ja, was die grün Angehauchten eben so treiben.«

»Wie schätzt du seine Frau ein? Hätte sie sich an irgendjemanden gewandt, wenn sie eine Ahnung von der Gefahr für ihren Mann gehabt hätte?«

»Ja. Ich wette, sie hätte Vera Grenzow angerufen oder Sahmer oder mich. Sie hätte sich gemeldet. Aber sie hat sich nicht gemeldet.«

»Moment mal«, sagte ich, »das wissen wir doch gar nicht. Du bist in Ferien, Sahmer ist tot, Schulze verschwunden – es war niemand da außer der Grenzow.«

»Doch, da ist noch jemand. Wenn von uns keiner da ist, dann ist immer noch Harry Lippelt da. Er kann auch die Telefonzentrale bedienen.«

»Weißt du, wo er wohnt?«

»Ich weiß alles über die Firma«, sagte sie schnell, biss sich dann auf die Lippe und murmelte: »Jedenfalls habe ich mir das immer eingebildet.«

»Also, noch einmal zu Günther Schulze. Er spielt Schach, er zeltet, er fährt eine Ente. Aber er verdient doch verdammt gut, was macht er mit dem Geld?«

Sie überlegte eine Weile. »Das weiß ich nicht genau. Ich erinnere mich daran, dass er kurz nach seiner Hochzeit einmal sagte, er könne mit Geld überhaupt nicht umgehen und er wolle seine Frau zum Finanzminister machen.«

»Du hast erzählt, dass ihr in der Firma oft über Klamotten und neue Autos und Ferienreisen geredet habt. Er auch?«

»Er nicht. Er war die absolute Ausnahme. Wenn ich von einem BMW-Cabrio schwärmte, hat er mich lieb angesehen und leicht gelächelt. Es war kein Spott, er hatte einfach kein Ohr für so was.«

»Wenn du so über den Schulze sinnierst, fällt dir dabei nicht etwas auf?«

»Nein, was sollte mir auffallen?«

»Pass auf: Vera Grenzow hat einen Freund, der Volker heißt. Der liegt tot im Windbruch in der Eifel. Dein zweiter Chef, der Dr. Jürgen Sahmer, will zu dir in die Eifel kommen, um irgendetwas zu erzählen. Das heißt: Er sagt, er will dir etwas erzählen. Kurz vorher ist der Günther Schulze spurlos verschwunden. Und nun kommt dieser Sahmer und wird vor deinem Haus umgelegt. Fällt dir immer noch nichts auf ?«

135

»Nein, verdammt noch mal. Was soll mir auffallen?« Sie ging zwei schnelle Schritte, drehte sich dann um, hielt den Kopf gesenkt und fragte: »Meinst du etwa die Eifel?«

»Natürlich meine ich die Eifel. Deine ganz kleine Firma hatte angeblich nie etwas mit der Eifel zu schaffen, aber dieser tote Volker liegt hier, Sahmer stirbt hier und wir beide werden von einem irren Motorradfahrer beschossen – auf dem Weg in die Eifel. Also lautet die nächste logische Frage: Hatte Günther Schulze etwas mit der Eifel zu tun?«

»Das weiß ich nicht. Ich kann mich nicht erinnern. Wir können ja seine Frau anrufen und ... o Scheiße!« Sie schlug beide Hände vors Gesicht.

Es begann zu nieseln, wir kehrten um und schwiegen eine Weile.

»Darf ich dich etwas fragen?«, begann sie.

»Frag nur.«

»Heißt das, dass du glaubst, dass wir den Günther Schulze irgendwo hier finden?«

»Das heißt es.«

»Tot?«

»Wahrscheinlich.«

»Ich will keine Toten mehr finden. Ich finde das alles grässlich.«

Das konnte ich gut verstehen. Dennoch musste ich weitermachen: »Ich frage dich noch einmal: Hältst du es für total normal, dass dieser Dr. Jürgen Sahmer mit seiner Angst, mit irgendeiner bösartigen Nachricht ausgerechnet zu dir wollte?«

»Ja«, murmelte sie und machte wieder ein paar schnelle, nervöse Schritte zur Seite und nach vorn. »Ich denke, es war vollkommen normal, dass er in so einer Situation zu mir kommen wollte. Ich ... ich war immer für ihn da, wenn es ihm beschissen ging.« Bei den letzten Worten versiegte ihre Stimme.

»Warst du seine Geliebte?«

»Nein, nein, nein. So war das nicht, so war es nicht.«

»Du sollst nicht aufgeregt werden, ich urteile doch nicht, ich will etwas wissen.«

»Ja, ja, wir waren befreundet«, murrte sie.

»Was heißt das, zum Teufel?«

»Ich ... ja, ich habe ein paarmal mit ihm geschlafen. Wenn es ihm schlecht ging, kam er zu mir.«

»In deine Wohnung?«

»Ja, auch. Wir waren ein paarmal am Wochenende zusammen weg. Auch hier in der Eifel. Wenn er Zoff hatte mit seiner Frau, zum Beispiel. Er hatte sonst niemanden, verstehst du?«

»Du hast auch mit dem Chef des Jürgen Sahmer geschlafen, nicht wahr?«

»Ja und?«

»Hast du auch mit Günther Schulze geschlafen?«

»Baumeister, ich bitte dich, jetzt wirst du geschmacklos. Es geht doch nicht um mein Liebesleben?«

»Das weiß ich nicht so genau. Hast du mit Schulze geschlafen?«

»Ja. Einmal. Kurz bevor er heiratete und vollkommen durcheinander war und nicht wusste, ob er seine Frau heiraten sollte oder nicht.«

»Da hast du mit ihm geschlafen, um ihm klarzumachen, er soll sie heiraten?«

»Du lieber Himmel, er war vollkommen durch den Wind. Was hat denn das mit diesen fürchterlichen Toten zu tun?«

»Du begreifst es immer noch nicht. Aber erst noch eine Frage: Wie haben sich Dr. Sahmer und Günther Schulze verstanden? Waren sie Freunde oder Feinde?«

»Sie mochten sich. Jeder hat auf seine Weise über den anderen gelächelt. Aber sie mochten sich und sprachen oft über irgendwelche politischen Dinge, über gesellschaftliche Entwicklungen und so.«

»Verstehst du mich immer noch nicht?«

»Was meinst du denn, Baumeister, verdammt noch mal?«

»Bleib einmal stehen und mach die Augen zu und höre. Also: Der Sahmer entdeckt irgendetwas, was ihm panische Angst macht. Und er rennt sofort zu dir. Der Schulze ...«

»O Gott, meinst du, der ... der wollte auch zu mir?«

»Das meine ich. Und wir haben jetzt nur die Frage zu klären, ob er tot ist oder noch lebt.«

»Aber wo könnte er sein, wenn er noch lebt?« Sie nahm die Unterlippe zwischen Daumen und Zeigefinger und zog sie nach vorn. »Weißt du, eigentlich habe ich dauernd Angst und weiß nicht, vor wem oder was. Irgendwie, na ja, also ich denke, ich bin nirgendwo mehr zu Hause, seit die Sache mit diesem Volker passiert ist.«

Sie rannte ins Haus und hockte sich zu Anni, die vor dem Fernseher saß und irgendeinem sehr klug aussehenden Mann zuhörte, der sich leidenschaftslos darüber verbreitete, warum die Regierung nun endlich in die neue deutsche Hauptstadt Berlin umzuziehen habe.

»Anni«, sagte Clara ganz aufgeregt. »Stell dir vor, Baumeister denkt, dass Schulze wahrscheinlich auch zu mir wollte. Und irgendwie ist er unterwegs verlorengegangen.«

»Das habe ich auch schon gedacht«, sagte Anni und sah mich an.

Ich verzog mich und rief Alfred an. »Ich brauche heute nacht dein Auto. Und wenn möglich, weißt du nichts davon.«

In der Eifel verleiht man Autos höchst ungern und selten. Aber er sagte ohne zu zögern: »Steht in der Garage, Schlüssel ist drin.«

138

»Du bist ein Schätzchen.«

»Mir ist es lieber, du bringst ihn heil zurück.«

Anni kam und fragte, ob ich etwas essen wollte. Sie fragte eigentlich dauernd danach, und wahrscheinlich würde ich eine furchtbare Wampe haben, wenn sie hier vier Wochen blieb.

Ich sagte: »Nein, danke. Ich gehe überlegen.«

»Wo passiert das?«

»Im Steinbruch. Ich gehe immer in den Steinbruch, wenn ich überlege.«

»Du hast etwas vor, nicht wahr?«

»Natürlich, ich will überlegen.«

»Glaubst du an eine Spionagegeschichte?«

»Ich weiß nicht genau. Vieles deutet darauf hin.«

Sie schnaufte und nickte. »Ich bin ja nur eine Kriminalbeamtin. Kannst du mir erklären, was das für eine Sorte Spionage sein kann?«

»Gute Frage. Keine Spionage im Sinn irgendwelcher kriegstechnischen Dinge. Es geht nicht um Raketen, Panzer, Flugzeuge. Es geht um Wirtschaftsprodukte. Also zum Beispiel um lächerliche Plastikteile, die irgendjemand besonders kostengünstig herstellt, um sie an irgendeinen anderen besonders billig zu liefern. Wenn du weißt, auf welche Weise man sie herstellt, hast du die Hälfte des Erfolgs. Wenn du weißt, an wen sie auf der Welt zu welchen Bedingungen geliefert werden, hast du das ganze Geheimnis. Du brauchst bloß hinzugehen und dasselbe Stückchen Plastik einen Pfennig billiger anzubieten.«

»Das verstehe ich nicht«, sagte sie ziemlich verwirrt.

»Ein Beispiel: Nissan braucht für das Armaturenbrett seiner Autos einen ganz bestimmten Hebel, um die Scheinwerfer der Autos an- und auszustellen. Nehmen wir an, die-

139

ser Hebel kostet beim Hersteller dreißig Pfennig. Es ist eine bestimmte Plastiksorte von ganz bestimmten Eigenschaften. Du brauchst Spezialmaschinen, um ihn herzustellen. Zuerst besorgst du dir ein Exemplar dieser Maschine, das heißt, du stiehlst entweder eine komplette Maschine, oder aber du stiehlst die Konstruktionszeichnungen. Dann brauchst du das Plastikmaterial. Du stiehlst davon ein paar Kilo, oder aber du stiehlst gleich das Rezept. Dann stellst du diesen Hebel her und sagst den Leuten von Nissan: ›Ich kann das Hebelchen für fünfundzwanzig Pfennig liefern.‹ Nissan braucht pro Jahr von diesem Ding etwa sechs Millionen Stück. Damit nicht genug, stiehlst du alle Herstellungsanleitungen von Plastikteilen für Nissan, die aus demselben Material mit derselben Maschine hergestellt werden können. Davon braucht Nissan insgesamt pro Jahr vielleicht sechzig Millionen. Fängst du an zu verstehen?«

»Es geht um Millionen Mark, nicht wahr?«

»Um Millionen Dollar, liebe Anni. Aber wir wissen nicht, ob es in unserem Fall so ist. Wir wissen noch gar nichts.«

»Dann geh überlegen«, sagte sie. »Da kann ich dir nicht helfen.«

Ich ging hinauf zu Clara, die sich auf ihr Bett gehockt hatte und eine Zigarette rauchte. »Störe ich euch nicht? Ich meine, ich kann doch auch wieder nach Hause gehen.« Sie war unsicher.

»Du bleibst hier. Und nach Hause kannst du nicht, das wäre zu riskant. Sag mal, wie sieht der Günther Schulze eigentlich aus?«

»Mittelgroß, so um die einhundertfünfundsiebzig Zentimeter, würde ich sagen. Ein heller Typ. Sein Haar ist so hellblond, dass wir alle den Verdacht hatten, er würde es färben. Aber es ist Natur. Schlank ist er. Aber wieso sage ich das? Ich habe noch ein Bild vom letzten Betriebsausflug.« Sie holte

140

eine Brieftasche aus einem Lederbeutel und suchte ein wenig darin herum. »Wir waren in Rothenburg ob der Tauber. Das da rechts außen ist Günther.« Günther Schulze lachte in die Kamera. Er schien ein ausgesprochen sympathischer Typ zu sein, einer, der eher pfiffig wirkte als naiv.

»Kann ich das eine Weile behalten?«

»Na sicher. Er ist kein Allerweltstyp, du kannst ihn gar nicht übersehen, falls du ihn triffst. Und außerdem hat er immer seine Ente bei sich. Die ist grau-schwarz lackiert und sieht uralt aus, fast schon ungepflegt. Er sagt, die Ente als Antiquität sei ihm am liebsten.« Sie wirkte ziemlich schutzlos, und sicher kam sie sich verloren vor. Sie war jetzt nirgendwo zu Hause und konnte diesen Zustand nur schwer ertragen.

»Schlaf dich aus.«

Sie nickte wortlos und fummelte mit ihrer Zigarette im Aschenbecher herum.

Es war längst dunkel, es hatte zu regnen begonnen; der Wind ging sanft, er war lauwarm. Ich schlenderte durch das Dorf zu Alfreds Hof und sah durch einen Spalt der Jalousie die Familie vor dem Fernseher hocken. Nur Alfred war nicht dabei; er ist kein Mann, der seine Zeit mit Fernsehen vertut.

Ich fuhr nach hinten hinaus vom Hof und kam über einen langen Feldweg auf die Straße. Auf der Kreuzung in Kerpen nahm ich die Straße Richtung Ahrtal. Die ganze Zeit dachte ich über diesen seltsamen Mann namens Schulze nach, der angeblich so leidenschaftlich Schach spielte und so unglaublich naiv war.

Das Restaurant vor dem Campingplatz in Ahrdorf war noch hell erleuchtet. Ich stellte den Wagen ein paar Meter weiter ab. Durch das Fenster sah ich, dass eine Gruppe von Frauen und Männern an der Theke stand. An einem Tisch abseits saß ein Pärchen, sie auf der einen Seite, er auf der anderen, und starrte sich wortlos an. Die beiden wirkten wie eine Szene in einem Wachsfigurenkabinett.

Ich ging hinein und bat um einen Apfelsaft.

Ein großer Mann mit feuerrotem Gesicht, der wahrscheinlich binnen eines Jahres an Bluthochdruck sterben würde, grölte: »Wenn ich jetzt einen Apfelsaft trinken müsste, käme mir der Kommunionskaffee hoch.« Zwei Frauen neben ihm kreischten vor Vergnügen über diese köstliche Bemerkung.

Ich nahm den Apfelsaft, hockte mich an einen Ecktisch und stopfte mir eine Pfeife.

Die Wirtin war jung und robust und schien mir der Typ, der genau wusste, was auf dem Campingplatz vor sich ging. Ich trank den ersten Apfelsaft sehr schnell und ging, um mir ein neues Fläschchen zu holen.

»Ich suche einen Kumpel, der hier sein könnte«, erklärte ich leise. »Er fährt eine graue Ente, so ein altes Schätzchen. Ist er auf dem Platz?«

»Da ist einer mit Ente«, nickte sie. »Wie heißt er denn?« »Unter uns Kumpels sagen wir immer Blondie«, meinte ich grinsend.

»Er sagt zwar, er heißt Fred«, lächelte sie. »Aber Blondie ist gut, Blondie passt.«

»Na also«, sagte ich. »Wo hat er denn sein Zelt aufgebaut?«

»Also, wenn Sie aus dem Haus rausgehen rechts, dann über die Brücke auf den Platz. Dann wieder rechts und durch bis zum Ende. Da ist das Stück für die Durchreisenden. Der muss eine gute Kondition haben. Bei der Saukälte nachts.«

»Hat er«, beruhigte ich sie, »hat er immer gehabt.«

Ich bezahlte, ging hinaus und wandte mich nach links. Hier hatte ich das Problem, irgendwie über die Ahr zu kommen, die an dieser Stelle schmal und stark gestaut reißend fließt.

Sie ist zu breit, um zu springen, zu tief, um schnell durchzulaufen; die Ahr ist an dieser Stelle richtig mies.

Ich sagte mannhaft: »Gott steh mir bei« und rutschte ins Wasser. Es reichte mir etwa bis zum Nabel, und es war kalt. Ich kam überraschend glatt durch, aber es nahm mir den Atem. Ich kletterte hoch und blieb eine Weile stehen, bis meine Atmung sich beruhigte.

Der Wind kam stetig und gleichmäßig von Westen, es hatte aufgehört zu regnen, die Wolken rissen auf, und ein schmaler Mond gab ein wenig Licht.

Ich fühlte mich recht sicher, denn auf diesem Teil des Platzes war sein Zelt das einzige. Der Abstand zum nächsten Wohnwagen betrug sicherlich sechzig Meter. Ich schlich mich also zu seinem Auto und probierte vorsichtig die Tür. Es war offen. Er hatte rechts auf einer selbst gebastelten Ablage eine Taschenlampe liegen. Ich leuchtete die Zündvorrichtung an. Von Elektrik verstehe ich nichts, daher riss ich den blauen Draht einfach ab. Dann schloss ich den Wagen wieder und setzte mich unmittelbar neben den Zelteingang. Ich begann allmählich richtig zu frieren. Ich sagte: »Herr Schulze? Hören Sie mich? Ich möchte mit Ihnen reden.«

Im Zelt gab es eine schwache Bewegung.

»Keine Angst«, meinte ich beruhigend. »Ich bin nicht von der Polizei. Ich bin nur ein Freund von Clara Gütt. Ich muss mit Ihnen sprechen.«

Er schien ohne jeden Übergang wach zu sein. Er sagte klar und mit überraschend heller Stimme: »Augenblick bitte.« Nach einer Weile zog er den Reißverschluss in der Zeltwand unmittelbar neben mir hoch und streckte den Kopf hinaus. »Wie haben Sie mich gefunden?« Er bewegte sich schnell und leicht und hockte sich neben mich.

143

»Ich habe überlegt«, erklärte ich. »Zuletzt war es dann ganz einfach. Mein Name ist übrigens Baumeister. Wenn mich nicht alles täuscht, kennen Sie mich.«

»Wieso das?«, fragte er, nicht sonderlich interessiert.

»Weil ich denke, dass Sie es waren, der mich im Windbruch niedergeschlagen hat.«

Er schwieg eine Weile und murmelte dann: »Das ist richtig. Was wollen Sie von mir?«

»Auskunft darüber, wie die Gruppe aussah, in der Sie gearbeitet haben.«

Er überlegte wieder eine Weile. »Das kann ich nicht tun«, entschied er.

»Warum denn nicht? Volker ist tot, Sahmer ist tot.« Einen Augenblick spielte ich mit dem wahnwitzigen Gedanken hinzuzufügen: »Ihre Frau übrigens auch.« Aber ich ließ es, es war noch zu früh.

»Wie geht es Vera?«, fragte er.

»Eine Weile war sie in Schutzhaft. Jetzt ist sie wieder frei. Wer um Gottes willen versucht denn eigentlich, euch alle zu töten?«

»Wenn ich das wüsste, wäre ich nicht hier«, sagte er.

»Kommen Sie mit? Ich habe in der Nähe ein Haus. Clara Gütt ist auch dort. Sie sind dort sicher.«

»Ich bin nirgends sicher«, sagte er, und er hatte Recht. »Wenn Sie nur die geringste Ahnung haben, könnten Sie so eine Bemerkung nicht ernsthaft machen.« Da war eine Spur von Verachtung.

»Stimmt«, gab ich zu. »Kommen Sie trotzdem mit?«

»Wie soll das vor sich gehen?«

»Wir lassen das Zelt hier, die Ente auch. Wir waten da vorne durch das Wasser. Oben steht mein Auto. Zehn Minuten, und wir sind im Warmen.«

144

»Das klingt gut«, sagte er ausdruckslos. »Was für eine Rolle spielen Sie?«

»Ich bin der blöde Mann von der Presse«, meinte ich mürrisch. »Nein, ich bin durch Zufall hineingeraten. Gestern hat jemand versucht, mich von einem Motorrad aus zu erschießen. Sagt Ihnen das etwas?«

Er schüttelte den Kopf. »Nein, das sagt mir nichts. Also Zelt und Auto hierlassen, durch das Wasser, rein in Ihr Auto und ab durch die Mitte. Ist das richtig so?«

»Ja.«

»Ist die Polizei schon in dem Fall?«

»Natürlich. Das Bundeskriminalamt. Aber das sollten Sie doch wissen.«

»Ja, ja«, murmelte er vage. »Der Platz hier war so sicher ...«

»Weiß Ihre Frau denn, wo Sie sind?«

»Sie hat keine Ahnung«, sagte er. »Wie geht es ihr?«

»Ich weiß es nicht«, log ich. »Ich kenne Ihre Frau nicht.« Es wurde eng, mulmig, mir war gar nicht gut.

»Also lassen Sie uns gehen«, meinte er nach einem kleinen Seufzer. »Ich nehme nur ein paar Sachen in einer Tasche mit.«

»In Ordnung, ich warte. Was werden die Leute im Restaurant sagen?«

Er überlegte eine Weile. »Nichts. Ich kann anrufen und ihnen sagen, dass ich in ein paar Tagen wieder hier bin.«

»Gut.«

Er bückte sich und verschwand im Zelt, und ich stand da und überlegte, wie er reagieren würde, wenn er hörte, dass seine Frau ermordet war.

Er kam heraus, zog den Reißverschluss zu. »Also, los dann.«

Ich ging vor ihm her, und ich wollte mich gerade zu ihm hindrehen, um ihm zu sagen, dass ich ihn ziemlich gerissen

145

fand, als er mich mit etwas Hartem, Schwerem seitlich am rechten Ohr traf.

Ich stürzte nach vorn und fiel flach auf das Gesicht. Es brannte, und ich sah nichts mehr und konnte mich nicht mehr rühren. Das Gras roch merkwürdig anregend. Dann hatte ich Blutgeschmack im Mund und konnte die Augen wieder öffnen. Ich drehte den Kopf zur Seite und sah, wie er am Zelt vorbei zu der Ente lief, sie öffnete und hineinsprang.

Ich kam sehr mühsam hoch und wankte. Ich konnte die Dinge nicht klar sehen, sie alle hatten viele Konturen, die sich überschnitten.

»Lass sein, Bruder«, seufzte ich. »Ich hab' deine Karre kaputt gemacht.«

Er öffnete die Tür, stieg aus und kam zu mir zurück. Er tanzte vor mir hin und her und traf mich erneut an der rechten Kopfseite.

Ich fiel auf die Knie, und im Bruchteil einer Sekunde dachte ich wütend: Kleiner, du bist Witwer! Aber ich sagte nur verquollen: »Lass doch den Scheiß!«

»Ich will hier weg!«, sagte er scharf. »Nur weg von euch Pinschern.«

»Das geht nicht«, brachte ich mühsam heraus. Ich kniete, konnte nicht aufstehen; ich wollte mich auf meine Arme stützen, aber das führte nur dazu, dass ich vollends nach vorn fiel. Er sagte fast sanft: »Tut mir Leid.« Er sagte das so, wie das harte Männer in zweitklassigen Filmen tun. Dann traf er mich erneut am Kopf. Irgend etwas explodierte, ich verlor das Bewusstsein.

Als ich wach wurde, lag ich auf dem Rücken, und er ging mit einem Bündel in der Hand an mir vorbei. Es waren vermutlich Kleider. Ich rührte mich nicht. Er packte das Bündel auf den Rücksitz der Ente und kam zurück.

146

Ich blieb liegen und krächzte: »Mach doch keinen Scheiß, Junge. Diese Leute finden dich, egal wohin du gehst. Eines Tages kommt ein fröhlicher Motorradfahrer an dir vorbei und bläst dir das Gehirn raus.«

»Sie sind aber hartnäckig«, sagte er verwundert.

Ich begann ganz vorsichtig wieder normal zu atmen. Ich hörte, wie er an dem Zelt herumfummelte. Vermutlich wollte er es abbauen. Irgend etwas klapperte metallisch, wohl die Zeltstangen.

»Das ist doch kein Schachspiel«, sagte ich. Mein Kopf hämmerte wie verrückt.

»Auf gewisse Weise doch«, meinte er fast heiter und ging wieder an mir vorbei zu seinem Auto. »Ich habe den Zünddraht übrigens wieder angeschlossen«, sagte er mit einem unfrohen Lachen.

»Sie sind ein Arsch«, flüsterte ich.

»Ich kann damit leben«, antwortete er. Er kam zurück, direkt auf mich zu.

»Wollen Sie mich schon wieder bewusstlos schlagen?«

»Sicherlich«, stellte er nüchtern fest. »Wir sind ja nicht bei den Pfadfindern.«

»Und dann?«

»Dann fahre ich brav vom Platz, und Sie sehen mich nie mehr wieder«, meinte er zuversichtlich.

Er blieb vor mir stehen und war aus meinem Blickwinkel so hoch wie ein Kirchturm.

»So ein Scheiß!«, sagte ich heftig, zog die Beine an und trat zu.

Er schrie grell auf, klappte nach vorn und fiel auf mich. Er war schon bewusstlos, als er aufschlug; sein Ellenbogen traf mich seitlich im Magen. Ich rollte ihn von mir herunter, blieb liegen und schnaufte eine Weile. Dann begriff ich: Wenn ich nicht sofort hochkam, konnte es geschehen, dass ich erneut

147

ohnmächtig wurde. Ich kämpfte mich also auf die Füße, kniete im Gras, ließ den Kopf hängen und versuchte, einen klaren Gedanken zu fassen.

Es war unmöglich, ihn quer über die Wiese, durch die gestaute Ahr und den Hang hinauf bis zum Auto zu schleppen. Ich konnte sein Zelt und sein Auto auch nicht einfach hierlassen. Im Restaurant hatte man mich gesehen, und es würde nur Minuten dauern, um festzustellen, wer ich war. Ich zerrte ihn also hinüber zu seinem Auto und verfrachtete ihn keuchend auf die Rückbank. Dann lud ich alles in das Auto, was ihm gehörte. Das Zelt und die Tasche warf ich einfach auf seinen vollkommen schlaffen Körper.

Dann startete ich das Vehikel und schaukelte über die Wiese. Ich kam mir vor wie in einem besonders bösartig konstruierten Karussell, aber das Ding fuhr. In Üxheim steuerte ich die Telefonzelle an und rief meine Nummer an. Anni war am Apparat.

»Hör zu und sage nichts. Ich hab den Mann, und ich will mit ihm sprechen, bevor andere das tun. Du gehst jetzt nur auf den Hof und machst das Gartentor auf. Ich fahre dann rein.«

»Warum machst du es so geheimnisvoll?«

»Lieber Himmel«, explodierte ich, »stell dir vor, dein Kollege Müller erfährt, dass wir Schulze haben. Der wird doch verrückt!«

»Oh, wie hübsch!«, hauchte sie und hängte ein.

Allmählich wurde mir flau, denn Schulze gab noch immer keinen Laut von sich, als ich wieder in seinem Vehikel saß.

»Heh«, sagte ich. »Wachen Sie auf. Zeit zu sterben haben Sie immer noch.«

»Ich habe Schmerzen«, sagte er gepresst.

»Das ist das sicherste Zeichen für Leben.« Ich war heiter, ich war ausgesprochen heiter.

6. Kapitel

Ich schaukelte mit der Ente direkt in die Garage, stieg aus und schloss das Tor hinter mir. Ich sagte: »Passen Sie jetzt auf: Da hinten in der Ecke ist eine Bodenluke. Sie steigen hinauf und kommen durch Heu und Stroh nach rechts zu einer alten Tür. Dann auf meinen Dachboden. Machen Sie schnell, und ich erkläre Ihnen auch, warum: Wahrscheinlich sind draußen irgendwo Leute vom BKA. Die achten darauf, dass weder ich noch andere Beteiligte und Unbeteiligte abgeschossen werden. Wenn die auch nur riechen, dass ich Sie erwischt habe, sind Sie fällig, und ich kann nichts mehr tun. Ich schließe das Garagentor von außen ab. Ist das klar?«

Er starrte mich an, und er sah ausgesprochen elend aus. Leise sagte er: »Ich kann doch nicht verraten, woran ich mein Leben lang geglaubt habe!«

»Sie sind kein Arschloch, Sie sind ein Riesenarschloch!«, sagte ich wütend. Ich zog das Garagentor auf, ging hinaus und schloss es hinter mir ab.

Anni stand in der Haustür.

»Ruf sofort den Arzt an«, sagte ich. »Sag ihm, ich sei krank.«

»Mein Gott, du bist ja klatschnass! Du kriegst eine Lungenentzündung oder so was! Wo ist der Mann?«

»Kommt über den Dachboden. Ruf jetzt den Arzt.«

»Ist der Mann verletzt?«

»Ja, das ist er wahrscheinlich auch. Aber vor allem hat er noch nicht die geringste Ahnung, dass seine Frau ermordet wurde.«

»O Gott!« Sie drehte sich herum und verschwand.

Clara tauchte im Flur auf. »Wie hast du das geschafft?«

»Ist doch egal. Fall ihm nur nicht um den Hals. Er hat von seiner toten Frau noch nichts gehört. Geh ihm aus dem Weg, geh in den Garten oder mach sonst was!«

Sie verschwand mit blassem Gesicht nach oben. Auf der Treppe sagte sie: »Wahrscheinlich dreht er durch.«

Ich antwortete nicht. Ich hockte mich in die Badewanne und ließ mir lauwarmes, dann heißes, dann kaltes Wasser über den Körper laufen. Ich war ganz starr vor Kälte und Anspannung.

Ich hatte die ganze Zeit auf die Tür gehört, die zum Dachboden führt. Als ich mich abtrocknete, wurde sie knarrend geöffnet. Ich ging auf den Flur, und einen Augenblick war Verblüffung in seinen Augen.

»Na, na. Ich denke, Sie wissen, wie ein nackter Mann aussieht. Gehen Sie hier hinein, es ist mein Schlafzimmer. Legen Sie sich hin. Und noch etwas: Es tut mir Leid, ich wollte Sie nicht so hart treffen.«

Er war vor Schmerz und Anspannung ganz grau im Gesicht. »Schon gut«, sagte er. »Ich habe auch etwas getan, was ich normalerweise wie die Pest hasse. Ich hasse Gewalt.« Er ging an mir vorbei, und seine Schultern hingen nach vorn durch, als habe er jeden Mut verloren.

»Ich habe einen Arzt gerufen.«

Er sah mich an und wollte protestieren. Dann aber murmelte er: »Wenn Sie es so wollen.«

»Ich will es so«, bestärkte ich.

Anni brüllte von unten wie ein Spieß: »Du trinkst jetzt erst einmal einen Kaffee und isst etwas. Willst du denn eine Lungenentzündung kriegen?«

Ich zog mich also an und hatte kaum meine Küche erreicht, als Dr. Saner kam und fragte: »Was hat er denn schon wieder angestellt?«

»Gar nix«, sagte ich. »Der Patient liegt oben in meinem Bett. Und Sie müssen ihm Valium spritzen.«

»Warum?«

»Weil ... ach Scheiße! Erstens habe ich dem Mann in das getreten, was Hemingway dauernd als ›cojones‹ bezeichnet. Zweitens hat dieser Mann seine Frau verloren. Er hat nur noch keine Ahnung davon. Er weiß nicht, dass er sie durch einen Mord verloren hat. Mord mit einem Plastikgeschoss. Wahrscheinlich sollte gar nicht sie, sondern er ermordet werden. Deshalb Valium.«

»Er hat also auch mit dieser komischen Affäre zu tun?«, fragte der Arzt nachdenklich.

»Und wie!«, sagte Anni.

»Ich vergaß noch etwas«, setzte ich hinzu. »Der Mann wird von der Polizei gesucht. Und ich beabsichtige, ihn denen auszuliefern, sobald er uns seine Geschichte erzählt hat.«

Er stellte seine Tasche ab. »Moment mal, heißt das, dieser Mann ist der Mörder oder der vermutliche Mörder?«

Ich schüttelte den Kopf. »Das ist er vermutlich nicht, obwohl die Geschichte inzwischen so verworren ist, dass ich auch das nicht ausschließen kann.«

»Also, ich soll ihm eine Valiumspritze geben und ihm anschließend erzählen, dass seine Frau durch einen Mörder umgekommen ist. Sehe ich das richtig?«

»Ja«, sagte ich, »wenn das geht.«

»Da liegen Sie falsch. Ich bin Arzt und kein berufsmäßiger Überbringer mieser Nachrichten. Ich kenne den Mann nicht. Also kommen Sie gefälligst selbst mit, klar?«

Wir gingen also hoch zu Günther Schulze, und Dr. Saner sagte freundlich: »Ziehen Sie sich bitte ganz aus und bleiben Sie auf dem Rücken liegen. Wo sitzt der Schmerz? Können Sie ihn lokalisieren?«

151

Schulze antwortete: »Lokalisieren? Na ja, mir tut da unten alles weh.«

Ich hockte mich in einen Sessel und sah ihnen zu.

Mit einem schnellen Blick zu mir murmelte der Arzt: »Sagen Sie bitte Bescheid, wenn es zu weh tut. Aber ich muss versuchen, es zu tasten. In Ordnung?«

Er begann zu tasten, und Schulze sagte mehrmals erstickt: »O verdammt!«

»Eine ziemlich ausgeprägte Hodenquetschung. Ich spritze Ihnen jetzt ein Schmerzmittel. Sie werden sehr müde werden. Falls wir den Schmerz bis morgen nicht unter Kontrolle kriegen, muss ich Sie ins Krankenhaus schaffen. Sicherheitshalber zum Röntgen und so. Ist das okay?«

Schulze nickte. Dann sah er mich an. »Kann ich von hier aus meine Frau anrufen?«

Beinahe hätte ich geantwortet: »Lassen Sie das lieber sein«, aber dann sah ich keinen Ausweg und sagte leise: »Sehen Sie, ich wollte Sie unter anderem auch deswegen auftreiben und hierherbringen, weil irgendjemand hingegangen ist und Ihre Frau getötet hat. Sie müssen nicht glauben ...«

»Machen Sie jetzt eine Faust!«, sagte der Arzt scharf dazwischen. Automatisch gehorchte Schulze. »So ist es gut. Jetzt piekt es kurz.«

»Was haben Sie gesagt?«, fragte Schulze tonlos.

»Ihre Frau ist tot. Ich habe sie gefunden. Heute Nacht, nein, gestern Abend.«

»Was sagen Sie da?« Seine Stimme war fast unhörbar.

Ich wiederholte es nicht.

Der Arzt bewegte sich jetzt schneller, fummelte in seiner Bereitschaftstasche herum. Dann wurde er hektisch. »Der Kreislauf sackt durch«, sagte er scharf. »Scheiße!« Schulze war totenblass, lag da, als wolle er aufgeben. Er atmete ganz flach und stoßweise.

152

»Ich habe das Doppelte der Normaldosis gespritzt«, meinte der Arzt. Er klang gereizt. »Er müsste in ein, zwei Minuten
wieder an Deck sein. Verdammt, können Sie diese Scheiß-
nachrichten nicht unterschlagen?«

Schulze bewegte sich matt, trat mit den Beinen, als hänge etwas Lästiges daran. »Wie ist das passiert?«, fragte er lallend.

Der Arzt klemmte sich das Stethoskop in die Ohren und
horchte die Herzgegend ab. Dann fasste er nach dem Puls.
»Gute Kondition«, sagte er.

»Selma, wirklich Selma?«, fragte Schulze laut, fast schreiend.

»Selma«, sagte ich.

»Und Beatrice? Unser Baby?«

»Alles klar«, sagte ich hastig. »Mit dem Baby ist alles klar.«

»Wie ist das passiert. Was ist da gelaufen? Wieso ist sie tot?
Wie haben Sie sie gefunden?«

Ich sah den Arzt an, und als er nickte, berichtete ich, was
sich zugetragen hatte. Ich fasste mich kurz.

»Aha«, murmelte er nur, sonst nichts.

»Haben Sie noch Schmerzen?«, fragte der Arzt.

Er schüttelte den Kopf. »Nichts mehr, ich fühle überhaupt
nichts.«

»Ich komme in zwei Stunden wieder.« Er sah mich an.
»Keine Aufregung mehr, egal was kommt. Er wird jetzt ein-
schlafen.«

»Das glaube ich nicht«, widersprach ich.

»Er wird«, sagte er scharf. »Ich habe ihm genug gespritzt,
um eine Herde Elefanten umzulegen. Also gut, warten wir
eine Weile.«

Wir hockten da und beobachteten Schulze und sahen, wie
er gegen die Müdigkeit kämpfte und dann schließlich doch
einschlief, wie er schlaff wurde und seine Züge die Kantig-
keit verloren.

153

»Er ist ein guter Typ«, meinte der Arzt. »Was ist er? Ein Mörder, ein Spion?«

»Ein Spion, nehme ich an. Er kennt den Mann, der tot im Windbruch lag. Wie soll ich mich verhalten?«

»Er darf nicht aufstehen. Und er sollte jetzt nicht verhört werden. Auf keinen Fall. Geben Sie ihm ein paar Stunden Zeit. Ich komme in zwei Stunden wieder. Diese Schmerzen werden hartnäckig sein.«

Als er hinausging, sah ich Anni und Clara vor der Tür stehen. Ich winkte sie herein, und wir verabredeten, dass wir Wache an Günther Schulzes Bett halten wollten, jeder zwei Stunden lang.

Clara übernahm die erste Schicht.

»Du hast ziemlich große blaue Flecken im Gesicht«, stellte Anni fest. »Hat er dich verprügelt?«

»Ein bisschen.« Ich sagte ihr, was am Campingplatz geschehen war, und sie wiegte den Kopf hin und her und bemerkte: »Das sieht so aus, als könnten wir ein Stück mehr erfahren. Die Frage ist nur, wieviel Schulze wirklich weiß. Leg dich am besten auf das Sofa, du siehst todmüde aus.«

»Ich habe schon lange eine Frage, Anni. Bist du wirklich hierher gekommen, um mit mir zusammen einen Bauernhof zu erben?«

Sie schüttelte den Kopf und grinste. »Nicht die Spur. Ich bin hier, weil du sein Sohn bist. Dieser blöde Bauernhof war nur ein guter Grund.«

»Das ist sehr gut«, sagte ich, »ich habe nämlich etwas gegen Erbschaften dieser Art. Da fällt mir ein, dass Alfreds Auto noch am Campingplatz steht. Du lieber Himmel, er wird mich auffressen.«

»Kann man das nicht anders arrangieren? Ein Taxi mit zwei Fahrern?«

»Du bist wirklich ein Profi«, sagte ich erleichtert. Es ist zuweilen gut, eine Tante zu haben.

Ich legte mich hin und schlief sofort ein. Ich hatte einen ekelhaften Traum. Ich stand bis zum Hals in eiskaltem Wasser. Jemand schlug auf mich ein, und das Wasser hielt meine Arme fest. Ich konnte sie nicht einmal heben, um mein Gesicht zu schützen.

Clara rüttelte mich. »Günther ist wach, er hat irre Schmerzen.«

»Ruf den Arzt, er muss ihm eine Spritze geben.«

»Er will aber mit dir reden. Wegen Selma.«

»Ich gehe schon. Ruf den Arzt. Er soll kommen.«

Schulze lag zusammengekrümmt auf der Seite. »Sie müssen mir genau sagen, was geschehen ist.«

Ich wiederholte es, ich sagte es so kurz und bündig, wie es ging.

»Wie ... wie sah ihr Gesicht aus? Hat sie Schmerzen ... hat sie gelitten? Konnte man das sehen?« Sein Gesicht war wie aus Stein.

»Sie wirkte ruhig und friedlich. Ich denke, sie hat nicht eine Sekunde gelitten. Der Arzt kommt gleich.«

»Sie können mich allein lassen. Ich meine, ich laufe nicht ... ich meine, Sie können mich ruhig allein lassen.«

»Sicher«, sagte ich und ging hinaus. Ich hockte mich vor die Tür neben das Bücherregal im Flur und hörte ihn weinen und toben und fluchen und schreien. Er rief dauernd den Namen seiner Frau, und er beschimpfte sie und nannte sie einen Feigling, weil sie gegangen war, ohne auf ihn zu warten. Dann wimmerte er: »Komm noch einmal zurück. Nur noch einmal, verstehst du? Was soll ich allein hier? Und was ist mit Beatrice? Ich bin doch nicht Mutter und Vater. Ohne dich bin ich nichts. Selma!«

155

Ich hielt mir die Ohren zu, aber ich hörte ihn. Dann klirrte Glas, und es war sehr still. Ich stürzte hinein. Er hatte ein Trinkglas zerschlagen und versuchte gerade, mit einer Scherbe an der Pulsader seiner linken Hand herumzuschneiden.

»Lass das doch, Junge, laß das doch!«, schrie ich.

Er hörte mich nicht, oder er wollte mich nicht hören. Als ich mich bückte, um ihn irgendwie zu packen, sagte Dr. Saner hinter mir scharf: »Lass mich mal!« Er stieß mich zur Seite, warf sich nach vorn und schlug Schulze voll ins Gesicht.

Schulze atmete erstickt ein und fiel auf das Kissen zurück.

»Tut mir Leid«, sagte der Arzt. »Liegen Sie jetzt ruhig, Sie kriegen eine Spritze.«

Schulze sagte kein Wort, starrte auf den Arzt und starrte in mein Gesicht, als habe er uns nie gesehen.

»Halten Sie ihn fest«, sagte der Arzt.

Ich hielt ihn fest, während er die Spritze bekam.

»Wir sollten ihn doch in ein Krankenhaus schaffen«, sagte der Doktor, während er das Handgelenk versorgte. »Das erscheint mir zu unsicher hier. Er wird vielleicht vollkommen ausflippen.«

»Kein Krankenhaus«, wehrte ich ab. »Da wird er ja doch bloß verrückt.«

»Aber dort können sie ihn fesseln und an eine Infusion hängen«, meinte er.

»Das erledigt doch nicht sein Problem«, widersprach ich.

»Aber keine Minute aus den Augen lassen«, sagte er schließlich mahnend.

Ich blieb hocken, während er ging, nachdem Schulze träge geworden und wieder eingeschlafen war.

Ich konnte selbst kaum noch die Augen aufhalten, als Anni den Kopf durch die Tür steckte und sagte: »Telefon. Der Herr Müller vom Bundeskriminalamt.«

156

»Lös mich ab.« Ich ging hinunter. »Baumeister hier.«

»Ist es richtig, dass Sie Günther Schulze aufgestöbert haben?«

»Richtig.«

»Wieso haben Sie mich nicht verständigt?« Er klang ausgesprochen sauer.

»Das hätte wenig Sinn gemacht. Der Mann ist voll im Schock, hat eine Hodenquetschung, hat erfahren, dass er seine Frau verloren hat, und steht unter starken Medikamenten.«

»Soll ich das glauben?«

»Das ist mir wurscht. Haben Sie den Mann namens Volker identifiziert?«

»Nein. Wieso hat Schulze eine Hodenquetschung?«

»Weil ich ihn treten musste«, sagte ich.

»Wo haben Sie ihn gefunden?«

»In Ahrdorf auf einem Campingplatz. Fragen Sie mich nicht, warum ich dort gesucht habe. Eigentlich war es ganz logisch. Ich habe Schulze noch nicht fragen können, warum er sich auf diesem Campingplatz verkrochen hatte.«

»Was halten Sie davon, wenn ich zu Ihnen rauskomme?«

»Ich wollte das sowieso vorschlagen. Dann muss er seine Geschichte nicht zweimal erzählen.«

»Wollen Sie wirklich journalistisch einsteigen?«

»Will ich. Aber ich warte, bis alles zusammengetragen ist. Wie geht es Vera Grenzow?«

»Gut. Wir haben sie in einem Hotel unter Kontrolle, an die kommt niemand heran.«

»Und was sagt sie?«

Er lachte ärgerlich. »Sie behauptet, von all diesen Vorgängen nichts, aber auch gar nichts erklären zu können. Sie sagt, sie versteht das alles nicht.«

»Glauben Sie das etwa?«

»Es kommt nicht darauf an, was ich glaube, Herr Baumeister. Ich brauche Hinweise und dann Beweise. Und wir können die Frau hier nur begrenzt festhalten. Ihr Anwalt holt sie nach fünf Minuten raus.«

»Haben Sie den Motorradfahrer erwischt?«

»Bisher nicht, aber wir haben ja auch zu wenig Anhaltspunkte. Was macht denn Schulze für einen Eindruck? Wird er sprechen?«

»Ich denke ja. Kommen Sie her.«

Ich ging hinter das Haus, und ich entdeckte zum ersten Mal seit Monaten wieder meinen alten Freund, den Kater Freundlich. Er war mit ziemlicher Sicherheit der Vater der fünf kleinen Katzen, die Krümel vor drei Jahren höchst elegant und geradezu locker zur Welt gebracht hatte – unter den Augen von mindestens zehn kleinen Kindern, die ich zu diesem Ereignis zusammengetrommelt hatte. Freundlich verhielt sich so, als habe er mich nach Jahren härtester Trennung endlich wiedergefunden. Er wand sich laut mauzend um meine Beine und störte sich nicht die Spur an der eifersüchtigen Krümel, die fauchend auftauchte und Anstalten machte, ihn zu verprügeln.

»Lass ihn«, erklärte ich ihr, »er kann dir keine Kinder mehr machen, du bist sterilisiert.« Ich beugte mich zu ihm nieder, und er hüpfte auf mein Knie, was mich leicht aus dem Gleichgewicht brachte.

Das war der Schritt zuviel, der Krümel so in Rage brachte, dass sie auf den Freundlichen losschoss, nicht erst drohte, sondern ihm rechts und links eins um die Ohren haute. Der Kater verlor die Nerven und flüchtete in weiten Sätzen.

»Es leben die Weiber!«, sagte ich. Und ich fühlte mich wieder stark genug, zu den anderen zurückzugehen.

Die Stimmung im Haus war gespannt. Wir sprachen einander nicht an, jeder malte für sich aus, was Günther Schulze erzählen würde – falls er überhaupt etwas erzählen wollte. Dann kam der Bundeskriminalbeamte Müller, stand auf meinem Hof, sah sich beruhigend um und erklärte mit sehnsüchtigem Unterton: »So könnte ich mir die Zeit nach der Pensionierung vorstellen.«

»Die Eifel ist hart, nichts für Pensionäre«, lachte ich.

»Wir bauen jetzt auf!«, sagte er entschuldigend. Er hatte vier Männer und eine Frau mitgebracht, die aus den offenen Kofferräumen der Dienstautos allerlei technisches Gerät ausluden. Mikrofone, Bandgeräte, tragbare Telefone und dererlei Kleinigkeiten mehr.

Anni stand dicht hinter mir. »Jetzt gibt es Stunk!«, murmelte sie. Dabei sah sie mich so an, als wolle sie sagen: »Los, gib's ihm!«

»Augenblick, Herr Müller!«, sagte ich freundlich. »Das ist ein Eifler Bauernhof und kein Brückenkopf des Bundeskriminalamtes.«

»Wir wollen Schulze doch nur aufnehmen«, sagte er in einem Ton, als hätte ich ihn gerade furchtbar gekränkt.

»Das habe ich aber nicht so gern«, erwiderte ich. In dem Moment stolperte ein dicklicher Mann mit einem Haufen Mikrofone und den dazugehörigen Strippen an mir vorbei. Ich hielt ihn am Oberarm fest.

Er sah mich an, als wollte er sagen: »Pass auf, ich kann Kung Fu!«, aber dann merkte er, dass ich es ernst meinte, und sah seinen Chef ganz hilflos an.

»Die Ritter von der Heiligen Wanze kommen mir nicht in die Bude«, sagte ich laut und deutlich. »Zugelassen ist nur Herr Müller selbst. Als Gast. Nur mit einem Kugelschreiber und einem Blatt Papier.«

»Aber Sie sind doch für diesen Staat!«, sagte Müller, wieder freundlich.

159

Das sagen sie alle, das ist nicht mehr als blasser Standard.

»Ich mag die Demokratie«, sagte ich. »Aber dies ist mein Zuhause, und hier gilt das, was ich für demokratisch halte. Hören Sie ihm brav zu und nehmen Sie ihn dann mit.«

»Das finde ich gar nicht gut«, murmelte Müller.

»Ja, so ist das Leben.«

»Ich kann aber doch meine Kollegen mit hineinnehmen. Wir stören ja nicht.« Müller war etwas ratlos, denn eigentlich war er wirklich ein netter Kerl.

»Wir haben am Telefon abgemacht, dass Sie nur mithören. Ich weiß, dass Sie kraft Ihres Amtes mein Haus sogar stürmen können. Aber ich weiß auch, dass Sie kraft Ihres Charakters genau das eigentlich nicht wollen. Schicken Sie Ihre Hilfstruppe runter zu Markus und Mechthild, ein prima Lokal mit prima Bier. Ich schmeiße auch eine Runde.« Ich lächelte ihn an. »Und jetzt nenne ich Ihnen sogar den wirklichen Grund, weshalb ich nicht möchte, dass Sie aus meinem trauten Heim ein Tonstudio machen. Der Mann, um den es geht, ist sicherlich kein Mördertyp. Er mag ja ein Spion sein oder das, was man so dafür hält. Aber seine Frau wurde ermordet, und das hat ihn so geschmissen, dass er sogar versucht hat, sich ans Leben zu gehen. Da sollte man aus Gründen der Einfühlung ihm nicht sofort Mikros vor den Mund halten und ein hartes Interview durchziehen. Wenn Sie das arrangieren, sagt der Mann unter Umständen kein Wort. Verstehen Sie mich jetzt?«

»Das könnte sein«, nickte er. »Das könnte wirklich sein. Okay, wir machen es so, wie Sie vorschlagen.«

»Das finde ich aber nett von Ihnen, Kollege«, sagte Anni in meinem Rücken, und einen Augenblick lang war dieser nicht ganz leicht begreifliche Müller rot vor Verlegenheit. Dann drehte er sich zu seinen Leuten um und befahl: »Fahren Sie heim. Ich komme nach.«

Sie trollten sich, und ich richtete das Arbeitszimmer her. Schulze konnte auf der Couch liegen, ich würde die anderen um ihn herum drapieren und mich selbst so setzen, dass ich Schulzes Gesicht genau sehen konnte.

Müller kam herein. »So geht es nicht, Herr Baumeister, ich kann das nicht dulden. Ich wollte Sie nicht bloßstellen, Sie haben gut recherchiert, aber ich muss den Mann letztlich doch verhaften. Ich muss ...!«

»Erst einmal müssen Sie mir zuhören. Haben Sie einen Haftbefehl?«

»Nein, brauche ich nicht. Bei Gefahr im Verzuge brauche ich den nicht.«

»Seien Sie behutsam, ja? Er ist krank, bitter krank.«

»Aber er ist ein Verräter, ein Spion. Er hat gegen unser demokratisches System ziemlich heftige Angriffe geführt, er hat uns sozusagen jahrelang in die Beine geschossen.«

»Lieber Himmel, wann lernt Ihr endlich, zu Euren Untertanen nett zu sein? Wenn jemand das Finanzamt bescheißt, ist er ein Held. Stellt jemand der Kripo ein Bein, ist er ein gefährlicher Straftäter. Setzen Sie sich, Anni macht Ihnen Kaffee. Sie kriegen den besten Platz und brauchen nicht einmal Eintritt zu bezahlen.«

»Sie sind ein ... na ja, irgendetwas in der Art.« Er lächelte widerwillig.

»Anni, hol bitte den Schulze. Aber er soll langsam gehen.«

Dann wurde es sehr still. Krümel schnürte herein, sah sich um und hopste auf den Platz, den ich Schulze zugedacht hatte. Wir hörten, wie Anni auf der Treppe ›langsam, langsam‹ sagte.

Aber erst kam Clara durch die Tür. Sie hatte ein rot verheultes Gesicht und sagte kein Wort. Sie suchte sich den Sessel aus, der am weitesten von Schulzes Couch entfernt stand. Es würde ihr schwerfallen, von Schulzes Welt zu hören, in der sie gelebt hatte und von der sie in schrecklicher Naivität nicht einmal geahnt hatte, dass es sie gab.

Dann kam Schulze durch die Tür. Er war blass, aber bei unserem Anblick kam ihm ein jungenhaftes Grinsen, und das machte ihn sympathisch.

»Sie legen sich hin. Ich bin Baumeister, Journalist, das ist schon bekannt. Wer die Clara ist, wissen Sie besser. Das ist meine Tante Anni. Das ist der Herr Müller vom Bundeskriminalamt.«

Ich hatte das locker und flapsig gesagt, aber sein Gesicht nahm sofort einen harten Ausdruck an. Er sah uns der Reihe nach an und legte sich auf die Couch. Er sagte: »Ich bin noch sehr wacklig.« Dann drehte er sich auf die Seite und stützte sich auf den linken Arm.

»Ich möchte erst genau wissen, ob meine Selma leiden musste«, begann er.

Müller schüttelte energisch den Kopf. »Sie hat nichts gespürt.«

Schulze starrte gegen die Decke. »Ich verstehe das alles nicht.« Seine Stimme kam sehr leise, aber deutlich. »Also, was wollen Sie nun wissen?«

Ich sah, wie Müller den Mund aufmachte, und ich wusste, er würde hart reden. Ich stotterte dazwischen: »Mo... Mo... Moment. Ehe wir alle zusammen in Fragen ausbrechen, wollen wir eine Spielregel zur Kenntnis nehmen: Hier bin ich Hausherr, hier frage ich. Ist das okay?« Und ehe Müller widersprechen konnte, sagte ich. »Das ist fein, dass wir alle übereinstimmen. Lassen Sie es mich also so formulieren: Ich möchte, dass Sie Ihre Geschichte erzählen. Die Geschichte Ihres Lebens. Niemand, wirklich niemand wird Sie unterbrechen. Nur, wenn Sie Schmerzen haben, unterbrechen wir.«

Schulze schloss die Augen und nickte. Dann knickte der Arm, auf den er sich stützte, ab. Er legte sich auf den Rücken. Er starrte an die Decke und fragte: »Wo ist Beatrice?«

»Ihre Eltern sind auf dem Weg. Sie werden sich um das Baby kümmern«, sagte Müller sanft. Er war jetzt erstaunlich gut.

»Wie geht das nun mit mir weiter?« Er hielt die Augen geschlossen.

Dann war plötzlich ein hoher Ton im Raum. Wir zuckten alle zusammen und begriffen nicht, woher dieser Ton kam. Es war Schulze, der weinte, hoch und laut und völlig ungehemmt. Er wiegte sich in seinen Tränen hin und her, legte die Hände auf sein Gesicht. Ich sah, wie Müller die Augen schloss, und seine Wangenmuskeln arbeiteten. Clara begann wieder zu schluchzen, Anni saß mit vollkommen starrem Gesicht da, und nichts an ihr bewegte sich. Es dauerte viele Minuten. Dann sackte Schulze völlig zusammen und rang nach Atem. Ich drückte ihm ein Papiertaschentuch in die Hand, und er schneuzte sich laut und ausgiebig.

Draußen heulte ein Militärjet heran. Ich schätzte seine Höhe auf weit unter zweihundert Meter. Nachdem der Verteidigungsminister versichert hatte, diese tödlichen Hornissen würden jenseits der 300-Meter-Marke bleiben, waren die Eifler jedesmal froh, wenn sich ausnahmsweise eine von ihnen daran hielt. Diese hier jedenfalls nicht. Der Jet kreischte über das Haus hinweg. Krümel stieß die Tür auf, kam herein und fand, dass alles seine Ordnung hatte. Dann verschwand sie wieder.

»Wir wissen nicht, was Sie berichten werden«, sagte ich so freundlich wie möglich.

Er drehte sich vom Rücken wieder auf die Seite und lächelte matt. »Was erwarten Sie denn?«

163

»Ich bin völlig offen, für alles«, meinte ich. Ich begann mich zu ärgern, weil das Gespräch so nutzlos war.

»Ich habe gehört, dass man Leuten, die bereit sind, etwas Wichtiges zu sagen, entgegenkommt. Ich meine von seiten der Behörden.«

»Was wollen Sie?«, fragte ich zurück. »Haftverschonung? Eine neue Existenz?«

»Man könnte über so etwas später sprechen«, überlegte Müller. »Das kommt auf das an, was Sie wissen und zu berichten bereit sind.«

»Ich kaufe also die Katze im Sack?«, fragte Schulze misstrauisch.

»Reicht es denn, wenn ich vor Zeugen versichere, dass ich mich für Sie einsetzen werde?«

Ich begriff, dass dieser Müller deutlich gefährlicher war, als ich bisher angenommen hatte. Ich sagte schnell: »Wir haben ja nicht allzuviel Zeit. Irgendein Irrer geht herum und schießt Leute ab. Er wird nicht aufhören, bevor er erwischt wird.«

Aber er hörte mir nicht zu, er war ganz weit weg. Er murmelte: »Ich habe wirklich an den Marxismus-Leninismus geglaubt.«

»Ich mache Ihnen keine Vorwürfe!«, sagte Müller schnell.

»Ein Kommunist!«, sagte Clara erstickt. »Du bist also ein Kommunist?«

»Clara-Mädchen«, sagte er ganz zärtlich.

»Also Sie waren die Späher, die vorderste Linie, die Helden?«, fragte ich und bemühte mich um ein Lächeln.

»Ja«, sagte er, »das kann man so formulieren. Und wir waren wirklich gut. Was ich nicht begreife, ist die Tatsache, dass wir jetzt dafür bestraft werden sollen, dass wir für den Staat DDR waren.«

Ich erwartete eine Bemerkung von Müller, aber Müller kaute auf einem Kugelschreiber herum und machte sich eine Notiz.

164

»Mir sind die ganz Unschuldigen in diesem Falle«, sagte ich.

»Vielleicht mit Ausnahme von Herrn Müller. Er steht auf der anderen Seite des Zaunes. Aber meine Tante Anni und Clara und ich sind die Unschuldigen, die Naiven. Widmen Sie uns eine Geschichte?«

»Eine Geschichte oder die Wahrheit?«, fragte er schnell.

O ja, er war ein blendender Schachspieler.

»Ich kann Ihre Position verstehen«, sagte ich. »Die ist schlecht. Aber ich finde es sinnlos, uns einen Vortrag über Ihren Glauben an den Marxismus-Leninismus zu halten. Werden wir doch konkret: Sie haben bereits zugegeben, dass Sie es waren, der mich im Windbruch zusammenschlug. Warum waren Sie eigentlich dort? Der tote Volker war doch längst abtransportiert. Und wer bitte ist dieser Volker überhaupt?« »Ich will erst ein paar Zusagen«, beharrte er.

»Sie bekommen Ihre Tochter, Sie dürfen mit Ihren Eltern sprechen«, sagte Müller. »Das kann ich verantworten.«

»Ohne Wanzen, Mikros, Video?«, fragte er.

»Das sichere ich Ihnen zu«, sagte Müller ernst. Seine Zugeständnisse sahen grandios aus, aber bei genauem Hinsehen hatte er nicht eine einzige Zusage gegeben, die er nicht lässig auf eigene Verantwortung vertreten konnte. Er war ein sehr sanfter, liberaler Typ, der noch nach zwölf Stunden unbeirrbar in seinem Sessel hocken würde, um einem tödlich erschöpften Schulze auch den letzten Nebensatz aus der Nase zu ziehen. Müller war einfach gut.

»In dieser aktuellen Sache, bei diesen scheußlichen Toten, kann ich aber nicht helfen«, sagte Schulze.

»Aber Sie haben doch Ahnungen, oder?«, fragte ich dazwischen.

»Was nutzen Ahnungen?«, fragte er dagegen.

»Lassen Sie mich, Herr Baumeister, eine Einleitungsfrage stellen?«

Müller war wirklich supersanft, Müller war geschmeidiger als Vaseline.

»Na sicher«, murmelte ich.

»Herr Schulze, etwas an dem Vorgang, in den Sie offenkundig verstrickt sind, scheint mir unerklärlich. Im Auftrag des DDR-Ministeriums für Staatssicherheit und der Verwaltung Aufklärung des alten Ostberliner Verteidigungsministeriums arbeiteten etwa zweitausendsechshundert hauptamtliche und weitere rund zehntausend inoffizielle Mitarbeiter an der Gewinnung geheimdienstlicher Informationen bei uns in der Bundesrepublik. Wir wissen auch, dass jetzt immer noch rund sechshundert Ex-DDR-Spione unerkannt hier bei uns leben. Alle diese Leute bekamen zwei Befehle, als die Mauer fiel und die Wiedervereinigung nicht aufzuhalten war: Der erste Befehl war Schweigen, der zweite Befehl war, direkt und auf unbegrenzte Zeit unter Zerstörung aller Unterlagen und technischen Hilfsmittel schlafen zu gehen. Warum sind Sie nicht schlafen gegangen?«

Zum ersten Mal sah ich Schulze fast amüsiert lächeln. »Wir bekamen keinen Befehl, schlafen zu gehen, wir arbeiteten weiter.«

»Das ist aber seltsam«, sagte Müller gedehnt.

»Überhaupt nicht«, widersprach Schulze, »wirklich überhaupt nicht. Oder sind Sie etwa der Meinung, dass Spionage nicht mehr gefragt ist?«

»Arbeiten Sie für andere Herren?«, fragte ich.

»O nein«, antwortete er. »Sagen wir mal so: Wir arbeiten auf Vorrat.«

Anni räusperte sich. Sie hatte jetzt ein wirkliches Raubvogelgesicht. »Also Kinder, von dem ganzen Schmus verstehe ich nichts. Können Sie denn eine alte Frau einmal aufklären, was Sie so alles ausspionierten?«

»Na sicher«, meinte er großmütig. »Es ist ja wohl mein letzter Auftritt vor zivilem Publikum.«

»Das würde ich nicht so sehen«, sagte ich schnell. »Ich beabsichtige, über Sie zu schreiben!«

Sofort fragte er: »Mit wieviel Prozent bin ich dabei?«

»Günther«, platzte Clara dazwischen, »das bist doch nicht du!«

Schulze beachtete sie nicht. »Ich fragte nach den Prozenten und will eine Antwort. Schreiben Sie nur, oder machen Sie auch einen Film?«

»Fünf Prozent«, sagte ich. »Und kein Handel. Und jetzt verdammt noch mal erzählen Sie die Geschichte.«

»Das darf alles nicht wahr sein«, flüsterte Clara.

Anni murmelte: »Ich mach' noch mal Kaffee«, und ging hinaus. In der Tür sagte sie: »Junger Mann, Sie sollten jetzt berichten und aufhören mit diesen merkwürdigen Scheinduellen. Das ist nicht komisch.«

»Sie bekamen also keinen Befehl schnellstens abzutauchen und still zu sein?«, fragte Müller skeptisch.

»Nicht die Bohne«, entgegnete Schulze. »Warum sollten wir denn aufhören? Da gab es zum Beispiel einen amerikanischen Kunststoffhersteller, der einige Verkaufsstrategien und andere Feinheiten kaufen wollte. Also, warum aufhören?«

»Ja, ja«, seufzte Müller.

»Die Geschichte!«, forderte ich. »Ihre fünf Prozent können Sie in den Schornstein blasen, wenn Sie nicht langsam anfangen.«

»Ich starte also«, sagte er; fast klang er gutgelaunt. »Wir kamen alle von der Ostberliner Humboldt-Uni, Vera Grenzow, Jürgen Sahmer und ich. Die genauen Datierungen unserer Einsätze brauche ich ja nicht zu geben, sie sind auch nicht wichtig. Als Erste kam Vera über die Grenze. In West-Berlin.

167

Da war schon alles eingefädelt. Sie dürfen mich nicht fragen, wer das einfädelte. Sie bekam einen Job im Konzern in Leverkusen. Genau den Job, den wir brauchten. Bei Sahmer war das ein bisschen komplizierter, weil wir ihn dicht an Vera platzieren mussten. Er ging also in der Vorbereitung in das Zuchthaus in Bautzen – angeblich natürlich als politischer Häftling. Er wurde von der Bundesregierung freigekauft. Die Summe lag bei einhundertsechzigtausend Mark. Vera war genau informiert und sagte ihren Konzernherren, sie sollten sich um Sahmer bemühen, Sahmer sei klasse in seinem Fach. War er auch. Er war kaum über die Grenze, als er den Job bei Vera bekam. Ich kam als dritter. Ich kam als Flüchtling über Ungarn. Vor vier Jahren. Damit waren wir komplett.«

»Arbeitsziele?«, fragte Müller knapp.

»Das Übliche«, meinte Schulze. »Wir informierten uns konzernweit über Absatzmärkte, neue Marktstrategien, Rohstoffpreise, technische Neuerungen in der Fertigung, neue Patente, neue Maschinen.«

»Wie lautete Ihre Hitliste?«, fragte Müller knapp.

»Wir haben ausgerechnet, dass wir der DDR rund siebenhundert Millionen Dollar an Entwicklung und Investment erspart haben. In einem Fall konnten wir in China einen bestimmten Markt an Plastikbearbeitungsmaschinen zu fast hundert Prozent erobern. Das allein war ein Riesending. Aber so was rechnen wir eigentlich nicht mit, das fiel nebenbei mit ab.«

»Und nun zur Steuerung bitte«, sagte Müller.

»Wir brauchten nur selten Steuerung. Und wenn, dann durch ...«

»Volker«, sagte Anni.

Schulze war offenkundig amüsiert. »Ja, richtig. Durch Volker. Aber Volker ist ein Deckname.

Und einen richtigen Namen gibt es nicht.«

»War der Volker ein Oibe?«, fragte ich. »Ein Offizier der Stasi im besonderen Einsatz?«

Schulze schüttelte den Kopf. »Nein, war er nicht. Er war ein unbekannter Agent. Er arbeitete nicht im Stasibereich, sondern im industriellen Sektor.«

»Wo da genau?«, fragte Müller dazwischen.

»Im Chemnitzer Bereich der Plaste- und Elastestoffe.«

»Kannten Sie ihn?«, fragte ich.

»Ja natürlich. Er kam einmal pro Sommer und einmal pro Weihnachten. Weihnachten gab es die Gratifikationen und Orden. Im Sommer gab es dann die Zielvorgaben, also unsere. Arbeiten.«

»Und wo trafen Sie sich?«

»Na ja, hier in der Eifel selbstverständlich. In unserer Bude in Mirbach.«

Es war einen Moment lang still.

»In Mirbach, direkt um die Ecke?«, fragte Clara schrill. Ihr Gesicht war totenblass.

»Aber ja, Clara-Mädchen. Direkt bei dir um die Ecke.«

»Welches Haus?«, fragte ich.

»Das letzte am linken Hang zum Lampertstal«, sagte er.

»Ein alter Bauernhof. Wir haben uns das Wohnhaus ausgebaut.«

»Wer war der offizielle Mieter?«, fragte Müller.

»Ich«, sagte er.

»Wie kamen Sie hin?«, fragte ich.

»Wir nahmen nie den Weg über die Autobahn Brühl-Euskirchen-Eifel. Wir kamen immer anders herum über die Autobahn Aachen, sozusagen von hinten.«

»Gut. Sie trafen sich also dort. Wie oft?« Müller war ganz kühl.

169

»Nur wenn es notwendig wurde. Insgesamt schätze ich sechs- bis achtmal im Jahr.«

»Und einmal im Sommer und einmal vor Weihnachten, zusammen mit Volker?«, fragte ich.

»So war es.«

»Wie sieht das mit zusätzlichen Verbindungsleuten aus?«, kam Müllers Stimme. »Wer waren die Helfer?«

»Niemand.« Das kam sehr schnell. »Nur wir drei und drüben Volker.«

»Aber Sie brauchten Helfer im Konzern, um an die Informationen zu kommen.«

Schulze nickte nachdenklich. »Ja, ja, das ist im Prinzip richtig. Aber sehen Sie, Vera hatte ja Kanter erobert. Im Bett meine ich. Und sie drehte es so, dass wir zusammen eine Firma machten. Die Konstruktion dieser kleinen Firma war so, dass wir den Leuten bei den Düngemitteln und Seifen und Pharmazeutika ständig die Bude einrennen durften. Denn wir hatten ja den Auftrag, ihre Produkte möglichst gut zu verpacken.«

»Also brauchte Kanter auch nicht sehr viel zu verraten?«, fragte ich.

»Nein«, stimmte er zu. »Kanter brauchte wirklich nicht viel zu liefern. Hin und wieder eine Zahl, aber das war auch alles. Kanter war ahnungslos, aber er öffnete uns den Konzern. Unsere beste Waffe war die Schnelligkeit. Wir wussten weit im Voraus, an welchen neuen Produkten die Tochterfirmen und die Konzernleitung bastelten, und wir bekamen den ganzen Hintergrund: Die Produktionsform, die Anlagen, das Produkt, die Preise. Wenn sie noch in den Versuchen steckten, hatten wir in der DDR bereits das Produkt. Falls Maschinen besondere Schwierigkeiten machten, kopierten wir auch die Maschinen oder die Konstruktionszeichnungen der Maschinen. Und außerdem«, er grinste wieder jungenhaft, »waren wir innerhalb des Konzerns eine kleine, gewinnbringende Einheit. Die mochten uns alle. Wir waren Kanters Lieblinge.«

»Wollen Sie etwa sagen, dass Sie ohne Kuriere auskamen, ohne Babysitter bei schwierigen Treffen?« Müller war erstaunt.

»Aber ja«, sagte Schulze, und jetzt wirkte er naiv. »Kuriere brauchten wir nicht, weil wir unsere Erkenntnisse in Privatpost verpackten und an ehemalige Studienfreunde schickten. Die kannten uns von der Uni her unter ganz anderen Namen. Von Beginn an. Unsere echten Namen haben wir erst hier in der Bundesrepublik gebraucht. Wenn wir Maschinenteile nach drüben verschicken mussten, lieferten wir die Teile wechselweise an verschiedene Im- und Exportfirmen unseres geliebten Schalck-Golodkowski in der BRD. Damit war der Fall erledigt.«

»Sie arbeiteten also ohne Netz und doppelten Boden«, stellte Müller fest. »Haben Sie sich nicht gewundert, dass Sie nicht schlafen gelegt wurden, als Deutschland sich wiedervereinigte?«

»Haben wir anfangs. Aber dann begriffen wir, wie klasse wir sind. Nicht nur für die DDR. Sondern auch für die Japaner, Franzosen, Amerikaner, Schweizer und so weiter.« Er war regelrecht stolz, sein Gesicht glühte ein wenig.

»Glauben Sie, dass über Ihre Gruppe eine Akte im Stasi-Archiv existiert?«, fragte ich.

»Das weiß ich nicht«, meinte er zögernd. »Ich kriege wieder Schmerzen. Kann der Arzt kommen?«

»Natürlich«, sagte ich. Ich hatte das Telefon noch nicht erreicht, als es klingelte und eine Frauenstimme bat: »Kann ich bitte Kriminaldirektor Müller sprechen?«

171

»Herr Müller, für Sie.«

Er hockte sich an meinen Schreibtisch und fragte knapp: »Ja?« Dann hörte er zu. Er legte den Hörer auf und schien verunsichert, aber er sagte kein Wort. Ich war sicher, dass dieser Anruf mit unserem Gespräch mit Schulze zu tun hatte, denn sonst hätten seine Leute ihn nicht gestört. Und ich hatte den Eindruck, dass Müller jetzt einen knappen, aber entscheidenden Vorsprung an Wissen besaß.

Er setzte sich wieder in den Sessel und goss sich Kaffee ein. »Jetzt zu den Morden«, meinte er.

»Ja«, sagte Schulze und wurde wieder ganz blass. »Jetzt zu den Morden.«

»Einen Augenblick«, widersprach ich. »Wartet, damit ich nichts versäume. Doktor? Baumeister hier. Können Sie kommen? Der Patient hat wieder Schmerzen.«

Er sagte, er käme sofort, und ich hockte mich wieder in die Runde.

»Die Morde kann ich nicht erklären. Mit Gewalt hatten wir nie etwas zu tun«, sagte Schulze und kniff die Augen zusammen.

»Aber Sie wurden doch regelrecht trainiert«, sagte ich. »Auch auf Gewalt.«

»Das ist schon richtig. Wir bekamen neben unserer Uni-Fachausbildung eine komplette Spionageausbildung. Von Geheimtinten bis hin zum Funken und den üblichen körperlichen Geschichten. Tödliche Faustschläge und so. Aber wir brauchtes es nie, Intellektuelle sind ja so harmlos.« Er grinste über seinen Schmerz hinweg.

»Und eine Vermutung?«, fragte ich.

»Nicht einmal das«, sagte er.

»Aber Sie kennen diese Sorte Munition, nicht wahr?«, fragte ich nebenbei und sah ihn an, als habe mir ein guter Freund von ihm alles verraten.

172

Er senkte den Kopf, nickte und wirkte trübe. Leise meinte er: »Es war eine Spielerei. Also, die Chemiker in der DDR hatten den Stoff, dieses Plastikzeug. Aber sie hatten keine Maschinen, um ihn unter hohem Druck in Speziallack zu verschließen und auf diese Weise Geschosse oder anderes herzustellen. Volker kam und erläuterte das Problem. Das Problem war die Maschine. Sie konnten sie nicht bauen. Sie hatten keine Werkstoffe für die Maschine. Also ließen wir uns ein paar Kilo von dem Zeug schicken und versuchten, diese Maschine zu bauen. Es war wirklich eine Spielerei. Wir schafften es – natürlich. Und dann probierten wir die Dinger am lebenden Objekt.«

»Wie bitte?«, fragte Anni entsetzt.

Schulze sah mich an. »Nun, Empörtsein ist gar nicht angebracht. Zunächst haben wir bei dem Zeug weder in der DDR noch hier an richtige Geschosse gedacht. Wir hatten das Material und wussten nicht, wie wir es industriemäßig komprimieren können, um es zum Einsatz zu bringen. Irgendwer hatte eine kleine Anzahl dieser Geschosse gebastelt. Der Stoff an sich ist phantastisch, er bläht sich bei der Berührung mit der Außenluft um dreihundert bis vierhundert Prozent auf. Unsere Techniker in Chemnitz hatten die grandiose Idee, dieses Zeug zum Beispiel bei Gas- und Wasserrohrbrüchen zu verwenden. In den uralten Leitungsnetzen der DDR-Städte ist das der Alltag. Wenn ich diesen Stoff um ein Rohr jage, macht er es sofort dicht; das heißt, wir können jedes Leck in Sekundenschnelle abdichten. Das Zeug ist Millionen Dollar wert, gar nicht abzuschätzen. Na ja, wir kauften uns also drei Schweine. Auf dem Viehmarkt in Jünkerath. Wir brachten die Schweine in das Haus nach Mirbach und legten ... na ja, wir schossen auf sie. Das Zeug drang in die Körper ein und blähte sie auf. Wir kriegten einen Schreck, aber wir begriffen

173

sofort, was wir da hatten. Wir bauten die Maschine dafür und schafften sie in die DDR. Seitdem haben wir nie wieder etwas davon gehört. Eigentlich könnte nur Volker noch derartige Geschosse haben, aber der wurde selbst das erste Opfer. Und wir ... wir waren starr vor Schreck. Das Verrückte war: Volker war nicht angemeldet, das heißt, er ist außer der Reihe gekommen und hat sich mit keinem von uns getroffen. Nicht mit mir, nicht mit Sahmer. Wir beide hockten zusammen über einer Verpackung für Nussriegel. Vera kann er auch nicht getroffen haben. Sie war auf einem Physikertreffen in Wiesbaden. Also, wen hat er getroffen, und wen wollte er treffen? Als wir Volkers Bild in der Zeitung sahen, wussten wir, dass irgendeiner gekommen war, um aufzuräumen. Ich verabredete mit Vera und Jürgen, dass wir sofort alle verräterischen Unterlagen verbrennen.« Er zuckte mit den Achseln. »Auf eine gewisse Weise ist es lächerlich, weil wir sämtliche Einzelheiten bis hin zu ganzen Versuchsreihen neuer Projekte im Kopf haben. Wir lernten das Zeug systematisch auswendig. Wir machten aus, dass wir jede Tätigkeit einstellen, bei jedem Kontakt toter Mann spielen. Jeder konnte frei entscheiden, das zu tun, was er wollte. Vera und Jürgen entschlossen sich, zu bleiben und aufmerksam zu sein. Ich sagte, ich tauche unter. Ich tauchte unter.«

»Warum denn ausgerechnet vor der Haustür von Clara?«, fragte ich.

»Das ist einfach zu begründen«, sagte er. »Clara ist die beste Sekretärin, die man sich vorstellen kann ... Eine, die absolut keine Ahnung hat.« Clara weinte wieder. »Mach dir nichts draus, Clara-Mädchen. Also, sie war die beste Sekretärin, die man sich vorstellen kann. Ich versteckte mich in ihrer unmittelbaren Nähe. War sie in der Ferienwohnung in Ahrdorf, war alles okay, und ich konnte jederzeit zu ihr. War sie aber dort nicht, war es eigentlich noch besser. Die Wohnung liegt abseits, sie ist nicht kontrollierbar vom Vermieter, und man kann außergewöhnlich einfach und leicht durch einen alten Stall hineingelangen. Man kann also telefonieren, ohne dass irgendjemand nachprüfen kann, wo man steckt. Und ich bin zugleich ständig in der Nähe der Wohnung in Mirbach.«

»Genial«, murmelte ich. »So etwas in der Art habe ich erwartet. Wieso kam denn Sahmer von einer Minute zur anderen auf die Idee, Clara zu besuchen? Ohne Auto, irgendwie.«

»Ich vermute, er kam mit einem Taxi«, sagte er. »Wir hatten ausgemacht, dass jeder von uns ständig zweitausend Mark bei sich hat, um bei Fluchtbewegungen unabhängig zu sein. Aber mir ist unbekannt, weshalb er plötzlich flüchtete und dann in Ahrdorf erschossen wurde. Ich weiß es nicht. Und Vera weiß es auch nicht. Denn ich habe sie sofort angerufen.«

»Wo war Vera?«

»Als ich das erste Mal anrief, bei sich zu Hause. Später, am nächsten Tag dann in der Firma.«

»Was vermuten Sie?«, fragte ich.

»Ich kann nur vermuten, dass irgendetwas ihm panische Angst machte. Und er hatte dieselbe Idee wie ich. Er wusste: Clara richtet alles. Und sie hat mit all dem nichts zu tun. Also auf zu Clara! Das war sein Tod.«

»Warum ist Vera denn nicht geflüchtet? Was denken Sie?«

»Weil sie zäh ist, starr und hartnäckig. Wahrscheinlich wäre Jürgen Sahmer auch noch am Leben, wenn er nicht so eine blödsinnige Fluchtbewegung gemacht hätte.«

»Glauben Sie das ernsthaft?«, fragte Müller.

»Aber ja«, sagte Schulze. Dann sah er nachdenklich Clara an und meinte: »Wenn ich wie ein Schachspieler überlege,

175

wäre eine Möglichkeit, dass Clara das so wollte: dass sie ihn erwartete und erschoss.«

Clara sprang hoch und schrie: »So ein Scheiß!« Dann war es sehr still.

»Ach Clara-Mädchen, sei nicht sauer. Ich habe eben nur überlegt, was ich als Schachspieler denken könnte. Ich spiele jetzt aber nicht Schach.«

Sie begann erneut zu weinen. Dann stand sie auf und sagte schniefend: »Ich mache noch mal Kaffee.« Sie ging zwischen uns durch, sah Schulze an und wurde ganz zärtlich. »Wenn du Armleuchter mir gesagt hättest, was los war, hätte ich euch gar nicht verpfiffen.«

Er versuchte unter Schmerzen zu lächeln, aber es wurde nichts daraus.

»Sie haben also die guten, jungen, erfolgreichen Kapitalisten gespielt?«, fragte Müller, und da war eine Spur Verachtung in seiner Stimme.

»Oh, nicht nur gespielt. Das war schon faszinierend. Das Einzige, was mich an diesen windschlüpfrigen, modernen, jungen Erfolgreichen stört, ist ihr auf Faustgröße geschrumpftes Gehirn. Es war manchmal regelrecht schwierig, in einer In-Kneipe zu hocken und sich zwei Stunden lang über V8-Motoren zu unterhalten, obwohl keiner von denen wusste, wie so ein Ding eigentlich funktioniert.« Er lachte hart.

»Was war mit den Frauen? Mit Ihrer Frau? Mit Sahmers Frau? Wussten die etwas?«

»Die wussten nichts, absolut nichts. Grenzows Freund, also ich meine unseren Chef Kanter, hatte so wenig Ahnung, dass er ihr eines Tage ein ausgefuchstes Preisproblem bei Düngemitteln in Südamerika erklärte. Genau das gab unseren Freunden in der DDR die Möglichkeit, die Leverkusener satt und schnell aus dem Geschäft zu schmeißen. Nein, niemand wusste etwas.«

»Niemand außer Volker«, sagte ich.

»Tja, Volker«, sinnierte er. »Ich möchte wirklich wissen, zu wem er gehen wollte, wen er treffen wollte. Was wollte er zwischen Mirbach und Hillesheim in diesem zerstörten Wald?«

»War er denn in der Wohnung in Mirbach?«, fragte ich.

Er schüttelte den Kopf. »Dort war er auf keinen Fall. Wir haben jeden Quadratzentimeter untersucht. Dort war er nicht.«

»Wo kam er her?«

»Das weiß ich eben nicht«, sagte er. Es klang überzeugend.

»Wenn er in früheren Jahren kam, woher kam er dann üblicherweise?«

»Direkt aus dem Chemnitzer Industrieviertel. Er war offiziell Spezialist für Sondermüll. Er war einer der hohen Leute, die pausenlos mit westdeutschen Regierungsstellen verhandelten, um möglichst viel Geld aus unseren Mülldeponien zu schlagen. Er hatte als Spezialist das Recht, dauernd im Westen rumzukurven. Er war zeitweise mehr hier als in der DDR. Aber seinen Namen kannte ich nicht.«

»Volker war wirklich nur sein Deckname?«, fragte Anni.

»Mit Sicherheit«, sagte er. »Es kann aber keine Schwierigkeit sein herauszufinden, wie er wirklich hieß.« Er wurde lebhaft. »Ich gebe euch einen Tip: Ihr müsst einfach den früheren Sprecher des DDR-Innenministeriums fragen. Zeigt dem ein Bild von Volker, und ihr werdet bald wissen, wer er war.«

Der Arzt kam und schickte uns für zwei Minuten hinaus. Als er wieder ging, fragte er nicht sonderlich interessiert: »Haben Sie des Rätsels Lösung?«

»Mitnichten«, sagte ich ziemlich sauer.

177

Im Wohnzimmer atmete Günther Schulze tief durch und horchte in sich hinein. »Die Spritzen sind gut«, befand er. »Was wollen Sie noch wissen?«, fragte er müde.

»Alles. Deswegen werden wir uns etwa acht Wochen lang acht Stunden pro Tag unterhalten«, kündigte Müller an.

»Es war bis jetzt ziemlich enttäuschend«, stellte Anni fest.

Ich sagte: »Schreiben Sie Ihre fünf Prozent in den Wind. Bis jetzt ist Ihre Geschichte nicht einmal ein Prozent eines Fliegendrecks wert. Es ist höchstens ein Viertel einer Geschichte. Sie sollten mir wenigstens einen Trostpreis mit auf den Weg geben: Was ist mit diesem Motorradfahrer, diesem Lippelt, eurem Hausmeister?«

»An den habe ich auch gedacht. Aber der ist eben nur das Mädchen für alles. Ein Mann, der ununterbrochen dreckige Witze erzählt und die Wochenenden am Nürburgring verbringt. Er war immer stolz darauf, nur mit Doktoren zusammenzuarbeiten. Aber selbständig denken kann er nicht.«

»Was ist mit dem Bundestagsabgeordneten Sven Sauter?«, fragte Müller, sichtlich ermüdet.

»Der kreist als Trabant unermüdlich um Kanter und liebt kostenlose Saufereien und blonde kleine Mädchen.« Er war jetzt voller Verachtung und fragte plötzlich: »Was habe ich verkehrt gemacht, dass ihr so gelangweilt aussieht?«

Müller erklärte: »Ich glaube, dass es journalistisch betrachtet zunächst eine Null-acht-fünfzehn-Geschichte ist. Das ist es, was Baumeister sagt. Ich habe die undankbare Aufgabe, daraus eine Akte zu machen. Diese Akte ist bisher verdammt dünn.«

»Aber ich denke, die Leute im Westen stehen auf so was«, sagte er.

»Ja, das war richtig. Aber es gibt inzwischen zu viele dieser Geschichten«, erklärte ich. Dann wandte ich mich an Müller: »Darf ich fragen, was Sie erfahren haben?«

»Ich möchte einmal testen, wie gut Sie sind. Haben Sie eine Vorstellung, was es sein könnte?«

»Lassen Sie mich raten. Die Morde und ihr Motiv sind vollkommen ungeklärt. Wir haben Herrn Schulze, der lockig flockig eine eigentlich normale Geschichte erzählt. Und wir haben die Dr. Vera Grenzow, die die Erste unter Gleichen, sozusagen die Hebamme der Crew war. Sie können diese Dame gleich jetzt verhaften, aber ich fürchte, dass sie nach Lage der Dinge über diese brutalen Morde auch nichts weiß. Und da Sie nicht ans Telefon gestürzt sind, um sie verhaften zu lassen, als unser Freund Schulze die Gruppe geschildert hat, nehme ich also an, sie ist Ihnen entwischt.«

»Wie bitte?«, fragte Anni etwas schrill.

»Sieh an, die Vera«, meinte Clara staunend.

»So ist es«, nickte er. »Meine Leute waren mit ihr in einem Hotel. Eine Beamtin bei ihr, Männer in den Zimmern rechts und links von ihr. Sonst niemand auf dem Flur. Sie ist entkommen. Spurlos.«

»Das ist aber hübsch!«, strahlte Schulze.

7. Kapitel

Wenig später kam ein höchst eindrucksvoller BMW auf meinen Hof gerauscht und holte Müller mitsamt seinem Schützling ab. Müller sagte zum Abschied: »Bei Sonnenschein ist die Eifel wirklich phantastisch.«

Die Sonne stand hoch, es musste etwa vierzehn Uhr sein. Hinter dem Haus lag Krümel, gestreckt auf ungefähr fünfundsiebzig Zentimeter Länge, auf einer kühlen Schieferplatte und gähnte unablässig. Dann schlug sie matt nach einem kleinen Fuchs, der bernsteinfarben vor ihrer Nase flatterte. Sie erwischte ihn nicht.

Anni hockte in einem Gartenstuhl an meiner Natursteinmauer und las in irgendeinem Buch.

»Wo ist eigentlich Clara?«

»Sie liegt auf deinem Bett und denkt darüber nach, wie ihr vergangenes Leben ausgesehen hat. Da sie nichts von allem gespürt hat, macht ihr das Kummer. Willst du sie sprechen?«

»Wir wissen nichts von diesem Bleibe«, meinte ich zerstreut. »Von diesem Kompagnon des Kanter aus Chemnitz.«

»Ich schicke dir Clara«, seufzte sie. Als sie an mir vorbeikam, fragte sie: »Blickst du noch durch?«

Ich schüttelte den Kopf und verzichtete auf eine Antwort. »Was ich über meinen Vater gesagt habe, war übrigens nicht so gemeint.«

»Ja, ja, ich weiß. Aber trotzdem könntest du Recht haben.« Sie verschwand um die Hausecke, und ich hockte mich unter den Haselbusch, um auf Clara zu warten. Als sie schließlich kam, sagte ich: »Setz dich und hör mir zu. Ich versuchte, Klarheit in meinem Gehirn zu bekommen. Dabei fiel mir ein, dass ich eigentlich nichts über diesen Doktor Bleibe weiß,

180

diesen Kumpel von Dr. Kanter. Was kannst du mir denn über ihn berichten?«

Sie spielte mit einem trockenen Aststückchen herum. »Er heißt Dr. Werner Bleibe, ist Kaufmann und Chemiker. Ein beschissener Wissenschaftler, wie Kanter immer sagt, aber ein erstklassiger Manager. Er muss jetzt einundfünfzig Jahre alt sein. Er ist natürlich Mitglied der SED gewesen, weil du ohne die Partei wohl nicht mal husten durftest. Er ist Sachse und hat eine furchtbare Frau. So eine Wasserstoffblonde, weißt du? Sie hat eine hohe Stimme und kreischt immer, wenn sie lachen will. Der Mann leidet stark unter dieser Frau. Kinder haben sie, soweit ich weiß, keine. Nach der Wende haben die Leverkusener mit ihm kooperiert. Sie haben jede Menge Geld in den Chemnitzer Betrieb gesteckt, er gehört jetzt ihnen. Kanter führte natürlich die Verhandlungen. Kanter kennt Bleibe schon seit 1980, also mehr als zehn Jahre. Bleibe ist ein unheimlicher Raffer. Wir hatten einmal ein kaltes Buffet bei Kanter zu Hause. Morgens, als alle anderen schon längst besoffen waren und ich dabei war aufzuräumen, kommt doch dieser Bleibe und packt sich jede Menge Steaks in eine Plastiktüte. Er sieht mich, blinzelt mir zu und sagt: ›Es wäre ja schade, das alles den Schweinen vorzuwerfen!‹ So ist Bleibe.«

»Wie fing denn das alles an? Du musst doch damals Kanters Sekretärin gewesen sein.«

»Das war ich«, sagte sie. Sie zündete sich eine Zigarette an und sah dem träge aufsteigenden Rauch nach. »Normalerweise sind wir an diese ostdeutschen Manager nur im Rahmen von Kongressen herangekommen. Also, da treffen sich Chemiker in New York oder Tokio, und bei der Gelegenheit konntest du dann mal einen Kollegen aus der DDR kennen lernen. Ich weiß genau, dass Kanter zum ersten Mal in

181

Stockholm auf Bleibe traf. Das muss wie gesagt so 1980 gewesen sein. Du musst wissen, dass die DDR-Leute in Plasten und Elasten Klasse waren. Von denen konnten wir viel lernen. Natürlich hat Kanter das gewusst und den Dr. Bleibe systematisch eingewickelt. Das war ja nicht schwer. Das fängt bei Naturalien an, wie immer.«

»Was sind denn Naturalien in diesem Fall?«

»Mädchen, Frauen, irgendetwas mit Pep, irgendetwas, wovon der Herr Generaldirektor schon immer geträumt hat.«

»Hat denn Kanter etwas von Bleibe gekauft?«

»O ja, die hatten in der DDR durchaus Dinge, die wir von ihnen haben wollten. Bestimmte Plastikmischungen, bestimmte elastische Stoffe und so weiter.«

»Es wurde also eine richtige Männerfreundschaft?«

»Die haben sich sicher sechs- bis achtmal pro Jahr irgendwo getroffen. Manchmal in Leverkusen, aber meistens im Ausland. Kanter war Bleibes Wessi-Schatz. Ich habe all die Sachen ausgesucht, mit denen Bleibe seine Frau beruhigte. Einmal war ich mit Kanter in Chemnitz. Das ganze Haus vom Bleibe war voll mit dem Scheiß, den ich für ihn immer besorgen musste: Fernseher, Waschmaschinen, Videogeräte, Möbel. Der Witz war, dass mir diese superblonde Osttussi das alles vorführte, um damit anzugeben, dass sie alles hatten. Die wusste nicht, dass ich das alles bestellt und ihr ins Haus geschickt hatte.«

»Moment, Moment, das war doch sicher nicht einfach. Wie kamen diese Sachen über die Grenze?«

»Das war sogar sehr einfach. Die DDR-Leute hatten jede Menge Firmen bei uns, vor allem in West-Berlin. Die hast du angerufen, dass hier das und das abzuholen und an eine bestimmte Adresse in der DDR zu liefern sei. Dann fuhr ein Lkw vor, und alles ging seinen Weg. Ich habe sogar für Bleibe drei Nummernkonten einrichten müssen, eins in Vaduz, eins in St. Gallen und eins in Hongkong.«

»Bekam er auch Geld?«

»Er bekam Beratergebühren, wenn er mit uns ins Geschäft kam. Das war so üblich. Die DDR-Bonzen verdienten ja an uns gemessen wirklich beschissen. Wenn wir also mit Bleibe ein Geschäft von zweihundertfünfzigtausend Dollar machten, bekam er zehn Prozent auf eines dieser Konten. Kanter sagte immer: ›Sie brauchen doch Bewegungsgeld, mein Lieber!‹ Ich weiß, dass das viele Betriebe machten.«

»Also: Wenn Bleibe Kanter irgendwo im Ausland traf, bekam er Miezen und Kaviar und Sekt und so weiter. Und dafür verteidigte er den menschlichen Sozialismus?«

Wir sprachen miteinander wie zwei flüchtige Bekannte, freundlich und fremd.

»So war das die ganze Zeit.«

»Und wie ist das jetzt?«

»Na ja, die Mauer ist weg, die DDR auch. Jetzt ist Bleibe mit seinem Unternehmen ein Teil von Leverkusen. Und Bleibe ist wirklich clever, den bootet kein Mensch aus.«

»War er auch Agent der Stasi?«

»Das weiß ich nicht genau, aber wir sind immer davon ausgegangen, dass die Stasi systematisch von ihm Berichte über seine Westkontakte bekam. Und ich erinnere mich, dass Kanter ihm einmal im besoffenen Kopf so einen Bericht diktiert hat. Es war eben der reine politische Wahnsinn.«

»Überleg mal genau: Welche Vorteile hatte Kanter eigentlich durch die Verbindung mit Bleibe?«

»Na ja, das ist einfach: erstens die Geschäfte und zweitens die Verbindung. Über Bleibe führte der Weg zu den Russen, auch zu den Ungarn und Tschechen. Glaubst du eigentlich, dass ich das alles noch einmal raffe?«

183

»Aber sicher. Du wirst es im Laufe der Zeit verstehen lernen, und du wirst lernen, dir deine Blindheit nicht mehr übel zu nehmen. Hast du irgendeine Vorstellung, wohin die Grenzow verschwunden sein kann?«

»Ich habe darüber auch schon nachgedacht. Nein, ich weiß es nicht. Aber wenn ich sie wäre, würde ich in der Ex-DDR untertauchen. Und wahrscheinlich hat sie ja auch die Möglichkeit, an falsche Papiere zu kommen. Wenn ich Günther Schulze richtig verstanden habe, kann das keine Schwierigkeit sein. Geld genug hat sie sicher auch.«

»Ja, sicher.« Ich war müde und enttäuscht, und mir fiel keine Frage mehr ein. »Ich gehe eine Weile spazieren.«

»Hm.« Sie nickte, und dann trollte sie sich, hockte sich unter die Birke und hielt das Gesicht in die Sonne. Sie war sehr allein in diesen Stunden, und ich konnte ihr nicht helfen.

Wenn du dem Fluss einer Handlung stromaufwärts folgst, kommt unweigerlich der Punkt absoluter Erblindung. Du siehst nichts mehr, du stehst vor einem breiten Wüstenstreifen, hörst das Wasser gluckern und kannst nicht herausfinden, wo es entspringt. An diesem Punkt musst du dich fügen, nicht ins Grübeln geraten. Du musst versuchen, wieder auf den Teppich zu kommen, das Leben zu sehen.

In solchen Fällen gehe ich in die Kneipe zu Mechthild oder in die ›Tasse‹ nach Hillesheim. Es ist gleichgültig, ob Erwin mich mit fröhlich glitzernden Augen einen ›Hungerlappen‹ schimpft oder Trixi mir erzählt, wie bitter und lehrreich es war, als ihre Mama starb: Sie holen mich sanft aus dem Chaos meiner durchaus nicht geordneten Überlegungen.

Was blieb? Da war die verschwundene Vera Grenzow, da war ihr Chef und Geliebter, der Dr. Helmut Kanter. Da war der SPD-Bundestagsabgeordnete Sven Sauter, da war der

Motorradfahrer Harry Lippelt, da war der Kanter-Kumpel Dr. Werner Bleibe.

Trixi sagte, das Walnusseis sei phantastisch, also bestellte ich mir davon und bekam augenblicklich Magenprobleme, was wohl mehr mit meiner Nervosität als mit der Qualität des Eises zu tun hatte. Ich bat Trixi um das Telefon und rief bei mir zu Hause an. Anni nahm beim zweiten Läuten ab, und ich sagte ihr: »Gib mir Clara, bitte. Und geht nicht aus dem Haus, während ich weg bin.«

»Wohin willst du denn?«

»Ich weiß noch nicht.«

Dann kam Clara an den Apparat. Ich fragte: »Wo wohnt dieser Harry Lippelt?«

»Südstadt, Düsseldorf. Da gibt es so einen kurzen Straßenstrich. Du findest ihn fast immer in einer Kneipe namens ›Oppossum‹. Falls er da nicht ist, musst du eine Gertie suchen. Das ist eine Nutte, mit der er lebt. Sie arbeitet in einem schmalen Hotel Garni um die Ecke. Er wohnt in der Gertrudenstraße siebzehn, auch mit dieser Gertie. Aber da ist er erfahrungsgemäß selten.«

Ich wunderte mich ein wenig, wie genau sie Bescheid wusste. Aber in ihrem Job war sie wohl wirklich gut. Also sagte ich bloß: »Okay. Danke und bleib sauber, oder was man so sagt.«

»Aber du hast doch gar kein Auto«, sagte sie drängend. Es war klar, sie wollte mit mir kommen.

»Ich besorg' mir eins«, sagte ich. »Tut mir Leid, das muss ich alleine machen. Ich kann das Risiko nicht eingehen, dass dir etwas geschieht.«

Ich sagte ihr nicht, dass ich ein Risiko für sie eigentlich gar nicht sah: Sie war in diesem Spiel die jugendliche Naive, und alle Beteiligten hatten sich blind darauf verlassen, dass es bis zum Ende ihres Lebens so blieb.

Ich bat Ben in der ›Tasse‹ um sein Auto, und er gab es mir, ohne zu fragen. Es hatte zu regnen begonnen, und ich fuhr vorsichtig.

Das ›Oppossum‹ in Düsseldorf war eine Kneipe, die dermaßen mit verschnörkelter Massiveiche zugestellt war, dass man sie entweder auf Anhieb hasste oder liebte. Ich entschloss mich zur ersten Variante. Aus einer Anlage dröhnte jemand, der dauernd ›Lieb' Mütterlein mein‹ brüllte und nach zu viel Alkohol klang. An der Theke standen Frauen und Männer in zwei Reihen und tranken Alt, berufsmäßig schnell, versteht sich. Die Tische waren vollbesetzt mit zufrieden wirkenden Ehepaaren, die so aussahen, als besäßen sie alle einen Campingbus mit dazugehörigem Vorzelt. Ausgesprochen junges Volk gab es nicht, es handelte sich eindeutig um die Arrivierten, die nicht mehr ganz jungen Männer mit Bauch, die angemalten Damen mit viel Gold und Glitzer.

Hinter dem Tresen agierte ein Schnauzbart mit stoischem Gesicht, der seinen Verkauf dadurch ankurbelte, dass er von Zeit zu Zeit einen dreckigen Witz aufsagte und selbst nicht lachte. Das war richtig wunderbar.

»Einen Apfelsaft willste, Jung?«, fragte er ungläubig. »Du meinst Apfelkorn.«

Schon lachten sie wieder.

Als ich meinen Apfelsaft bekam, fragte ich: »Harry und Gertie suche ich, bitteschön.«

Er schoss einen scharfen Blick auf mich ab und deutete dann über meine Schultern hinweg. »Da sitzt Gertie, Harry kommt später.«

Ich drehte mich herum. Sie hatte eindeutig die Figur der pretty woman, aber das Gesicht der Heidi Kabel nach sechs Stunden Ohnsorg-Theater. Sie trug etwas Feuerrotes, das ihr knapp über den Hintern reichte. Und selbstverständlich lange Stiefel. Wer macht es schon noch ohne …

An ihrem Tisch saß eine Träne von Kerl, der sie offenkundig distanzlos anhimmelte und kein Wort sagte, aber so aussah, als würde er im Ernstfall stottern. Gertie war Sünde, und Sünde war angesagt. Ich fasste also mein Glas fester und marschierte auf den Tisch zu, beugte mich zu ihr hinab und fragte: »Kannst du mir eine Verbindung zu Harry Lippelt machen?«

Sie sah mich kurz an und meinte dann zu der Träne. »Kundschaft, Junge. Mach dich vom Acker!«

»Heh«, widersprach er, »ich bin auch Kundschaft.«

»Ja, ja«, sagte sie mürrisch, »aber du bist Kundschaft im Schlussverkauf mit Ratenzahlung. Also marschier schon ab.« Die Träne erhob sich, nahm das Bierglas und entschwand irgendwohin.

»Ich suche eigentlich nur den Harry«, sagte ich.

»Das macht ja nix«, sagte sie. »Ich schätze mal, er kommt gleich. Aber gut drauf ist er nicht. Ich sag' das nur, falls du irgendwas Geschäftliches mit ihm hast. Er ist gar nicht gut drauf.«

»Das ist mir egal«, meinte ich. »Ich bringe ihm Bares. Wenn er es haben will, gut, wenn nicht, auch gut.«

Sie grinste mit einem schneeweißen Pferdegebiss, worauf sie stolz war. »Um das Bare kann ich mich auch kümmern.«

Eigentlich sah sie genauso gierig aus wie ein Haifisch, aber sie war ein sympathischer Hai. Daher reizte ich sie noch ein wenig. »Es kann um eine Menge Geld gehen, das weiß man nicht so genau. Aber du kannst mir wenig helfen, es geht eigentlich nicht um Harry persönlich, sondern um seine Freundin. Du verstehst schon.«

Sie verstand gar nichts. »Freundin? Wieso Freundin?«

»Ach, das war nur so'n Ausdruck von mir. Ich meine seine Chefin, diese etwas arrogante Type, diese ... diese ... «

»Diese Doktor Grenzow, Frau Doktor. Um die?«

»Genau um die.«

»Und was soll er da machen?«

»Machen soll er gar nichts. Er soll nur ein wenig reden. Komisch, diese Frau.«

»Sag mal, bist du ein Bulle?« Sie hatte auf einmal ganz verkniffene Augen, und ihr Mund war nur noch ein Strich. Rechts und links liefen zwei scharfe Falten von ihren Mundwinkeln herunter.

»Quatsch. Sehe ich aus wie ein Bulle? Nein, nein. Ich habe einen Chef, und der traut ihr nicht übern Weg. Und da soll ich Auskünfte einholen. Geht um Geld, verstehst du?«

»Das versteh' ich. Aber Harry sagt bestimmt nichts gegen die. Auf die lässt er nichts kommen. Er nennt sie immer Königin-Mutter. Königin-Mutter will dies, Königin-Mutter will das. Und Harry macht es. Besonders die Kissenschlachten.«

»Die was?«

Sie kicherte, jetzt hatte sie endlich ein gutes Thema. »Na, die Kissenschlachten. Also Harry ist da ja Hausmeister und Maschinenwart und Schlosser und Laufbursche und alles eben. Aber Harry ist auch ein guter Bock, ein wirklich guter. Und da hat sie sich angewöhnt, ihn ab und zu kommen zu lassen. Da muss Harry Böckchen spielen, verstehst du? Und weil Harry gut ist, verdient er da locker einen bis zwei Tausender im Monat. Wie bist du denn eigentlich auf Harry gekommen?«

»Frag mich nicht. Das war ziemlich einfach. Ich habe erst über die Firma ein paar Erkundigungen eingezogen, und dabei bin ich auf Harry gestoßen. Harry, hat man mir jedenfalls gesagt, ist ziemlich helle in der Birne. Und also will ich ihn was fragen, verstehst du? Das ist alles. Ganz seriös. Und es ist echt was für ihn drin dabei.«

»Tja, wenn das alles ist. Was ist mit uns, mein Schatz?«

»Vielleicht 'ne Pulle, vielleicht reden, aber nicht auf die Matratze.«

»Vielleicht ein Joint? Vielleicht ein Speed, eine schöne kleine Tablette, damit du gut drauf bist?«

»Nichts, Gertie. Na gut, du bist Harrys Braut. Also schieben wir ab. Hast du eine Pulle? Wir gehen zu dir und reden, und ich schieb' dir eine Nummer Bares rüber. Okay so?«

»Okay«, sagte sie. »Ist gleich um die Ecke.«

Sie stakste auch wie pretty woman, ausgreifend, ein wenig breitbeinig, erobernd.

»Hast du auch einen bürgerlichen Beruf?«

»Nie gehabt«, sagte sie. »Man versucht es, aber du fällst immer wieder auf die Schnauze. Harry will ja 'ne Kneipe irgendwann oder ein Cafe, irgendwas in der Art. Aber ich sage immer: Junge, lass die Finger davon! Erstens bist du selbst dein bester Gast, und zweitens greifst du pausenlos in die Kasse. Aber er will es nicht kapieren. Ich wollte neulich mal in ein Sonnenstudio reinriechen. Ich dachte: Vielleicht ist das was für Mutters Töchterlein. Also hab' ich da als Geschäftsführerin angeheuert. O Mann, das war ein Ding. Mein Chef hat siebzehn oder achtzehn Studios. Als er merkte, dass mir das richtig Spaß macht, hat er erst mal die Putzfrauen rausgeschmissen und mir den Job zusätzlich aufs Auge gedrückt. Dann habe ich entdeckt, dass der in seinen Grills noch Röhren von 1986 drin hatte. Die sind dauernd durchgeknallt. Dann funktionierten die Schiebetüren in diesen Bratröhren nicht, und die Kunden waren eingeschlossen und flippten aus. O Mann, nein.« Sie warf die Hüften nach vorn und ging ein wenig so, als befände sie sich im Ansturm auf eine Liegewiese.

Zwei Männer kamen uns entgegen, die nach Kanalmatrosen aussahen.

»Heh, Jungens!«, sagte sie fröhlich.

189

»Hallo, Baby«, sagte der Dünnere von den beiden. Der Dickere starrte sie an und sagte nichts.

»Bin gleich wieder im ›Opossum‹«, sagte sie und zeigte ihr Pferdegebiss.

»Wir warten, Baby«, sagte der Dünne und wiegte sich in den Schultern.

Das Schild über der Haustür lautete: ›.ote. garn.‹. Sie schloss auf, und im Flur roch es eindeutig nach Pissoir.

»Die haben hier nicht mal eine Putzfrau«, sagte sie. »Aber sie kassieren pro Tag zweihundertfuffzig für das Loch. Da muss eine alte Frau lange für stricken. Außerdem zahlst du satte zweieinhalb Riesen, wenn du dich einmietest. Die kriegst du nur wieder, wenn dein Macker dem Hausbesitzer aufs Dach steigt und ihm zeigt, was eine Harke ist. O Mann, diese Welt ist echt geldgeil.«

Ihr Zimmer war wirklich ein Loch, mit uralter Blümchentapete, deren Farben in dem schummrigen Licht nicht mehr auszumachen waren. Das Bett in Rot, die Fenstervorhänge in Rot. Über dem Bett an der Wand ein Kruzifix. Ich erinnerte mich an eine andere Prostituierte in einem anderen Land, die ausgewaschene Präservative über die Querbalken des Kreuzes hängte, um sie dort zu trocknen.

»Darf ich mir die Schuhe ausziehen?«

»Du darfst alles ausziehen«, sagte sie. »Wie ist es mit einer Flasche Schampus?«

»Trink nur. Ich bezahle die Flasche und eine Nummer. Und wir reden.«

Sie fummelte an dem kleinen Eisschrank herum und stellte zwei Gläser auf den Boden neben das Bett.

»Nicht für mich. Ich muss klar bleiben.«

»Wie du willst. Aber hinlegen darf ich mich schon, oder?« Sie legte sich hin und sah einen Augenblick lang wie eine sehr alte, erschöpfte Frau aus.

190

»Also hat Harry mit seiner Chefin geschlafen?«

»Muss er, mein Lieber, muss er. Gehört zum Job.«

»Was erzählte er davon?«

»Nichts Besonderes. Harry sagte: Jedesmal, wenn es ihr kommt, schreit sie erst oh, oh, und dann gelobt sei Marx und Lenin, also diese toten Kommunisten. Es gibt eben schon komische Vögel.«

»Sonst nichts?«

»Sonst nichts. Na ja, sie lässt sich halt Tricks beibringen und sagt zu Harry, er sei der heimliche Schulmeister der Oberen Zehntausend, oder so. Aber das verstehe ich nicht.«

»Was ist mit diesem Kanter, diesem Dr. Helmut Kanter hier aus Düsseldorf?«

»Das ist der Ständige von der Grenzow. An den gibt sie auch die Tricks dann weiter. Manchmal kommt er auch ins ›Opossum‹. Wenn er schon genug getankt hat. Manchmal sagt er dann auch, er braucht eine Bude hier. Dann geht er mit der Frau Doktor hierhin, und sie bezahlen mich gut. Ein Tausender pro Nacht. Aber das ist selten.«

»Was ist mit dem Bundestagsabgeordneten Sven Sauter? Kennst du den?« Für einen Moment dachte ich, das sei die falsche Frage gewesen; sie blickte mich lauernd an. Dann aber machte sie weiter, als wäre nichts gewesen: »Na sicher. Der ist immer um Kanter herum. So ein Schleimtyp.«

Sie war von der Sorte gefährliche Zeugen, sie war jemand, der gerade so viel sagte, dass man aus ihren Äußerungen alles und nichts interpretieren konnte. Ich streckte mich neben ihr ein wenig aus. Ich fühlte mich erschöpft. Aus dieser Perspektive sah ihr Gesicht zuweilen fast schön aus, zuweilen sah man die Falten am Hals, die groben Poren der Haut.

»Hast du mit diesem Sauter irgendwas zu tun gehabt?«

191

Wieder zögerte sie. Dann sagte sie betont forsch: »Na ja, einmal schon. Da war er nicht schlecht. Harry hat ja den Offenbarungseid geleistet, als er zuletzt aus dem Knast kam. Das haben die ja alle. Und da schreibt er alles, was er hat, auf mich um. Da brauchten wir einen besseren Dauerkredit, und die Bank wollte nicht. Na ja, das habe ich Sauter so erzählt, weil er sagte, er hätte Bankleute, die fressen ihm aus der Hand. Eines Tages ruft mich ein Typ von einer Bank an und sagt, er würde sich freuen, mit mir Geschäfte zu machen. Und ob ich nicht mal vorbeikommen wollte. Na ja, ich also hin. Hab' mich angezogen wie die Friseuse von nebenan. Da sagt der Bankfritze doch, er könne mir für den laufenden Überziehungskredit doch glatt zehntausend mehr zu gleichen Konditionen bieten. Das ist doch was, sage ich. Aber ich brauche noch einen Sonderkredit für ein Motorrad. Ja, macht doch nix, sagt er. Können wir bereden. Also habe ich alles festgemacht und Harry die Maschine geschenkt. Hatte er auch verdient, weil er ist eigentlich gut. Und wenn ich mal schlecht drauf bin, kann ich blaumachen.«

»Das war die schwarze Yamaha, nicht wahr?«

Sie sah mich an, zog beide Augenbrauen hoch und strahlte: »Dass du das weißt. Na klar, wir haben die ganz normale Ausgabe gekauft, und Harry hat sie zu einem Kumpel gefahren und schwarz spritzen lassen. Ich war erst fast ein bisschen sauer. Ein Geschoss ist das, sage ich dir.«

»Aber er hatte doch vorher schon so eine Maschine, aber mit Werkslackierung. Hat er die denn auch noch?«

»Na sicher, aber die benutzt er ja nur hier. Die Schwarze ist doch für den Ring, also den Nürburgring. Weil er doch zu denen gehört, die dauernd in die Eifel rasen und da ihre Rennen machen. Der Hammer war ja, dass ich die Maschine gekauft habe, und vierzehn Tage später kommt Harry mit

192

einem Scheck, und da steht genau der Zaster drauf, den die schwarze Maschine gekostet hat. Zahl ein, Baby, sagt er. Meine Frau Doktor ist der Meinung, ich hätte das verdient. Aber das kam mir gerade recht. Ich also zur Bank und sage dem Fritzen: Also, hier hätte ich eigentlich das Geld für den Kredit, aber ich brauche das noch. Macht nix, sagt er, wir können es weiterlaufen lassen. Auf diese Weise habe ich mir nämlich ein BMW-Cabrio kaufen können. Harry sagte, ich wäre ein Ass.«

Sie war sehr mit sich zufrieden, sie räkelte sich und nippte an dem Sekt. »Hat Harry irgendwann mal etwas erzählt, dass er auch private Aufträge seiner Chefin erledigen muss?«

»Dauernd«, sagte sie. »Da war ich auch schon sauer. Weil ich dachte, was will die alte Schabracke denn dauernd von meinem Harry? Dauernd irgendwelche Aufträge. Manchmal raste er mir nix dir nix zu so einem blöden Volker nach Wien. Dann wieder zu demselben Volker nach Stockholm. Er schleppte irgendwelche Zettel mit, sonst nix. Er wurde gut bezahlt dafür. Ich war richtig sauer, dass er mich nicht mitnahm. Aber er sagte: ›Die Bedingung ist, dass ich alleine und schnell fahre. Zu Kanter, zu Sauter, zum Außenministerium in Bonn.‹ Ich sage, was machst du denn da? Und er sagt: ›Weiß ich doch nicht. Ich muss nur irgendeinem Bonzen einen Brief geben. Nicht beim Portier abgeben, sondern persönlich in die Hand drücken.‹« Jetzt wurde sie ganz vertraulich. »Einmal hatte er auf so einer Tour einen Unfall. Also, er war gar nicht schuld, da ist einer bei Gelb an der Kreuzung voll durchgefahren. Harry hatte einen dicken braunen Umschlag nach Bonn zu bringen. Und er ist auf dem Asphalt voll auf die Schnauze gefallen, und der Umschlag in der Lederjacke ist auf dem Asphalt völlig aufgescheuert. Nanu, denkt Harry ganz perplex«, sie lachte richtig amüsiert »da flattern doch

193

tatsächlich Geldscheine um ihn rum. Tausender. Genau sechzig Stück.«

»Wahnsinn«, murmelte ich verwundert. »Und was hat er gemacht, dein Harry?«

»Na ja, er hat die Kohle eingesammelt. Dann kamen die Bullen und so. Später ist er dann in ein Bürogeschäft gegangen, hat einen neuen Umschlag gekauft, das Geld reingetan und überbracht. Der Bonze hat ihm den Brief aus der Hand genommen und gesagt: ›Aha, der Bauplan von Frau Dr. Grenzow! Vielen Dank, lieber Mann! Und hier haben Sie eine Marke, Sie können sich in der Kantine ein Bier geben lassen!‹ Mann, haben wir gelacht.«

»Er scheint ein guter Typ zu sein, dein Harry. Wie ist er denn eigentlich an diese Dr. Grenzow gekommen?«

»Das weiß ich selbst nicht so genau. Er hatte Verhandlung wegen irgendeiner Einbruchsache. Oder warte mal, nein, er war Zeuge. Und da tauchte sie auf und sagte, das wäre eine Vertrauensposition. Ob er nicht Lust hätte? Da hat er es eben gemacht.«

»Die Grenzow ist meiner Meinung nach manchmal ja echt heavy. Hat sie Harry jemals mit seinen Vorstrafen erpresst oder so?«

»Nein, davon hat Harry nichts gesagt. Da ist er auch unheimlich empfindlich. Da sagt er immer: ›Wenn mir mit einem so was passiert, blase ich den auf und lass ihn platzen.‹ Sagt er.«

»Er bläst ihn auf und lässt ihn platzen, aha. Und was heißt das?«

»Das weiß ich nicht, aber ich hab' mal erlebt, dass ein Macker an mich ranwollte. Lieber Himmel, hat er den durch den Rinnstein gezogen.«

»Kann er eigentlich auch schießen, dein Harry?«

Sofort wurde sie wieder misstrauisch.

»Heh, was willst du? Ich denke, du bist hinter der Grenzow her?«

Ich lachte beruhigend.

»Bin ich ja auch. Aber was du da erzählst, sieht ja doch so aus, als würde die Grenzow ihn zu allem möglichen benutzen, oder?«

Ganz war sie immer noch nicht überzeugt. Doch schließlich redete sie weiter: »Ach so. Na ja, so was hat er noch nicht erzählt. Er war bloß mal mit Kanter jagen, der hat wohl 'ne eigene Jagd in der Eifel. Meist redet er sowieso bloß von seiner Chefin. Er sagt, die Grenzow kann alles, wenn sie will. Wirklich alles. Er sagt, für die Frau gibt es kein Hindernis, absolut kein einziges Hindernis. Er ist ja auch der Babysitter bei der Grenzow.«

»Was, bitte, ist denn ein Babysitter?«

»Na ja, wenn sie zum Beispiel nach Wien musste, flog sie natürlich. Also sie setzt sich hier in Lohhausen in ein Flugzeug, und Harry setzt sich auf die Maschine ...«

»Auf die schwarze?«

»Nein, nein, auf die Normalausgabe, und er rast also auch runter. Und dann blieb er immer um sie herum, weil sie sagte, manchmal lebe sie gefährlich. Ich hab' dann Harry auch gefragt, warum sie denn gefährlich lebt, wo sie doch nur Pappschachteln für Parfüms und Seifenpulver und all so ein Zeugs macht. Aber sie hat ja, wie Harry sagt, noch diesen anderen Job. Sie ging ja auch nie ohne Waffe. Und ...«

Mit einem wissenden Blick sah sie mich an. Zwei Dinge waren mir völlig klar: Sie glaubte mir kein Wort von meiner Story, und sie würde alles tun, um Vera Grenzow in die Pfanne zu hauen. Jedenfalls hatte sie es faustdick hinter den Ohren. Schließlich fuhr sie fort: »Na, das kannst du den

Harry ja besser alles selber fragen. Ich muss zurück ins ›Opossum‹, meine Kunden warten nicht, wenn's drängt. Ich kriege drei Lappen von dir.«

»Ich gebe dir fünf, wenn du mir sagst, wo ich Harry finde. Und ich gebe sie besonders gern, wenn du mir sagst, was denn dieser andere Job der Frau Dr. Grenzow war.«

»Aber das musst du doch wissen, wo du doch sowieso soviel weißt. Sie arbeitet für diesen Geheimdienst, wie heißt er doch gleich ...?« Sie grinste herausfordernd.

»Bundesnachrichtendienst?«

»Ja, genau für den.«

»Etwas genauer wäre mir schon lieber gewesen. Egal, also, wo kann ich Harry finden?« Ich reichte ihr fünfhundert Mark, als wäre es gar nichts, und stellte mir meinem Bankmann vor, wie er vorwurfsvoll sagte: »Aber Herr Baumeister, was haben Sie denn mit einer Prostituierten?«

»Harry ist in meiner Wohnung, Gertrudenstraße siebzehn. Du musst zweimal rechts gehen, ganz einfach. Du musst zweimal kurz schellen, dann dreimal, sonst macht er nicht auf. Und sag' ihm, er soll Brot und Würstchen kaufen, wir haben nix mehr.«

»Gutes Geschäft wünsche ich dir. Du bist wirklich klasse!« Ich ging hinaus in das elende, nach Pissoir stinkende Treppenhaus. Sie blieb zurück und pfiff einen Gassenhauer.

Gertrudenstraße siebzehn war ein Haus aus den Fünfzigern, blau verkachelt, kastenförmig und total heruntergekommen. An der Klingel stand Gertie Wehner, und im Treppenhaus schimpfte eine Frau mit schriller, blecherner Stimme auf zwei Kleinkinder ein. Sie hörte nicht eine Sekunde auf, als ich vorbeiging, sie sagte nur knapp: »Tach auch!« und fuhr dann damit fort, ihren Nachkommen die Furcht Gottes einzubläuen.

196

Gertie wohnte im dritten Stock. Vor der Wohnungstür hatte sie eine Kokosmatte liegen, auf der HERZLICH WILL-KOMMEN! stand. Ich hatte Herzklopfen. Dann schellte ich kurzentschlossen im vereinbarten Rhythmus und wartete. Es tat sich nichts. Ich wiederholte das Signal. Die Tür gegenüber ging auf, und ein alter Mann streckte den Kopf hinaus. Er hatte vergessen, seine Zahnprothese einzusetzen, und nuschelte: »Harry ist nicht da. Er ist schon weg, seit die Frau heute morgen da war.«

»Welche Frau? Gertie?«

»Nee, Gertie war schon lange weg. Nein, diese Chefin von Harry.«

Ich sagte »Scheiße!«, aber er verstand es nicht. Also sagte ich laut: »Ich komme später wieder.« Er nickte mir durch das Treppengeländer nach.

Ich rannte zu Bens Wagen und hoffte, dass er irgendein werkzeugähnliches Instrument im Wagen hatte. Im Kofferraum fand ich das lange Ansatzstück eines Wagenhebers. Ich rannte zurück und wartete vor der Wohnungstür, bis ich wieder ruhig atmen konnte. Dann klemmte ich das Ding unter die Tür und hob an.

Der Erbauer dieses schönen Hauses musste sich darauf eingerichtet haben, dass seine Mieter im Bruch erfahren waren. Also hatte er Metalltüren und Metallzargen verwendet. Bei so etwas kann man sich die kostbare Plastik-Kreditkarte sparen, das gibt doch nur eine Lachnummer mit Plastikabfall. Die einzige Möglichkeit besteht darin, die ganze Tür von unten nach oben zu drücken, so dass vielleicht der schwächste Punkt nachgibt. Entweder es klappt, oder es klappt nicht.

Diesmal klappte es. Es knallte wie ein Kanonenschuss, als die Tür nach oben aus dem Rahmen flutschte. Ich drückte sie schnell auf und konnte sie hinter mir sogar wieder schließen.

Die Wohnung war ganz still und roch intensiv nach Tosca. Das Zeug kenne ich, weil ich einmal in einem Krankenhaus einen Bettnachbarn hatte, der es statt Waschwasser zu verwenden pflegte.

»Hallo«, sagte ich vorsichtig. Sämtliche Türen, die von einem kleinen Flur ausgingen, standen weit offen. Im Badezimmer und Schlafzimmer war niemand. In der Küche nichts außer einer ziemlich beeindruckenden Ansammlung leerer Flaschen. Im Wohnzimmer saß jemand im Sessel, mit dem Rücken zu mir. Ich sagte zaghaft »Hallo«, aber ich wusste schon, dass ich keine Antwort bekommen würde. Harry saß leicht vornübergeneigt und konnte nicht fallen, weil seine angewinkelten Knie gegen die Tischkante stießen. Er hatte den Schuss mitten in die Brust bekommen, die Plastikmasse sah aus wie ein obszönes blassrosa Ungeheuer aus dem Weltraum. Sie hatte ihn aufgefressen, erstickt, platzen lassen.

Harrys Augen standen weit offen, und seine rechte Hand krallte sich in die Sessellehne.

»Man hat dich aufgeblasen und platzen lassen«, sagte ich traurig, nur um die Stille zu verscheuchen.

Ich ging zum Telefon und rief mein Zuhause in der Eifel an. »Anni, hör zu. Nimm Clara und verdrück dich. Ich fürchte, da ist einiges außer Kontrolle geraten. Bestell ein Taxi und lass dich in ein Hotel fahren. Schließ das Haus ab und stecke den Schlüssel hinter den linken Blumenkasten. Ich komme, sobald ich Zeit habe.«

»Was ist denn?«, fragte sie besorgt.

»Keine Zeit«, sagte ich bloß und hängte ein. Dann war Müller an der Reihe.

»Dieser Harry Lippelt ist tot«, sagte ich statt einer Begrüßung. »Er hockt in der Wohnung einer Nutte, Gertrudenstraße siebzehn, Gertie Wehner. Er hat Plastik im Leib.

Die Nutte müssen Sie kassieren. Nicht weil ich glaube, dass sie bösartig ist, aber weil ich sicher bin, dass sie eine Menge weiß. Also ist sie gefährdet. Und die gute Dr. Grenzow, die Ihren Leuten entwischt ist, hat durchblicken lassen, dass sie für den BND arbeitet.«

»So ein Stuss!«, sagte er heftig.

»Die Nutte hat es mir gesagt«, entgegnete ich lakonisch.

»Bleiben Sie dort?«

»Na sicher.«

»Dann müssen wir alle Beteiligten schnellstens vom Spielfeld nehmen. Die Gütt auch.«

»Schon passiert. Dann ist da aber noch etwas.« Ich zögerte, weil ich das Risiko nicht abschätzen konnte. Dann fuhr ich fort: »Diese Gertie hat mir auch erzählt, dass zumindest Sauter und Kanter irgendwie verstrickt sind. Ich habe keinerlei Ahnung, inwieweit sie wirklich was wissen; ich gebe nur zu bedenken.«

»Jetzt ziehe ich erst einmal alle aus dem Verkehr. Ich komme.« Müller legte auf.

Ich dachte, dass selbst in solchen etwas unordentlichen Haushalten eigentlich ein Fach oder eine Schublade existieren müsste, in dem man alles findet, was etwas aussagt über Pleiten, Pannen, Wohlergehen und Arbeit.

Es war die Schublade des Küchenschrankes. Da war das Übliche: Die Bundespost drohte an, das Telefon abzustellen, die Stadtwerke wollten den Strom abdrehen, der Vermieter beklagte sich über vier Monate fehlende Miete, eine Bank schrieb: ›... und waren Sie seit drei Monaten nicht mehr in unseren Räumen‹; eine Kette kleiner Katastrophen, nicht besonders, das Tagebuch eines mühsamen Lebens. Erfreuliches gab es seltener. Eine Bank schrieb immerhin ›... und freuen wir uns, Ihnen gedient zu haben.‹

199

Plötzlich fiel mir etwas ein. Ich ging erneut zum Telefon und rief das Forstamt in Kerpen an.

»Baumeister hier. Ich rufe aus Düsseldorf an. Hier in der Gegend gibt es einen Manager, der eine Jagd in der Eifel hat. Der Mann heißt Dr. Helmut Kanter. Wissen Sie etwas von dem?«

»Aber ja«, sagte er. »Soweit ich weiß, liegt die Jagd im Gebiet rechts der Ahr zwischen Antweiler und Schuld.«

»Das dachte ich mir«, sagte ich.

»Wieso dachten Sie sich das?«, fragte er erheitert.

»Weil das irgendwie passt«, sagte ich und hängte ein.

Dann hockte ich mich auf den Küchenstuhl und wartete.

Der Himmel über Düsseldorf war stockfinster, es begann zu regnen, und ich fragte mich, ob ich im Chaos dieser Geschichte versinken könnte, ohne jemals richtigen Durchblick zu haben.

Als Müller mit seiner Truppe ankam, stand mein Entschluss fest. Er setzte sich nach kurzer Betrachtung des Toten zu mir in die Küche. »Wir haben Kanter und Sauter in Sicherheit gebracht. Beide fluchten und beriefen sich abwechselnd auf ihren Einfluss, ihre Immunität, ihre Macht und ihr was weiß ich.«

»Haben Sie die Grenzow?«

»Nicht mal eine Spur von ihr. Ehrlich: Glauben Sie, dass sie es war?«

»Es kann sein, aber es muss nicht sein. Sie war heute morgen jedenfalls hier«, sagte ich. »Haben Sie ihre Wohnung unter Kontrolle?«

»Aber sicher. Grenzows Wohnung, Schulzes Wohnung, beide Wohnungen von Clara Gütt, Sauters Wohnung, Kanters Wohnung.«

»Ich fahre in die Eifel zurück ...«

200

»Aber nicht in Ihr Haus. Jeder von denen, die der Mörder sein könnten, muss jetzt zwangsläufig begriffen haben, wieviel Sie wissen. Also: Ich verbiete Ihnen, zu Ihrem Haus zurückzukehren. Wohin wollen Sie denn?«

»Ich weiß es nicht. Nachdenken. Nein, wahrscheinlich will ich gar nicht nachdenken. Ich brauche einfach frische Luft, ich kann diesen Stadtmief nicht ertragen. Und ich brauche meine Freunde aus der Eifel. Die sind so vernünftig und fröhlich. Und sie denken auch noch anders als nur in Hundertmarkscheinen. Also gut, ich fahre nicht nach Hause.«

Er war der erste leitende Kripobeamte meines Lebens, der mich ohne Einschränkung arbeiten ließ und darauf verzichtete, mir dauernd gute Ratschläge zu geben. Verwirrt trollte ich mich.

Im Rheintal war die Nacht lauwarm. Ich fuhr von Düsseldorf nach Köln-Süd, von dort auf die Autobahn nach Bonn und dann in das Ahrtal hinein. Die Kneipen mit Tischen unter den Bäumen waren randvoll; die, die keinen Garten hatten, hatten ihre Tische einfach an die Straße gestellt – wohltuender Einfluss einer neuen Lebensweise, die es zulässt, etwas zu tun, ohne die zuständige Behörde zu fragen.

Über Insul und Schuld fuhr ich bis Antweiler und ging dort in das Haus ›Sophie‹, das sich ›BAR-CLUB‹ nennt und darauf besteht, genauso sauber und anständig zu sein wie die Bürgerhäuser nebenan. Ein Mädchen der dortigen sehr schnellen Truppe fragte mich, ob sie sich eine Reblaus einschenken dürfe, und da ich etwas von ihr wollte, sagte ich: »In Gottes Namen, ja.« Sie würde mir für das winzige Glas voll Spülwasser mit null Prozent wahrscheinlich fünfundzwanzig Mark berechnen. Aber wenn du Auskünfte willst, musst du bezahlen. Ich trank einen Kaffee.

201

»Kennt ihr hier einen Mann aus Düsseldorf namens Dr. Helmut Kanter? Der muss irgendwo hier in der Gegend ein Jagdhaus haben.«

»Weiß ich nicht«, sagte sie automatisch. Dann zögerte sie: »Doch, warte mal, da war mal so ein Typ hier, der schwer Schotter hatte. Den nannten sie alle Doktor. Ich glaube, das könnte der gewesen sein. Soll ich mal den Chef fragen? Der sitzt in der Küche.«

»Na ja, denn«, sagte ich.

Rechts von mir saß ein höchst kummervoll betrunkener, völlig farbloser Vierziger, der sich leicht vor- und zurückneigte, als habe er mit intensiven Bauchschmerzen zu kämpfen. Er starrte mich an, sah mich aber gar nicht. Er stöhnte dauernd: »O Mann, o Mann, die Weiber!« Dann kam von irgendwoher eine blonde Kühle, nahm sich seiner an, indem sie die Krallen schärfte und ihm von hinten nach vorn durch das fettige Haar fuhr. »Süßer!«, sagte sie und bemühte sich dabei zu schnurren, was eher an eine Eisenfeile erinnerte. Der Mann sagte: »O ja«, und dann verlor sich seine Zustimmung in irgendeinem Gemurmel. »Na komm her«, sagte sie und trat den Weg zu irgendeiner Liegestatt an.

Sie ging an mir vorbei, raspelte »hallo!«, nahm die Kurve um die Theke und verschwand in einem sehr gutbürgerlichen Treppenhaus mit Blümchentapete. Der Mann eilte leicht schlingernd hinter ihr her, und schon war Erleichterung in seiner ganzen Körperhaltung.

Das Mädchen von meinem Tisch kam wieder, hinter ihr ein massiger Mann. Er fragte nicht, warum ich fragte, er sagte nur: »Sie reden vom Dr. Kanter? Also der hat sein Jagdhaus auf dem Weg nach Rodder. Oben, wenn Sie auf der Kuppe sind, sehen Sie es links am Waldrand liegen. Aber der ist bestimmt nicht da.«

202

»Das macht nichts«, sagte ich. »Ich will ja nur wissen, wo es ist. Ich kann ihn ohnehin nur besuchen, wenn er da ist.«

»Kann ja sein, dass Harry da ist«, meinte er.

»Der Motorradfahrer, der mit der Yamaha?«

»Genau der«, sagte er.

»Der wird auch nicht da sein«, sagte ich. »Der macht Ferien.«

»Prost«, sagte das Mädchen und hob das Glas Reblaus-Ersatz.

»Ist Kanter denn oft hier?«, fragte ich.

»Geht so«, meinte der Dicke, der offensichtlich viel Zeit hatte. »Manchmal ein langes Wochenende, im Sommer manchmal Wochen. Er jagt kaum, er benutzt das Haus zu Geschäftsbesprechungen und so. Manchmal muss ich ihnen Schampus raufbringen und Cracker und solche Sachen. Ja, ja, er ist eigentlich oft hier.«

Der Mann, dem Erleichterung versprochen worden war, stieß die Tür hinter der Theke auf, wankte herein und sagte beschwingt: »Hallo!« Die Blonde hinter ihm zupfte sich das kurze Röckchen über den braunen Beinen zurecht und fixierte mich, als wolle sie sagen: »Der Nächste, bitte.«

Ich bezahlte und entschwand in der Nacht. Sünde in der Eifel ist etwas ganz Besonderes und vollzieht sich immer so, als gäbe es sie nicht.

Ich fuhr nach Rodder.

Die Straße ist schmal und kurvenreich, und selbst bei Dunkelheit konnte ich im Licht der Scheinwerfer sehen, dass die Eifel im Sommer ertrank. Ich dachte, ich hätte noch niemals so viele blassblaue Glockenblumen an einer Straße gesehen, aber wahrscheinlich war das in jedem Jahr so.

Auf der Höhe, kurz vor Rodder, sind rechts und links der Straße Weiden und Kornfelder hinter einer Barriere aus

Ginster. Ich parkte und stapfte los, weil ich dachte, es sei vielleicht nicht dienlich, am Jagdhaus vorzufahren. Ich entdeckte es schließlich als einen mattschwarzen Block unter einer Kieferngruppe. Die Fensterläden waren vorgelegt, kein Laut war zu hören.

Er hatte überhaupt keinen Sinn, auf dem Feldweg nach frischen Spuren zu suchen; die Sonne brannte seit Tagen recht unbarmherzig, der Boden war hart wie Beton. Nichts an dem Haus verriet, dass Leben darin war. Kein Küchentuch vor der Haustür, kein frischer Müll in der Plastiktonne, nichts.

Aber hinter dem Haus eine Yamaha Genesis, schwarz, neu, wie vom Fließband. Bisher war ich recht sorglos gewesen, jetzt wurde ich leise. Dann fiel mir ein, dass ich ein völlig argloser und harmloser Bürger war, und rief, »Hallo!« und schlug kräftig gegen die Holztür.

Jemand antwortete gedämpft: »Moment, Moment.« Dann drehte sich ein Schlüssel im Schloss, und die Tür ging auf. »Ja, bitte?«, fragte er. Er war ein kleiner, schmaler Mann, dreißig Jahre alt vielleicht. Und er hatte vor Misstrauen verkniffene Augen. »Ja, bitte?«

»Ich suche Dr. Kanter«, sagte ich möglichst unbefangen.

»Der ist nicht hier. Da müssen Sie in der Firma in Düsseldorf anrufen. Tagsüber.« Er sprach reines Sächsisch.

»Es geht darum, dass wir zwei Stück Rotwild hier oben haben, die ziemlich verletzt sind. Da war unten am Bach Kupferdraht zwischen den Erlen. Wilddiebe. Die Rehe haben sich verletzt, sie hinken irgendwo herum. Die müssen abgeschossen werden. Der Förster lässt fragen, ob das der Doktor besorgt, oder wer das machen soll.«

»Ach so«, sagte er mit merklicher Erleichterung in der Stimme. »Tja, wenn das so ist, dann komm rein. Mir ist sowieso langweilig.« Er war Sachse, er war so eindeutig Sachse,

204

dass es fast weh tat. Und er war einer der Männer, die in Vera Grenzows Wohnung unter den Fahrern und Begleitern gewesen waren. Und er würde mich erkennen, sich erinnern, sobald ich im hellen Licht stand. Er sah aus wie ein Frettchen. Er drehte sich herum und ging vor mir her. Er hatte eine Spirituslampe angezündet, und er meinte mit einem Blick auf die Lampe: »Ich finde das so richtig gemütlich. Bist du also einer von hier?«

»Ja. Normal arbeite ich im Wald, aber nebenbei mache ich Jagdhilfe und so. Und ich bin Kanters Mann hier in der Gegend. Und was machst du hier?« Ich mied den Lichtkreis der Lampe.

»Ich warte auf einen Einsatz«, sagte er einfach, als liege er in irgendeinem Krieg an vorderster Stellung.

»Und was ist so ein Einsatz?« Ein bisschen Neugier schien mir ganz normal.

»Na ja«, meinte er. »Ein Einsatz ist, wichtige Papiere von Düsseldorf oder Leverkusen zum Chef nach Chemnitz bringen. Das ist ein Einsatz. Die Scheiß-Bundespost funktioniert nicht gut und nicht schnell genug. Telefone funktionieren nicht immer und so weiter und so fort. Also fahre ich schnell.« Er nickte. »Bringt richtig Geld, weißte?«

»Na sicher, wem sagst du das.« Wenn er es gewesen wäre, der auf Clara und mich im Wagen geschossen hatte, hätte er mich längst erkennen müssen. Also war er es vermutlich nicht gewesen. Ich sagte: »Du löst dich wahrscheinlich mit Harry ab, oder?«

»Woher weißt du das?«, fragte er schnell und misstrauisch.

»Weil Harry mir schon oft Sachen gebracht hat. Von Kanter und Vera Grenzow und Sauter und so.«

»Sauter«, sagte er lang gezogen. »Also bei der Grenzow und Kanter und meinem Chef versteh' ich das alles ja. Da

205

geht es eben um Kohle und schnelle Entscheidungen und so. Aber den Sauter kann ich nicht verknusen. Sauter ist so ein Politikerschwein, den ich nie verstehen werde. Sauter ist so was von neugierig, das hältst du im Kopf nicht aus. Da hab' ich mal Papiere hierhergebracht und hier auf den Tisch gelegt. Alle anderen waren draußen hinter der Hütte am Grillen und Saufen. Ich hab' das auch gemacht. Und plötzlich denke ich: Du musst die Papiere woanders hintun, sonst kann da ja jeder eingucken. Ich gehe also hier rein, und was sehe ich da? Da steht Sauter am Tisch mit so einer winzigen Kamera. Diese Dinger, die nicht mal so groß sind wie eine Streichholzschachtel. Und er holt gerade so einen Mikrofilm aus dem Ding. Er sieht mich und schreckt nicht mal zusammen, ist richtig cool, wie ihr immer sagt. Kein Wort sagt der. Und vor ihm liegt eine Mappe mit Papieren. Das waren keine verschlossenen Briefe, das waren alles lose Blätter. Dann sagt er: ›Wie geht es dir, Georg?‹ Sage ich: ›Gut, aber das sind dem Doktor seine Papiere.‹ Sagte er. ›Na ja, und? Habe ich nichts mit zu tun!‹ Sagt er. Ich sehe die Papiere an, und ich sehe, die liegen in einer anderen Reihenfolge als vorher. Die hat der Sauhund garantiert fotografiert. Ich habe nichts gesagt. Geht mich ja auch nichts an. Aber dem trau' ich nicht. Willst du ein Bier?«

Ich war immer noch ganz verdattert über seine Auskunftsfreude. Er hielt mich offensichtlich für eingeweiht. Das musste ich ausnutzen. Also sagte ich: »Nee, kann ich einen Kaffee machen?«

»Na sicher. Wenn du das hier kennst, weißt du ja, wo alles ist.« Er holte sich im Eisschrank eine Flasche Bier, und ich suchte aus dem Hängeschrank über der Spüle Kaffee und Filtertüten raus. Zum Glück fand ich sie auf Anhieb. Ich überlegte, wo er seine Waffe haben könnte. Er trug ein schwarzes T-Shirt über Jeans, er konnte sie nicht am Körper haben.

»Da hast du Recht. Ich arbeite auch nicht gern für Sauter«, sagte ich. »Manchmal tut er so, als sei er der Chef, und irgendwie regt mich das auf.«

»Na ja, er macht ja nur die Absicherung vom Konzern in Bonn. Die Lobby, die Werbung. Er ist ein Scheißangeber.«

»Genau«, sagte ich. »Am liebsten arbeite ich für die Vera Grenzow. Das geht schnell, wird gut bezahlt, und sie fragt nicht.«

»Vera ist wirklich gut«, meinte er beifällig und rülpste. »Sie hat längst vor der Wende meinem Chef alles besorgt, was er wollte. Also die ganze Palette vom Computer bis zu Spülmaschine. Und das ging glatt und gut, kein Mensch hatte irgendwelche Malessen. Aber dieser blöde Sauter hat einmal die Chose fast geschmissen, weil er den großen IBM-Computer nicht über Ungarn schicken wollte, obwohl ich sagte: ›Jeder andere Weg ist gefährlich!‹ Aber er hat rumposaunt: ›Was ich schicke, kommt an, ohne dass irgendeiner es sieht.‹ Und dann mussten wir dem blöden Volkspolizeioberst auf Rügen noch zweitausend bare Dollar in die Tasche stecken, weil der den ganzen IBM-Transport gefilzt hat. Der Sauter ist ein Arschloch, und ich denke: Wenn so Leute mich regieren, kann ich es auch selbst machen.«

»Kannst du auch«, sagte ich.

Das Wasser kochte. Seine Lederjacke hatte er über eine Stuhllehne gebreitet. Wahrscheinlich war seine Waffe in der Jacke.

»Also ich finde, wie Kanter und Bleibe vor der Wende zusammengearbeitet haben, das funktionierte besser als jetzt. Jeder dumme Hund kann uns nach allem Möglichen fragen. Und alles ist demokratisch und erlaubt.« Ich sah zu, wie der

207

Kaffee durch den Filter sickerte. Dabei konnte ich mein Gesicht weiter halb abgewandt halten.

»Sicher«, er nickte heftig und rülpste wieder. »Genau, sag' ich auch immer. Aber was willst du machen. Wir wollten die Demokratie und die Westmark. Und nun haben wir sie und müssen uns irgendwie arrangieren. Aber ich denke mir: Solange ich für Bleibe und Kanter und Vera und so arbeiten kann, passiert mir nichts. Ab-so-lut nichts.«

»Ich muss mal pinkeln.« Ich ging in den Schatten an der Wand entlang zur Tür, trat hinaus, lief um die Hausecke und riß die Zündungskabel aus der Maschine. Dann stellte ich mich an die Hausecke und pinkelte mit Genuss. Das Frettchen kam heraus und sagte nach einem Blick in den Himmel: »Hier fehlt nur ein Swimmingpool, in den man reinhüpfen kann.«

»Ich muss weiter«, sagte ich. »Was machen wir jetzt mit den Rehen?«

»Ich sage Kanter Bescheid«, meinte er. »He, dein Kaffee steht noch auf dem Tisch.«

»Den hätte ich fast vergessen.« Wir gingen also wieder hinein, und ich hockte mich ihm gegenüber an den Tisch und trank von meinem Kaffee. Ich hoffte nur, das Zwielicht der Spirituslampe schützte mich weiter. Am liebsten hätte ich mich hinter dem Kaffeebecher versteckt.

»Meine Alte macht Schwierigkeiten«, meinte er vertraulich. »Ich hab' das Problem, dass ich zu oft von Chemnitz weg bin. Neulich hat sie in einer Bar in einem Hotel zu bedienen angefangen, und ich hab' nur durch Zufall davon erfahren.«

»In unserem Job sind Weiber schlecht«, sagte ich. Die Einsamkeit des Agenten: Fast tat er mir ein wenig Leid.

»Da sagst du was«, stimmte er zu. Er war müde, und das war gut so.

Aus diesem Blickwinkel sah ich, dass er seine Waffe in der linken Innentasche der Lederjacke stecken hatte. Die Frage war nur, wie ich darankommen konnte.

Es war merkwürdig, ich fühlte keine Furcht, ich wartete mit beinahe heiterer Gelassenheit auf die Sekunde, in der er sagen würde: »Warte mal, ich hab' dich doch neulich bei Vera gesehen«, oder irgendetwas in der Art. Ich dachte: Es ist gleichgültig, ob er dich jetzt erkennt oder zehn Minuten später. Du musst ihn ausnutzen, du musst ihn jetzt ausnutzen!

»Das mit Sahmer war keine gute Lösung«, sagte ich.

»Wieso nicht?«, fragte er lebhaft. »Sahmer drehte eben durch, da war nichts zu machen. Da hilft nur die schnelle Lösung.«

»Aber Selma, also Schulzes Frau ... ich meine, die war doch harmlos.«

»War die nicht«, widersprach er schnell. »Wir konnten doch nicht wissen, ob Schulze nicht auch irgendwie ausgeflippt war. Das konnten wir nicht wissen. Und wenn diese Typen ausflippen, fangen sie an zu reden. Und Schulze hat vielleicht alles gesagt, vielleicht auch nur ein bisschen. Nee, nee, musste sein. Ich habe das von Chemnitz und zurück in sieben Stunden durchgezogen. Rein ins Haus und ›Hallo‹ gesagt. Und schon kam die Frau die Treppe runter, direkt auf mich zu ... Na ja, kannste nicht wissen, das musste aber sein.«

Das konnte doch nicht wahr sein; er plauderte wirklich völlig ungeniert alles aus. Was für ein eiskalter Typ! Und jetzt kam Angst, sie kam wie ein Schlag, und mein Atem ging stoßweise, mein Mund wurde ganz trocken.

»Ich mache mir noch einen Kaffee«, sagte ich. »Aber wenn du pennen willst, lass dich nicht abhalten.«

»Willst du denn nicht schlafen gehen?«

Dann kam das Erkennen. Ich hatte nicht aufgepasst, stand am Tisch, voll im Schein der Lampe, und er starrte mich an.

209

»Moment mal ... Du bist doch der Journalist, der mit Clara in Veras Wohnung war! Bleibe sagte, du hättest Vera schwer beleidigt. Und Kanter sagte, du bist ein Arsch. Moment mal, du bist gar kein Waldarbeiter. Und einer von uns bist du bestimmt nicht!« Er bewegte sich von seinem Stuhl hoch und glitt blitzschnell seitlich am Tisch entlang. Er erreichte den Stuhl, auf dem seine Lederjacke hing.

Ich sagte: »Jetzt bist du endlich drauf gekommen, du Frettchen.« Dann griff ich nach der Spirituslampe, nahm sie hoch und warf sie mit aller Gewalt gegen seinen Körper.

Die Lampe zerbrach, und es dauerte eine endlose Sekunde, bis sein Hemd und seine Hose zu brennen begannen. Er sprang jetzt etwa zwei Meter hinter dem Tisch herum und schlug wild auf die Flammen ein.

Ich kam um den Tisch herum, und er sah mich hysterisch an und schlug dabei immer noch gegen seine Kleidung. Seltsam, wie Feuer auch den Härtesten in Panik versetzen kann. Jetzt brannte auch der Fußboden.

Dann schrie er: »Scheiße!« und machte zwei schnelle Schritte nach vorn. Blind rannte er in mein ausgestrecktes rechtes Bein, und er schrie auf vor Schmerzen, ob wegen der Flammen oder wegen des Tritts konnte ich nicht unterscheiden. Ich gab ihm keine Pause: Er war ein Killer. Wild schlug ich auf ihn ein – in so etwas bin ich kein Experte. Ich traf sein Gesicht, seinen Unterleib, und er knickte nach vorn zusammen und verlor das Bewusstsein. Er brannte lichterloh. Ich rollte ihn auf den Rücken und versuchte, die Flammen auszuschlagen, aber es gelang mir nicht.

Ich rollte ihn hin und her und drehte ihn schließlich auf das Gesicht. Er brannte nun nicht mehr, aber der Fußboden und einer der Fenstervorhänge standen in hellen Flammen. Ich nahm seine Lederjacke und warf sie zur Tür. Dann packte ich

210

ihn unter den Achseln und schleppte ihn aus der Hütte. Schließlich holte ich die Lederjacke.

Er hatte zwei Waffen bei sich. Das eine war eine Automatik, das andere ein schwerer Colt, wie man ihn häufig in Filmen sieht. Wahrscheinlich war ich jetzt im Besitz der Plastikmunition.

Ich nahm die Waffen und rannte los. Ich musste versuchen, an den Wagen zu kommen und ihn herzuholen, ehe das Frettchen das Bewusstsein wiedererlangte. Ich hatte keine Ahnung, wie schwer er verletzt war. Ich kann mich nicht erinnern, wie lange das alles dauerte, aber als ich mit dem Wagen auf die Jagdhütte zufuhr, brannte sie lichterloh, und im heißen Luftzug der Flammen lag der Kerl nach wie vor bewusstlos auf dem Boden. Es war schwer, ihn auf die Ladefläche hinter den Rücksitzen zu kriegen, aber ich schaffte es.

Ich fuhr so schnell ich konnte zurück nach Antweiler und rief aus einer Telefonzelle das Bundeskriminalamt an. Ich sagte, sie sollten versuchen, Müller zu erreichen, schnell, unter allen Umständen. Dann gab ich durch, wo ich stand.

Es ist merkwürdig, mitten in der Nacht in Antweiler an einer Telefonzelle zu stehen und einen Mörder zu bewachen. Ich hatte den Colt im Schoß und starrte das Frettchen an, und ich wusste genau: Ich würde die Waffe unter keinen Umständen benutzen.

Als er blinzelte, sagte ich: »Halte dich ruhig, sonst muss ich schießen.«

»Mach doch keinen Scheiß«, sagte er lallend, als wäre er betrunken. »Du kriegst jede Menge Kies, wenn du mich laufen läßt. Ich sorge dafür. Garantiert.«

»Halt die Schnauze«, sagte ich. »Und hör auf zu reden, die Bullen sind schon unterwegs.«

»Wieso denn Polizei?«, stöhnte er schmerzverzerrt. »Was soll denn die Polizei mit mir? Wieso holst du denn die Bullen? Was haben die damit zu tun?«

Dann schwieg er und versuchte wahrscheinlich Klarheit darüber zu gewinnen, ob ich schießen würde. Und ehe er zu irgendeinem Schluss kommen konnte, schoss ein Streifenwagen unter Blaulicht heran. Die Beamten näherten sich mit gezogenen Waffen. Der Größere von beiden fragte vorsichtig: »Baumeister?«

»Das bin ich.«

»Wir sollen hier jemand einsacken und wegbringen. Schöne Grüße von einem Herrn Müller.«

»Da bin ich aber froh«, sagte ich.

Ich sah ihnen nach, wie sie mit ihrer Fracht abrauschten. Ein Punkt war erledigt: Selma. Sonst nichts, sonst absolut nichts. Und selbst Selmas Tod war ohne Hintergrund.

Irgendwo heulte eine Sirene. Die Feuerwehrleute mussten aus den Betten.

8. Kapitel

Journalisten kennen das: Ob der Täter zum Ort seiner Tat zurückkommt, wagen wir zu bezweifeln, aber dass Journalisten an den Ort einer Tat zurückkehren, ist notwendiger Alltag. Wir stehen da, schauen uns um und fragen, ob wir etwas übersehen oder vergessen haben.

So fuhr ich nach Ahrdorf, bog in die Straße nach Ahütte ein, parkte und ging denselben Weg, den der Chef von Clara Gütt gegangen war, als er getötet wurde. Wenn man mich heute fragte, warum ich das mitten in der Nacht tat, so wüsste ich selbst keine Antwort.

Die häßlichen Plastikstreifen, mit denen die Kripoleute den Tatort abgegrenzt hatten, lagen herum wie Reste eines fröhlichen Festes. Ich ging bis zu dem Punkt, an dem ich in den Hof mit Clara Gütts Wohnung sehen konnte. Es war zwar Nacht, aber hell genug, um die Szenerie zu erkennen.

Müllers Männer erledigten ihren Job routiniert und sehr geschickt. Aber zweifellos wusste das ganze Dorf Bescheid, denn niemand, schon gar nicht ein Fremder, kann sich dort aufhalten, ohne gesehen zu werden. Ihr Wagen stand schräg gegenüber der Toreinfahrt zu Clara Gütts Innenhof. Ein Mann saß hinter dem Steuer und rauchte gemächlich eine Zigarette. Der zweite Mann stand im Licht einer Telefonzelle auf der Längsseite des Hauses. Es war wahrscheinlich vernünftig, sich direkt in das Licht zu stellen, denn vermutlich wurde er sowieso von allen Nachbarn beäugt.

Es gab einen toten Winkel von der Ahr her. Von dort konnte jemand sehr leicht an das Haus herankommen. Aber wer sollte das versuchen angesichts dieses Aufmarsches von Beamten? Niemand würde so verrückt sein. Außer Baumeister vielleicht ...

213

Ich überlegte, was sich auf diesen wenigen Quadrat-kilometern Eifel alles zugetragen hatte: Der Mord an dem Mann namens Volker, der Mord an Dr. Jürgen Sahmer. Harry Lippelt war hier rumgekurvt, in Mirbach hatte die Gruppe eine konspirative Zentrale eingerichtet, wie man das im Geheimdienstlatein nannte. Clara Gütt hatte hier gewohnt, kein Zweifel, dass Vera Grenzow das gewußt hatte; wahr-scheinlich war sie dort auch schon zu Gast gewesen. Wenige Kilometer entfernt das Jagdhaus des Dr. Helmut Kanter, Chef von Clara, Chef von Vera Grenzow, Günther Schulze, Jürgen Sahmer, dem Geschäftspartner des Chefs vom Frett-chen, das ich mattgesetzt hatte, und Schutzpatron des merk-würdigen Abgeordneten Sven Sauter, der seinerseits offen-kundig mit allen anderen zu tun gehabt hatte.

Ich hätte in diesen Sekunden einen Hundertmarkschein für ein Telefon gegeben, um Müller tausend Fragen zu stellen. Dann lief ich den Wiesenhang hinunter. Ich überquerte die Dorfstraße im Dunkel hundert Meter unterhalb des Mannes an der Telefonzelle, ging zwischen zwei kleineren Neubau-ten hindurch, erreichte den Hof eines Bauunternehmers, klet-terte über Stein- und Kieshaufen, drückte mich an Kanal-röhren aus Beton vorbei und erreichte einen vergammelten, verrosteten Zaun.

Ich schlich in die Wiese hinein, die ungemäht war, und schlug mich nach links. Als ich weit genug gegangen war, wendete ich und steuerte mein Ziel an. Wenn mich meine Nase nicht trog und ich das Haus erreichte, dann musste dort eine Tür sein. Es gab keinen Eifler Bauernhof, der hinten zur hauseigenen Wiese hinaus keine Tür hatte. Wahrscheinlich wurde sie nicht mehr benutzt.

Die Tür war da, aber die findigen Besitzer hatten immer mehr Bretter darüber genagelt, um sie dicht zu bekommen.

214

Ich stand vor einem ziemlich dicken hölzernen Verhau. Normalerweise schlägt man so etwas mit dem stumpfen Kopf einer Axt ein, aber es war sicher jetzt nicht ratsam, einen derartigen Krach zu veranstalten. Ich stemmte mich also ohne große Hoffnung mit der Schulter dagegen und wäre beinahe in einen uralten steinernen Schweinetrog gefallen. Der hölzerne Verhau öffnete und schloss sich so leicht wie eine gut geölte Tür. Ich stand in einem alten Stall. Es roch jedenfalls so, aber sehen konnte ich so gut wie nichts. Ich wartete einige Minuten, bis sich meine Augen an die Dunkelheit gewöhnt hatten, dann machte ich einen Holzstapel aus, alte Kisten, verrottete Regale, Drahtrollen, einen alten Trecker, kurz all das, was Bauern, die keine mehr sind, in Ställe, die nicht mehr benutzt werden, hineinpacken. Ich kam nur langsam vorwärts.

Dann stand ich vor einer weiß gekalkten Mauer, die die Begrenzung zum Wohnhaus sein musste. Es gab zwei alte Türen, die beide verschlossen waren. Ich versuchte, mich daran zu erinnern, wie der Eingangsraum unterhalb von Clara Gütts Wohnung ausgehen hatte. Ich konnte mich nicht mehr erinnern und wählte die rechte Tür. Ich suchte lange nach irgendeinem Werkzeug und fand einen alten Maurerspatel und einen verrosteten Schraubenzieher. Ich fummelte an dem Schloss herum, konnte es tatsächlich lockern und den Schraubenzieher zwischen Tür und Zarge klemmen. Dann gab ich leichten Druck. Es rumpelte etwas vorschriftswidrig, weil zu laut, aber ich habe noch nie behauptet, ein guter Einbrecher zu sein.

Ich sah auf die Uhr und bemerkte durch das Flurfenster eine Bewegung auf dem Hof. Wahrscheinlich war das der Kriminalbeamte aus dem Auto. Ich verharrte einfach fünf Minuten in totaler Stille, dann sah ich, wie er langsam wieder

215

aus dem Hof herausging und auf die Straße trat. Er war vielleicht ein phantastischer Kripomann oder Spion oder was auch immer, aber er war ein elender Beobachter.

Ich ging zur Treppe und kroch auf allen vieren hinauf. Dann öffnete ich die Tür zu einem großen Zimmer und schloss sie hinter mir.

Hier waren die Lichtverhältnisse zwar ein wenig besser, aber ich wartete sicherheitshalber einige Minuten, ehe ich mit der Untersuchung begann. Eine Peitschenlampe, deren Schein durch das rechte Fenster fiel, half mir dabei.

Es gibt Sekunden im Leben, in denen man die Augen zusammenkneift und inständig darum bittet, sie vorerst nicht mehr öffnen zu müssen. Die Frau war zwischen einem Sessel und dem Couchtisch auf den Boden geglitten und lag auf dem Bauch. Ich weiß nicht, warum ich sie erst jetzt sah, wahrscheinlich waren ihr dunkler Pulli und die schwarze Hose schuld. Sie lag vollkommen steif mit ausgestreckten Armen da.

»He!«, sagte ich, weil ich die absurde Hoffnung hatte, sie sei ohnmächtig oder schlafe. Aber sie war kühl. Als ich an ihren Hals tastete, war dort kein Puls.

»Scheiß drauf!«, fluchte ich laut, stand auf, ging zur Tür und machte das Licht an. Dann ging ich zurück und starrte auf sie herunter.

»Lieber Himmel, warum musstest du das hier tun? He? Wie kommst du hierher? Was soll diese Scheiße?« Ich war verwirrt und wütend bis zur Atemlosigkeit.

Unten vor dem Haus war das Getrappel eiliger Schritte zu hören, dann polterten sie die Treppe hinauf und machten mehr Lärm als eine Kompanie Bundeswehr.

Der, der die Tür zuerst erreichte, ließ sie aufknallen und präsentierte seine Waffe so, wie ich es im Krimi im Fernsehen schon zum Kotzen finde. Er hielt sie beidhändig vor seinem Gesicht und ließ sie wildentschlossen durch den Raum kreisen.

Ich sagte: »Nicht das auch noch!«

Sein Gesicht war purpurrot. »Hände hoch!«, schrie er fast hysterisch schrill.

»Ich habe sie doch schon hoch«, murmelte ich. »Nicht nervös werden, bitte.«

Der zweite kam herein. Er war groß und mächtig, und seine Nase machte den Eindruck, als tunke er sie gelegentlich in scharfen Schnaps.

»Das gibt es doch gar nicht«, sagte er atemlos. »Wer sind Sie? Wer ist diese Frau da?«

»Also ich bin der Siggi Baumeister von nebenan. Die Frau ist Dr. Vera Grenzow, und meiner Ansicht nach ist sie mausetot.«

»So«, sagte er hilflos. Dann sah er seinen Kumpan an. Der schüttelte den Kopf. Dann schwiegen sie erst einmal. »Wie kommen Sie denn überhaupt hierher?«, fragte der Massige schließlich zögernd.

»Durch die alte Stalltür, die Sie nicht beachtet haben.«

»Und die Frau da?«

»Das weiß ich nicht. Vermutlich auf dem gleichen Weg.«

»Wir nehmen Sie fest, wir nehmen Sie fest«, drohte der mit dem roten Gesicht. Dann steckte er die Waffe weg.

»Warum denn?«, fragte ich wütend. »Wenn ich nicht das Licht angeknipst hätte, hätte ich ja wohl spurlos verschwinden können. Oder?«

Sie ließen das nachwirken, sie überdachten das sichtbar. Dann nickte der mit der schnapsigen Nase. »Das könnte so sein. Sie sind nicht zusammen mit der Frau reingekommen?«

»Nein. Die muss hier schon eine Weile liegen. Ein paar Stunden, schätze ich mal, die Totenstarre setzt bereits ein. Ich bin gerade gekommen, vor ein paar Minuten. Sie«, ich deutete auf den Massigen mit der Schnapsnase, »standen an der Telefonzelle. Und Sie«, ich meinte den Rotgesichtigen, »saßen im Wagen.«

»Wer sind Sie?«, fragte der Massige sicherheitshalber.

»Baumeister, Siggi, dreiundvierzig Jahre alt, Journalist von Beruf, katholisch, nicht verheiratet. Wollen Sie nicht Müller anrufen, Ihren Chef?«

»Sollten wir«, sagte der Rotgesichtige. »Aber Sie bleiben hier.«

»Auf jeden Fall«, sagte ich. »Jetzt ist nämlich alles aus, jetzt ist das Stasi-Chaos erst richtig komplett. Jetzt wird es heiß. Jetzt weiß ich nämlich gar nichts mehr.«

»Wie bitte?«, fragten sie gleichzeitig.

»Macht nichts«, murmelte ich. »Müller ist entweder im Büro oder in Meckenheim oder noch am Tatort in der Gertrudenstraße in Düsseldorf.«

Sie sahen sich an, sagten aber nichts. Der Massige begann zu telefonieren, wobei er vermutlich mit irgendeiner Zentrale sprach, denn das, was er sagte, stammte entweder aus dem Hirn eines Verrückten, oder es war der Inhalt der Vorschriften dieser geheimen Bruderschaft. Aber das ist in diesem Fall wohl deckungsgleich.

Es klang ungefähr so: »Sechs, zwei, vier an Beta sieben. Dringend Blumen an Elsie, zwei, sechs, vierundachtzig. Dunkelblau mit Tupfen.« Ganz wörtlich weiß ich es nicht mehr, aber sinngemäß scheint es mir keinen Deut übertrieben. Dann hängte der Massige ein und starrte auf das Telefon, als könne es ihm die letzten Geheimnisse dieser Welt vermitteln. Endlich klingelte es. Er riss den Hörer von der Gabel und sagte: »Gelb, grün. Wir haben hier eine fünfundsechzig. Mit acht, eins, mit acht, eins. Fünfundsechzig mit acht, eins.«

Er lauschte, gab den Hörer an mich weiter und murmelte: »Der Chef.« Dann brüllte er wütend: »Wie konnten wir diese verdammte Stalltür bloß übersehen?«

»Baumeister«, sagte Müller etwas nervös. »Ist es ...«

»Ja, es ist die Dr. Vera Grenzow. Sie liegt zwischen Sessel und Tisch auf dem Bauch. Da liegt auch eine kleinkalibrige Waffe neben ihr, sieht eigentlich ganz niedlich aus. Es sieht so aus, als hätte sie sich selbst umgebracht, obwohl ich daran zweifele. Wahrscheinlich hat sie einen Schuss in der Brust, denn unter ihrem Körper her ist Blut gelaufen. Im Tod sieht sie übrigens genauso arrogant aus wie im Leben.«

»Aber wieso haben die den Schuss nicht gehört?«

»Ich weiß es nicht«, sagte ich. »Ich vermute, es passierte am späten Abend. Ich vermute weiter, dass der Schuss einfach von den Treckern übertönt wurde. Hier ist zur Zeit Heuernte. Die Bauern fahren pausenlos ein. Sie wird wahrscheinlich durch die Stalltür gekommen sein, genauso wie ich. Und mich haben die auch nicht gehört. Wenn es einen Mörder gibt, wird er auch durch die Stalltür gekommen sein und ...«

»Verdammt noch mal«, brüllte er, »wieso denn ausgerechnet in der Güttschen Wohnung? Na gut, die kannten sich, na gut, die waren so was wie Freundinnen. Aber was wollte die Grenzow an diesem Abend da?«

»Das weiß ich wirklich nicht«, sagte ich. »Ich frage die Gütt. Wenn ich etwas von Wichtigkeit erfahre, rufe ich an. Kommen Sie jetzt hierher?«

»Na sicher«, sagte er. »Falls ich nicht unterwegs einschlafe oder einen Infarkt kriege. Wissen Sie eigentlich, dass das die fünfte Leiche ist?«

»Ja«, sagte ich, »ich weiß. Ich melde mich. Sagen Sie aber Ihren beiden Männern hier, dass ich kein Mörder bin, oder was auch immer. Sonst nehmen die mich nämlich fest.« Ich

219

reichte dem Massigen wieder den Hörer, und er hörte steinern zu, schloss nur die Augen, weil ihm Müller wahrscheinlich ein schnelles Ende seiner Karriere voraussagte.

Ich hockte mich auf einen Küchenstuhl und versuchte, nicht in Hektik zu fallen. Was war jetzt eigentlich wichtig? Wen konnte es jetzt treffen? Und an wen konnte ich mich wenden, um irgendetwas zu erfragen? Ich hatte etwa zweieinhalbtausend Fragen im Hirn. Aber das ist ziemlich sinnlos, wenn die Menschen, die du fragen kannst, alle tot sind.

Der Massige ging in die Knie und betrachtete die tote Vera Grenzow. Der Rotgesichtige hatte sich auf einen Schemel neben das Bett zurückgezogen und brütete dumpf. »So gepflegte Hände«, sinnierte er vor sich hin. »Die ist doch kein Typ, sich selbst ins Jenseits zu schießen.«

»Sie war eine ziemlich Harte, und wahrscheinlich war sie auch ein bisschen krank«, sagte ich.

»Geisteskrank?«, fragte er schnell.

Ich dachte daran, dass die meisten mit einer solchen Krankheit durch das Leben gehen und nie einem Arzt auffallen. »Ich weiß es nicht genau«, murmelte ich.

Dann fragte ich mich: Was wollte Vera Grenzow ausgerechnet hier in dieser Wohnung? Ausgerechnet bei Clara Gütt? Ausgerechnet bei der Gütt, von der sie längst wusste, dass ich sie unter meine Fittiche genommen hatte und dass sie den Kripoleuten bestens bekannt war? Was hatte sie dazu getrieben, ausgerechnet hier in Ahrdorf in dieser Wohnung aufzukreuzen?

Ich überlegte, in welches Hotel sich Anni zurückgezogen hatte. Ich kam darauf, dass sie nur bei ›Fasen‹ in Hillesheim sein konnte. Also rief ich dort an. Am Telefon war eine etwas verschlafene Stimme mit dem wenig überzeugenden Anspruch, heiter zu wirken. »Ja, bitte sehr?«

»Baumeister hier. Bei ihnen schlafen vermutlich zwei Frauen aus meinem Haushalt, eine ältere Dame, eine jüngere Dame. Ich brauche die jüngere, und leider verdammt schnell. Und Entschuldigung bitte.«

»Och, das macht doch kaum die Hälfte«, sagte sie, als mache sie das jede Nacht ein paarmal. Dann war es eine Weile still. Claras Stimme klang so, als habe sie keine Minute geschlafen. »Ja, Baumeister?«

»Hör mal, ich habe ein oder zwei Fragen. Und konzentrier dich bitte. War Vera Grenzow jemals in deiner Wohnung in Ahrdorf?«

»Na sicher.«

»Wie oft?«,

»Ziemlich oft«, sagte sie schnell. »Ich weiß, ich hätte dir das wahrscheinlich sagen sollen, aber ich habe nicht daran ged...«

»Ja ja, schon gut. Was heißt ziemlich oft?«

»Es war eine Frauensache, weißt du. Wenn sie total abgearbeitet war, ging sie dahin, um sich zu erholen. Wenn sie mal die verdammten Kopfschmerzen loswerden wollte auch. Dann hatte sie manchmal ziemlichen Stress, wenn sie ihre Tage ... also sie hatte so eine Unterleibsgeschichte. Und dann zog sie sich dahin zurück. Aber das wusste keiner außer mir und ...«

»Lieber Himmel!«, schrie ich wütend. »Du hast jahrelang nicht gemerkt, dass ein Wirtschaftsspionagering um dich herum gearbeitet hat. Okay, das können wir vergessen, das kann passieren in diesem gottverdammten Land, in dem ein Seidenfummel am Arsch wichtiger ist als ein Blick ins Gesicht. Aber dass du mir jetzt nach der Aufdeckung dieser Tatsache kein Wort darüber sagst, dass diese Vera praktisch dauernd in deiner Bude hier in Ahrdorf hockte, verschlägt mir die Sprache. Du warst doch dabei, als Schulze von der

221

heimlichen Behausung in Mirbach sprach. Da musste dir doch ein Licht aufgehen, oder? Da ...«

»Baumeister, hör auf zu schreien. Ich kenn' mich in der Welt nicht mehr aus, ich ...«

»Lass es mich sagen, weil ich sonst platze. Die liebe Vera hat dich die ganzen Jahre über beschissen. Sie hatte garantiert niemals irgendeine Unterleibsgeschichte, und ein Migränetyp war sie auch nicht. Sie war dauernd hier, weil sie hier erstens unkontrolliert war und zweitens in fünf Minuten in der konspirativen Wohnung in Mirbach sein konnte. Von hier aus konnte sie nach überallhin starten, ohne beobachtet zu werden. Während du geglaubt hast, deine Chefin kuriert ihren Unterleib, hat sie von hier aus ihre Touren machen können. Und der gute Günther Schulze ist auch nicht auf diesen Campingplatz gekommen, weil du so eine tolle Sekretärin bist, sondern weil er wusste: Wenn Vera abtauchen muss, weil Gefahr droht, kommt sie zuerst in die Wohnung der lieben Clara Gütt. Das ist des Rätsels Lösung, verdammt noch mal. Dass du das alles gewusst hast, macht mich ganz verrückt. War sie oft mit dir zusammen hier, oder meistens allein? Hatte sie einen Schlüssel? Kannte sie die Tür in den Stall von der Wiese aus? Mein Gott, hör doch auf zu weinen, Clara.«

Sie schniefte schon wieder. »Also, was willst du wissen?«

»War sie meistens alleine hier?«

»Ja. Sie hatte natürlich einen Schlüssel. Meistens bezahlte sie auch die dreihundert Mark Miete pro Monat, die das kostet. Aber ich habe sie nicht darum gebeten. Und die Tür aus dem Stall raus haben wir beide immer benutzt. Wir haben uns auf der Wiese gesonnt. Ist doch klar.«

»Überleg einmal ganz genau: Was schätzt du, wie oft sie allein in diesem Jahr hier war?«

»Also ich war Weihnachten, Ostern und Pfingsten kurz hier. Ja, und dann jetzt. Sie war, schätze ich mal, so sechs-, sieben-, nein warte, eher acht- bis zehnmal da. Übers Wochenende meistens.«

»Sie schlief dann in deinem Bett?«

»Natürlich.«

»Und sie hat sich richtig vergraben und sich erholt?«

»Ja, dachte ich zumindest, aber was ist denn überhaupt los? Wo bist du denn eigentlich?«

»Schon gut«, sagte ich und hängte ein.

Dann hockte ich da und starrte die Wände entlang, während mich die zwei musterten, als sei ich eine ihnen vollkommen unbekannte Rasse.

»Mann«, meinte der Massige, »Sie können aber gut brüllen!«

»Manchmal muss man das eben«, murmelte ich. Ich war wütend auf mich, weil ich Clara so beschimpft hatte, obwohl ihre Welt so kläglich zerbrochen war.

»Wer war denn das?«, fragte der Rotgesichtige.

»Clara Gütt«, antwortete ich. »Müller kennt sie bereits. Sie ist unser Kummerkind.«

»Dass die das alles nicht gemerkt hat, will mir nicht in den Kopf«, meinte der Massige und rieb sich nachdenklich die Schnapsnase.

»Es muss hier sein«, sagte ich, als hätte ich ihn nicht gehört.

Der Massige sah mich an und erklärte leutselig: »Das kenne ich. Sie sind überarbeitet. Ich kenn' das. Die Leiche liegt da hinter dem Sessel. Immer noch. Sonst ist hier nichts. Nichts Auffälliges.«

»Es muss aber da sein«, sagte ich.

»Was muss da sein?«, fragte er im Ton eines Arztes, der einen Irren zu befragen versucht.

»Ich weiß es nicht«, murmelte ich geistesabwesend.

»Vielleicht das Christkindchen«, sagte der Rotgesichtige. Er war sowieso wütend auf mich. »Sieh doch mal unter dem Tisch nach. Vielleicht hockt es da, das Christkindchen.«

Der Massige begann zu begreifen, dass ich es durchaus ernst meinte. Er winkte ab. »Lass ihn doch mal. Was meinen Sie, was muss hier sein?«

»Ich weiß es nicht«, sagte ich. »Diese Tote da ist wahrscheinlich hierhergekommen, um hier etwas zu holen, was ihr gehört, und von dem niemand wusste, dass es ihr gehört. Denke ich.«

»Aha!«, sagte er verständnisvoll. »Das werden wir finden. Wir stellen sowieso die ganze Bude auf den Kopf, wenn die Spurenfritzen erst einmal abgezogen sind.«

»Ja, ja, das weiß ich«, sagte ich.

Im gleichen Moment wusste ich auch, dass die Dr. Vera Grenzow so etwas auch gewusst hatte. Man hatte sie als Spionin geschult, tip-top geschult. Nichts ausgelassen, von der Geheimtinte bis hin zum Anlegen toter Briefkästen.

»Wir werden das schon finden«, sagte der Massige, der mittlerweile die zehnte Zigarette rauchte. »Ist eigentlich kein Bier hier, oder was?«

»Na, na«, sagte der Rotgesichtige mahnend.

»Man wird doch fragen dürfen«, sagte der Massige.

»Im Eisschrank«, sagte ich. »Im Eisschrank sind Bier und Schnaps.«

»Das dürfen wir nicht, das zerstört Spuren«, sagte der Rotgesichtige.

»Wie Sie wollen«, sagte ich.

Was war hier ein perfekter toter Briefkasten? Hier in diesem Raum? Glatte weiße Raufasertapete, auch an der Decke. Nirgendwo ein Schatten, nirgendwo ein Stück Klinkerwand,

224

aus der ein Stein gelöst werden konnte. Keine Dielenbretter, statt dessen Linoleum, farbloses Grün, darauf einfache Teppiche.

Die Treppe?

Ich ging hinaus und machte mir das Licht an. Es war eine einfache Holztreppe, jede Stufe konnte ein Fach sein. Aber ich dachte daran, dass man den Spionen auch beibringen würde, in alten Bauernhäusern an zundertrockenes Holz und Blitzschlag zu denken. Also auf keinen Fall in der Treppe.

Im Keller? Ich fand keinen Eingang zu einem Keller. Wahrscheinlich war dieser Teil gar nicht unterkellert. Im Stall? Dort galt sicher das Gleiche, was auch für die Treppe galt. Ich musste nach einer Möglichkeit suchen, Unterlagen schnell und trocken und feuersicher so zu verstecken, dass man jederzeit daran konnte – auch dann, wenn Clara Gütt in der Wohnung war.

Natürlich!

Ich ging auf die Wiese hinaus, drehte mich um. Unten am Mauersockel, unmittelbar neben der Tür lag ein schwerer Basaltbrocken etwas wacklig an der Mauer. Ich kippte ihn nach vorn, er rollte ins Gras. Dahinter war eine ganz normale Metallplatte, eingelassen in eine Schiene – dieselbe Vorrichtung, wie sie ein Schornsteinfeger braucht, um in den Kamin zu kommen.

Hier aber war kein Kamin. Ich schob die Platte nach oben, der Hohlraum dahinter war leer – ausgeräumt.

Ich ging zurück zu Clara Gütts Wohnung, wo die beiden saßen und sich tatsächlich ein Bier genehmigten.

»Gefunden?«, fragte der Massige.

»Ja«, sagte ich, »aber leer. Neben der Tür vom Stall zur Wiese.«

»So eine Art toter Briefkasten?«

»Richtig. Vielleicht ergibt der Tod dieser Frau jetzt einen Sinn.«

Plötzlich störte mich die Leiche, plötzlich glaubte ich auch, da liege ein bösartiger Gestank in der Luft. »Ich kann hier nichts mehr tun«, sagte ich. »Ich muss aber schlafen, sonst knicken mir irgendwann die Beine weg. Ich gehe zum Stall raus auf die Wiese.«

»Schlafen? Dort schlafen?«, fragte der Rotgesichtige etwas fassungslos.

»Ja«, sagte ich. »Das Bett ist eine relativ neue Erfindung.« Ich ging also zum Stall hinaus auf die Wiese. Damit ich mich nicht in einen Ameisenhaufen legte, leuchtete ich mit einem Streichholz mein Bett ab, fand aber nichts als ein paar wunderhübsche rotblaue Teufelskrallen und legte mich daneben, um sie nicht zu erdrücken. Natürlich schlief ich nicht, natürlich hatte ich die dumpfe, drängende Vorstellung, tausend Dinge gleichzeitig in Angriff nehmen zu müssen.

Der Rotgesichtige tauchte wie ein Gebirge vor mir auf. »Ich dachte, Sie wollten uns verscheißern. Sie wollen ja wirklich schlafen.«

»Na sicher.«

»Und wenn da Blindschleichen sind und anderes Getier?«

»Na ja, die werden sich kaum gestört fühlen, die Wiese ist groß.«

»Aber es gibt doch so Tiere, die stechen und beißen. Ohrwürmer, oder wie man das nennt.«

»Sie leben im Mittelalter, junger Mann. Ich hatte mal eine Kreuzotter im Garten. Die hieß Cleopatra. Dummerweise habe ich Cäsar nie kennengelernt. Vielleicht war sie auch nur ausgerückt. Cleopatra jedenfalls lag eines schönen Sommertags, als ich im Garten ein Manuskript schrieb, auf meinem rechten, nackten Fuß. Es fühlte sich angenehm kühl an.«

»Igitt!«, sagte er angewidert, aber eindeutig fasziniert. Dann ging er fort.

226

Ich muss eingeschlafen sein, denn Müller stieß mich vorsichtig an der Schulter und sagte: »Ich stör' ja ungern, aber Müller ist jetzt da.«

Dumpf erinnerte ich mich daran, dass ich immer noch Bens Wagen fuhr. Wahrscheinlich hatte er ihn längst abgeschrieben. Müller stand ziemlich bedrückt vor mir.

»Hören Sie«, sagte ich beruhigend, »fassen Sie das nicht als Ablehnung auf. Ich habe Ihnen auch garantiert nichts verschwiegen. Ich weiß nicht mehr ein noch aus, dieser Fall ist vollkommen irre. Wer hat da eigentlich wen umgebracht? Gut, das Frettchen die Selma Schulze. Aber das ist auch alles, was ich weiß. Hat der Mann noch etwas gesagt?«

»Bis jetzt nicht. Bis jetzt hat er nicht einmal zugegeben, dass irgendeiner ihm den Auftrag gegeben hat, diese wahrscheinlich vollkommen nichts ahnende junge Frau zu töten. Was fällt Ihnen zu Vera Grenzow ein?«

»Bitte nicht solche Fragen. Dazu fällt mir nämlich gar nichts ein. Hat sie sich umgebracht?«

»Mit ziemlicher Sicherheit nicht. In zwei Stunden weiß ich mehr. Sie gehen also weiterschlafen?«

»Ich muss. Ich muss abschalten, sonst sehe ich gar nicht mehr klar. Erinnern Sie sich an die Leiche Nummer eins? An den geheimnisvollen Volker?«

»O ja, die Identität ist geklärt. Er war Oberregierungsrat, hieß Walter Janzen und war vom Wirtschaftsministerium in den Chemiebetrieb des Dr. Bleibe abgeordnet worden. Er war wohl Stasi-Mann, obwohl er in deren Akten gar nicht auftaucht. Aber er war mit Sicherheit jemand, der die Gruppe hier steuerte. Er war ein Mann ohne Familie, ein idealer Spion. Aber wir haben keine Ahnung, weshalb er hier auftauchte und wen er treffen wollte.«

»Gut, bleiben wir also bei Volker. Erinnern Sie sich, dass die Untersuchung seiner Leiche ergab, dass er ungefähr eine Stunde vor seinem Tod eine Ejakulation hatte, Geschlechtsverkehr mit einer Frau? Und erinnern Sie sich, dass er mit dieser Frau den Mikrospuren nach zu urteilen in einem Bett mit stinknormalen weißen Leinen gelegen haben soll?«

»Ich erinnere mich genau.«

»Erinnern Sie sich auch, dass die Chemiker die genaue Blutgruppe der unbekannten Frau feststellen konnten?«

»O ja, aber auf was wollen Sie hinaus?«

»Es ist nur eine Idee. Aber ich glaube, er hat mit jener Frau da oben in Clara Gütts Bett gelegen. Und ich glaube auch, dass die Frau Dr. Vera Grenzow war. Und wenn ich Recht habe, sagen Sie mir bitte Bescheid.«

»Moment, Moment, wie kommen Sie darauf?«

»Das weiß ich nicht so genau. Aber wenn es so war, könnte ich wahrscheinlich das Motiv des ersten Mordes entdecken.«

»Sagen Sie es doch«, drängte er.

»Kommt nicht in Frage. Ich blamiere mich doch nicht. Rufen Sie mich an.«

Ich fuhr also nach Hillesheim, die Morgensonne brannte schon. Ich fand den weiblichen Teil meines Haushalts bei einem äußerst luxuriös aussehenden Frühstück. Aber mir war nicht nach Frühstück. Ich ließ mir ein Zimmer geben, war knurrig und schlief bald darauf ein. Ich träumte einen Traum, in dem ich ständig das unwiderstehliche Verlangen hatte zu duschen.

Als ich aufwachte, stand Anni neben meinem Bett und sagte sehr ernst: »Ich muss einmal mit dir reden.«

»Die nächste Katastrophe also«, sagte ich.

»Na ja, das weiß ich nicht«, sagte sie etwas zurückhaltend. »Also es ist so, dass ich mir gestern deinen Garten genau angeguckt habe. Und an der großen Steinmauer, wo du die alten versteinerten Korallenstämme eingebaut hast, da ist eine Kröte. Und die ist so was von hässlich und so was von groß!«

»Das ist Fritz. Und Fritz ist mein Untermieter«, sagte ich schnell.

»Na ja«, murmelte sie, »aber eklig ist er schon.«

»Ich verstehe das nicht. Soll ich dem Fritz kündigen?«

»Wenn du das so ausdrücken willst. Also, ich würde das Tier ... irgendwie entfernen.«

»Nur, weil du es hässlich findest?«

»Du willst mich nicht verstehen«, sagte sie vorwurfsvoll.

»Fritz bleibt«, stellte ich fest.

»Die Clara ekelt sich aber auch. Da sitzt man in der Sonne und denkt nichts Böses. Und dann sieht man ins Gras runter, und was sieht man da? Da linst einen so ein dickes, ekelhaftes Geschöpf an. Außerdem wollte ich noch fragen: Fauchen Frösche?«

»Durchaus. Wenn sie merken, dass du was gegen sie hast, fauchen Kröten. Du fauchst ja auch, wenn ich was gegen dich habe.«

»Also das Ding bleibt?«

»Das Ding bleibt.«

»Da kann man nichts machen«, seufzte sie. Als Beamtin besaß sie die erstaunliche Fähigkeit, in Sekunden ein nicht zu erledigendes Problem zu akzeptieren. »Und wie steht unser Fall?«

»Beschissen, um es einmal einfach auszudrücken. Wir haben mehrere Tote, die irgendwie mit einem scheinbar gut funktionierenden Agentenring zu tun haben. Das würde eigentlich schon reichen. Aber eigentlich ist das wohl nur eine halbe Geschichte. Ich habe eine Aufgabe für dich.«

»Welche?«

»Du musst Clara freundlich beibringen, dass ihre Freundin und Chefin, die Vera Grenzow, ebenfalls umgelegt wurde. Und zwar in Claras Wohnung. Dann musst du dich mit Clara hinsetzen. Frag sie, ob sie als gute Sekretärin so etwas wie ein Tagebuch oder ein Arbeitsbuch geführt hat. Wir werden sie dazu zwingen müssen, weit in die Vergangenheit zurückzugehen. Wir müssen ab dem 9. November 1989, also dem Tag der Maueröffnung, genau feststellen, was für Reisen ihr Chef, dieser Dr. Kanter, gemacht hat. Sie muss sich an jeden kleinen Fliegenschiss erinnern. Verstehst du, was ich meine?«

»Ja.« Sie nickte. »Dann sollen wir vermutlich noch herausfinden, wohin sämtliche Dienstreisen dieser Dr. Grenzow führten, nicht wahr?«

»Genau.«

»Dann ist da noch etwas. Da hat gestern ein Mann angerufen. Die Polizei hat dein Auto freigegeben, und der Mann, der dir das verkauft hat, sagte am Telefon, das wäre nur noch Schrott. Und da es ja Vollkasko versichert wäre, bietet er dir an, sofort einen neuen Wagen in der gleichen Farbe und mit allem Drum und Dran anzumelden.«

»Ruf ihn bitte an und sage, das geht klar. Hast du darüber nachgedacht, wer eigentlich der Chef dieses Agentenringes gewesen ist? Ich meine, wer das alles gesteuert hat?«

»O ja«, sagte sie eifrig. »Meiner Meinung nach sieht das so aus, als wäre das alles aus der ehemaligen DDR gesteuert worden. Aber wenn man lange genug darüber nachdenkt, könnte man auch auf die Idee kommen, dass alles ein wenig anders war.«

»Du bist eine kluge Frau«, sagte ich.

»Das weiß ich«, sagte sie.

»Wir gehen wieder zurück in mein Haus«, erklärte ich. »Es hat keinen Sinn mehr, sich zu verkrümeln.«

Sie nickte. »Glaubst du übrigens, dass die Grenzow irgendwelche Leute erschossen hat?«

»Ich weiß es nicht. Es könnte sein, dass sie ausflippte.«

»Dann wäre sie krank gewesen.«

»Genau das.« Ich schob sie aus dem Zimmer und stellte mich unter die Dusche. Dann nahm ich das Telefon und rief Bierich in Hamburg an, Wolfgang Bierich. Er war ein Kollege, der vor Lachen explodieren konnte, er war der Mann mit der richtigen Sorte Neugier, und er war der Mann, der mir sagen konnte, ob ich auf einer guten Geschichte hockte, oder ob sie nichts taugte. Er war ein Mann, der bemerkenswert wenig sagte, aber das, was er sagte, konnte man drucken.

»Ich habe vielleicht einen Beitrag«, meinte ich. »Und falls ich so klinge, als sei ich unsicher, dann ist das auch so.« Ich berichtete in groben Zügen.

»Das hört sich verdammt sauber an«, antwortete er. »Aber ich muss das Ding erst auf dem Schreibtisch haben.«

»Das weiß ich. Aber ich kriege durchaus nicht das Geld zusammen, um alles zu recherchieren.«

»Wie viel brauchen Sie?« Er hatte eine schlimme Art, direkt zu fragen.

»Ein paar Tausender«, sagte ich. »Es kann nicht mehr viel schiefgehen.«

Er lachte sanft. »Selbstverständlich kann etwas schiefgehen. Sie können zum Beispiel ... na ja, Sie wissen selbst, was Ihnen passieren kann. Also wie viel?«

»Fünf, als Anzahlung«, sagte ich. »Und ich schmeiße Ihnen die Geschichte binnen vierzehn Tagen auf den Schreibtisch. Aber, bitte, per Fax und sofort an meine Bank.«

»Geht klar«, sagte er. »Behalten Sie die Nerven und Ihre Extremitäten.« Dann legte er auf.

Clara kam herein. Sie war verweint und fragte: »Stimmt das mit Vera? Ist sie tot?«

»Ja, tut mir Leid, ja. Jemand hat sie erschossen, oder aber sie hat sich selbst erschossen. In deiner Wohnung in Ahrdorf. Vielleicht kannst du mit jemandem die Wohnung tauschen?« Ich versuchte, ihr irgendwie Mut zu machen, und wusste doch, dass es nutzlos war.

»Ja, ja«, murmelte sie abwesend und marschierte wieder hinaus.

Ich rief Müller in Meckenheim an und fragte, ob die Untersuchung der Leiche der Vera Grenzow irgendetwas erbracht habe.

»Ja«, sagte er, »sie hat sich nicht selbst erschossen, sie ist erschossen worden. Eindeutig.«

»Da wir dieses Frettchen schon vorher hatten, kann man fast damit rechnen, dass ein weiterer Mensch herumläuft, der Leute abknallt.«

»So ist es«, sagte er. »Wir haben Kanter übrigens entlassen müssen. Die Handelskammer hat einen Riesenstunk gemacht, das Institut der Deutschen Wirtschaft auch.«

»Was haben die Vernehmungen des Günther Schulze ergeben?«

»Nichts, außer einem kleinen, fein funktionierenden Apparat. Irgendwie rührend, wenn Sie mich fragen, aber hocheffizient.«

»Hat das Frettchen irgendetwas gesagt?«

»Bisher kein Wort, nur die Personalien. Und die checken wir jetzt mit den bei uns vorhandenen Unterlagen über die Stasi gegen. Dann werden wir weitersehen. Sie können in Ihr Haus zurück, Plastik scheint nicht mehr im Spiel zu sein.«

»Was sagte denn Sven Sauter?«

»Nichts. Wir können kein Verhör führen, wir haben nicht die geringste Handhabe. Angeblich weiß er von nichts.«

»Eine merkwürdige Art, die Wähler zu vertreten.«

»Hm. Er ist eigentlich nicht mal schlecht. Er ist der typische aus der Gewerkschaftsbewegung stammende Parlamentarier. Er ist verdammt basisnah, er weiß immer genau, was in seinem Wahlkreis gedacht wird. Und irgendwie verzeihen seine Kumpels alles. Wahrscheinlich ist er bestechlich und in hohem Maße bigott, aber das sind die letztlich alle. Haben Sie nicht Lust, mit seiner Exfrau zu sprechen?«

»Habe ich. Wo hockt die?«

»In Dernau an der Ahr, da, wo der Regierungsbunker ist.«

»Weiß ich. Ich besuche sie.«

Ich machte mich landfein, besorgte mir erneut ein Auto. Diesmal von einem jungen Mann, dessen Namen ich nicht einmal kannte. Aber so sind die Eifler: Wenn die dich mögen, teilen sie alles, sogar das Auto, das man nicht verleiht. Es war ein uraltes Käfer-Cabrio, dessen Motor auf eine höchst eigenwillige Art zuweilen abstarb, zuweilen selbständig auf Vollgas ging. Mit dem Auto musste man ständig reden.

In einer Telefonzelle unterwegs holte ich aus dem Telefonbuch die Adresse der Frau E. Sauter. Als ich vorfuhr, spielte in dem schmalen Vorgarten des zweistöckigen Villenhauses eine Horde unglaublich dreckiger, glücklicher Kinder in einer mit Sand, Schlamm und Wasser gefüllten Grube. Ein ganz kleiner, etwa drei Jahre alter Junge nahm eine Plastikschippe, schaufelte kräftig in der Matsche und sagte: »Hau ab, du!«

Und schon war ich getauft, sah aus wie eine Wildsau nach dem Suhlen, und eine Frau bemerkte scheinbar erschreckt, aber erkennbar ungeheuer belustigt: »Oh, verdammt noch mal, Peter! Entschuldigen Sie, aber er meint es nicht so.«

Ich griff mir den Kleinen, hob ihn ein wenig hoch und sagte: »Sind Sie Frau Sauter?«, und als sie misstrauisch nickte, fuhr ich fort: »Ich bitte um ein paar Minuten.«

»Presse?«

»Ja und nein. Zunächst will ich absolut nichts schreiben, zunächst bitte ich nur um Befriedigung meiner ungeheuren Neugier. Ich fürchte, Ihr Exmann steckt knietief im Dreck.«

»Komisch«, sagte sie und fummelte an einem blühenden Rittersporn herum, »ich habe mich neulich noch gefragt, wann das wohl sein wird, wann er endlich auf die Nase fällt. Sind Sie von der BILD?«

»Oh, nein.«

»Sind Sie ... von wem sind Sie denn?«

»Freiberuflich. Ich komme sozusagen in persönlichem Auftrag. Aber das geht hier im Vorgarten schlecht.«

»Wir gehen rein«, sagte sie rasch. »Kinder, benehmt euch.«

Drinnen herrschte das gleiche liebenswerte Chaos wie draußen, nur ein Schlammloch fehlte.

»Wollen Sie einen Tee?«

»Gerne. Ich setzte mich auf einen uralten Ledersessel.

»Ich muss von Beginn an sagen, dass ich nicht hier bin, um Punkte gegen Ihren Mann zu sammeln. Ich bin eher hier, um herauszufinden, was er ist und was er nicht ist, wenn Sie verstehen, was ich meine. Ich komme auch nicht mit einem Skandal, ich komme mit einer ziemlich leisen Geschichte, von der die meisten Menschen bisher nicht einmal wissen, dass es sie gibt. Aber sie kann Ihren Mann Amt und Würden und Bargeld kosten. Wenn Sie nichts dagegen haben, erzähle ich zunächst die Geschichte, wie ich sie erlebt habe. Dann können wir sprechen. Okay so?«

Sie war eine mollige, sehr fraulich hübsche Blonde mit strähnigen Haaren in einem vollkommen formlosen Kleid und nackten Füßen in Gesundheitslatschen. Sie war der Typ, der ohne Rücksicht auf das eigene Aussehen ständig den Mund spitzt und leicht zur Seite durch die Zähne bläst, um die Haarsträhnen aus dem Gesicht zu pusten. Sie war mit Sicherheit der Typ, der einfach zur Papierschere griff und sich die widerspenstigen Strähnen abschnitt, wenn sie das Pusten leid war.

Ich berichtete also, ich ließ nichts aus, ich zeigte ihr meine Hilflosigkeit, ich demonstrierte Abscheu, Neugier, Wut und sämtliche großen Fragezeichen, die sich angesammelt hatten. Ich machte ihr nichts vor.

Anfangs rauchte sie ruhig, hörte mir zu, schlürfte von dem Tee, starrte aus dem Fenster, lauschte ihren Kindern. Dann wurde sie unruhig, drückte die Zigarette aus, zündete sich eine neue an, zündete sich eine zweite an, war verwirrt über die zwei brennenden Zigaretten, sagte aber kein Wort.

Als ich geendet hatte, murmelte sie. »Ich brauche einen Kognak«, und goss sich einen ein. Dann fragte sie: »Wo werden Sie das veröffentlichen?«

»Mit ziemlicher Sicherheit im ›Spiegel‹«, antwortete ich. »Ich kann nichts schreiben, noch nichts. Ich stochere herum, weil ich wie immer bei solchen Geschichten die Hoffnung nicht aufgebe, dass ich einem Menschen begegne, der die Zusammenhänge einigermaßen befriedigend erklären kann.«

»Die Geschichte klingt so, als ob einer wahnsinnig ausgeflippt ist«, überlegte sie, wieder ganz gefasst. »Und es ist gar nicht erkennbar, dass Sven irgendetwas damit zu tun hat. Sie sagen doch selbst, er hat behauptet, er habe keine Ahnung von den Hintergründen.«

»Genau das glaube ich nicht«, widersprach ich. »Es kann sogar sein, dass Ihr Mann den ganzen Hintergrund kennt, ohne zu wissen, was er da eigentlich weiß. Ihr Mann wird als jemand beschrieben, der dauernd um Kanter herum kreist, man nennt ihn sogar dessen Satelliten. Das bedeutet zwangsweise, dass er sehr viel von Kanter weiß ...«

235

»Das klingt ja so, als verdächtigen Sie Kanter?«, fragte sie schnell.

»Durchaus nicht, oder einfacher: Das ist mir wurscht. Ich versuche nur, Klarheit zu bekommen. Frage also: Hat Ihr Mann Kanter oft auf dessen Geschäftsreisen begleitet, und wenn, wohin?«

»Sven war eigentlich dauernd dabei. Mal hierhin, mal dorthin, vor allem aber zu den Wirtschaftsgesprächen im Ostblock. Kanter, sagte er immer, ist meine Lokomotive. Das heißt: Kanter musste diese Ostblock-Bosse treffen und nahm Sven als seinen persönlichen Berater mit. Natürlich wusste jeder, dass Sven tatsächlich Bundestagsabgeordneter war. So kamen politische Verbindungen über den Umweg der Wirtschaft zustande. Als zum Beispiel die Mauer fiel, hatte Sven in der Ex-DDR bereits jede Menge Verbindungen.«

»Also mit anderen Worten: Wenn dort etwas ist, was zu verschweigen wäre, dann müsste Ihr Mann es wissen. Oder soll ich besser Ex-Mann sagen?«

»Müssen Sie nicht«, sie lächelte ein wenig müde. »Wir haben uns getrennt, weil unsere Ehe sinnlos geworden war. Er war Bundestagsabgeordneter und hatte so viel zu tun, dass keine Zeit blieb für die Kinder und für mich. Ich trage ihm nichts nach, er hat sich so entschieden, er kommt seinen Verpflichtungen nach, uns geht es gut. Er versorgt mich großartig. Aber er mischt weiter in der Politik mit, und das wird erst aufhören, wenn er irgendwo in einer Kneipe einen Herzinfarkt kriegt, oder was weiß ich.« Sie sah mich an, blinzelte, schloss die Augen und setzte hinzu: »Die ganze furchtbare Geschichte, die Sie erzählen, klingt so, als könnte sie eine Geschichte von Sven sein. Das muss ich zugeben. Er hat immer schon einen Hang zu Geheimdiensten gehabt. Bei

236

aller Arbeit hatte er es immer mit diesen Geheimen. Er war so, als würde ihm seine normale Arbeit nicht reichen. Er suchte den Kick, wissen Sie, er fuhrwerkte andauernd mit irgendwelchen Geheimdienstmenschen herum. Das machte ihm Spaß, das war das Salz in seiner Suppe.«

»Was ist mit diesem Dr. Kanter, diesem Industrieboss?«

»Das ist so die übliche Verbindung von Wirtschaft und Politik. Das ist ein parasitäres Verhältnis. Jeder braucht jeden, und jeder benutzt jeden, und jeder weiß, dass er benutzt wird. Mein Mann hat zum Beispiel dieses Haus hier für mich und die Kinder gekauft. Der frühere Besitzer ist eben jener Dr. Helmut Kanter, den ich übrigens nicht ausstehen kann, weil er mir irgendwie glitschig vorkommt. Aber dieser Hauskauf war normal, alles ist irgendwie normal und gleichzeitig immer die Ausnutzung von Verbindungen, Kreditmöglichkeiten, Sonderkonditionen. Es gibt immer irgendwelche Banker, die alles mitmachen, irgendwelche Kreuz- und Querverbindungen. Mein Mann kann ja nicht mal ein Auto auf die ganz normale Tour kaufen. Da ist immer einer, der das Auto zu besonders günstigen Konditionen verkauft, weil er diesem oder jenem einen Gefallen tun muss, und so weiter und so fort in Ewigkeit, Amen.«

»Waren denn Leute von den Geheimdiensten jemals in Ihrem Haus?«

»Das kam vor, wobei ich meist gar nicht wusste, dass die vom Geheimdienst waren.«

Sie begann unterdrückt zu lachen. »Ich glaube, es ist das Beste, ich gebe Ihnen mal ein Beispiel. Eines Tages, das war so 1987 oder 1988, hatte er abends Besuch. Er hatte mir gesagt, er würde mit einem Herrn in seinem Büro im Dachgeschoss zusammenkommen, und ich müsste unter allen Umständen dafür sorgen, dass ich das Telefon, den

Anrufbeantworter, das Radio und das Tonbandgerät aus dem Raum entferne. Ich hatte mich schon an eine Menge komische Sachen gewöhnt und achtete nicht weiter darauf. Ich habe das dann aber vergessen. Also, die kamen zusammen mit meinem Mann, gingen auf den Dachboden und kamen nach ein paar Minuten wieder runter. Mein Mann sagte säuerlich: ›Der Raum ist ja nicht sauber!‹ Ich habe ihn angeguckt, als hätte er nicht alle Tassen im Schrank. Sie sind dann in den Keller gegangen, in dem meine selbstgemachte Marmelade auf einem Regal stand. Da haben sie bei geschlossenem Fenster miteinander geredet. Aber es gab keine Sitzgelegenheiten, also habe ich ihnen Stühle angeboten. Aber sie wollten keine. Ob Sie es glauben oder nicht, die haben zu viert vier Stunden in diesem Keller gestanden und sich irgendetwas erzählt.« Sie schüttelte den Kopf und lachte hell auf.

»Können Sie sich daran erinnern, was vorher los war? Und können Sie sich daran erinnern, von welchem Geheimdienst diese Leute waren?«

»Also, ich denke, es war der Bundesnachrichtendienst. Sven war vorher mit seinem Kumpel Dr. Kanter in Wien gewesen. Vierzehn Tage lang. Und sie hatten, das weiß ich sicher, irgendwelche Wirtschaftsbosse aus dem Ostblock getroffen. Sven war damals ganz begeistert von den Geschäften, die sie angeleiert hatten.«

»Wissen Sie, ob unter den östlichen Wirtschaftsbossen, die sie trafen, auch ein Doktor Bleibe aus Chemnitz war?«

»Aber ja. Das weiß ich deshalb, weil Sven irgendwann aus dem Keller heraufkam und ganz nervös nach einer kleinen Tonbandkassette suchte, die Dr. Bleibe ihm in Wien gegeben hatte. Er fand sie und verschwand wieder im Keller.«

»Kamen solche Treffen häufig vor?«

»In unserem Haus nicht. Vielleicht zwei-, dreimal im Jahr. Aber ich weiß, dass Sven diese Leute relativ oft traf. Glauben Sie denn, dass er irgendetwas Unrechtes angestellt hat?«

»Nein, das glaube ich nicht, dazu gibt es bis jetzt keinen Anlass. Ich glaube eher, dass Ihr Mann von allen möglichen Seiten ausgenutzt wird. Wahrscheinlich ist er der ideale Wasserträger.«

»Was ist das?«

»Nun, das ist jemand, der Botschaften übermittelt, Akten transportiert, immer genau die Hälfte weiß und ständig eingetrichtert bekommt, dass das, was er tut, höchst wichtig für den Erhalt des Staates ist.«

»Also auch jemand, den man schnell opfern kann, nicht wahr?«, fragte sie hellsichtig.

»Ja. Und ich glaube, die Zeit des Opfers ist jetzt gekommen.«

»Kann man das verhindern?« fragte sie schnell.

»Sie lieben ihn noch, nicht wahr?«

»Na sicher.« Sie begann zu weinen. »Wissen Sie, ich glaube, er liebt uns auch. Und immer denke ich: Lieber Gott, lass Schluss sein mit dieser gottverdammten Arbeit für Vater Staat. Lass ihn zurückkommen! Er kann von mir aus eine Kneipe aufmachen oder Versicherungen verkaufen oder was weiß ich. Er kann alles machen, nur nicht diese scheißpolitischen Spielchen.« Sie stand auf, suchte herum, fand ein Taschentuch und schnäuzte sich geräuschvoll.

»Haben Sie ein Tagebuch geführt?«, fragte ich.

»Nur die Zeit, in der die Ehe kaputtging. Das war so 1986 bis 1988. Wir konnten nichts mehr dagegen machen. Er war so erschöpft, dass er sechs Monate lang nicht zu mir ins Bett kam. Er war kaputt. Na sicher, die anderen kannten ihn als den, der immer scharf auf hübsche Blondinen war. Aber das

239

war seine Maske. Ich weiß noch, dass wir mal neu anfangen wollten und er sagte: ›Neuanfang ist nicht, ich bin impotent!‹ Er war es wirklich.«

»Wir müssen jetzt schnell sein«, sagte ich. »Werden Sie Zeit haben, sich über das Tagebuch zu setzen und genau aufzulisten, wo Ihr Mann wann mit wem war? Glauben Sie, dass Sie das rekonstruieren können? Schnell?«

»Wie schnell?«

»Schlafen Sie jetzt nicht mehr. Machen Sie sich literweise Tee und Kaffee, benutzen Sie die Nächte, schreiben Sie alles auf, erinnern Sie sich an Szenen, an Geheimdienstfritzen, an Verfassungsschützer. Machen Sie eine Liste. Haben Sie jemand, der sich um die Kinder kümmern könnte?«

»Da ist eine Abiturientin im Nebenhaus«, sagte sie zögernd.

»Heuern Sie sie an. Hauptberuflich. Ich bezahle. Ist das okay?«

»Und werden Sie nichts gegen ihn schreiben? Und werden Sie nicht morgen in irgendeinem Scheiß-Revolverblatt ...«

»Werde ich nicht. Ich kann Ihnen schriftlich geben, dass Sie das Manuskript vorher lesen. Ich muss weg, ich habe viel zu tun.«

»Was kann ich der Kleinen anbieten?«

»Wie bitte?«

»Na ja, ich meine die Abiturientin ...«

»Ach so. Bieten Sie ihr zehn Mark die Stunde rund um die Uhr, und zeitlich unbegrenzt, bis Sie fertig sind. Ich lasse Ihnen das Geld für zwanzig Stunden hier. Okay?«

»Okay. Und glauben Sie, er wird ...«

»Wir schaffen es, wenn wir schnell sind. Jetzt zum Abschluss die wichtigste aller Fragen. Stellen Sie sich vor, Ihr Mann wird von den Untersuchungsbeamten entlassen. Stellen Sie sich vor, dass er genau weiß, wie gefährdet er ist. Wir wissen zwar nicht, durch wen ihm Gefahr droht, aber

240

nehmen wir an, da läuft jemand herum, der nach ihm sucht, um ihn zu töten. Ihr Mann kann also nicht in seine Wohnung gehen, er kann auch nicht hierher kommen. Wissen Sie, wo Sie persönlich ihn in diesem Fall suchen würden?«

Sie kratzte sich an der Stirn und verzog das Gesicht. »Auf Anhieb würde ich sagen: Bei Marga. Aber das ist wahrscheinlich doch zu gewagt. Oder nein, warten Sie, Marga ist wahrscheinlich richtig.«

»Und wer bitte ist Marga?«

»Eine Puffmutter, oder sagen wir mal eine Gastwirtin. Also Marga ist eine Frau mit Haaren überall, den meisten davon auf den Zähnen. Sie sagt von sich selbst, sie sei eine ganz wilde Pflaume. Wenn die Gäste dann schockiert sind, sagt sie hämisch: ›Meine Haarfarbe heißt wilde Pflaume!‹ Sie hat mal einen Puff in Köln geführt, und sie hat genug Geld gespart, um sich eine Kneipe zu kaufen. Die liegt im Naturpark Bergisches Land. Sie fahren über Bonn, St. Augustin auf die 56 nach Much. Von Much aus geht es zur Drabenderhöhe. Dann rechts Richtung Herferath. Und an dieser Straße steht ein Schild, ein Riesenschild mit einem schwarzen Pfeil. ›Waldeslust‹ steht drauf. Dann sind Sie bei Marga. Sven hat mit Marga nie etwas gehabt, die mögen sich einfach, das sind richtige Kumpel. Ich wette, er geht dorthin. Die hat nämlich auch ein paar Zimmer für harte Jungens, die mal Urlaub machen müssen, wenn die Bullen ins Haus stehen. Natürlich weiß kein Mensch von den Zimmern, außer denen, die drin leben. Und ... können Sie ein bisschen auf Sven aufpassen? Er ist doch so ein verrückter Typ.«

»Ich versuche es«, versprach ich.

Ich stand auf und ging hinaus in die Sonne. Die Kinder spielten noch immer in ihrem Sumpf und waren selig darin versunken, im Matsch und in ihren Träumen.

Ich fuhr weiter nach Meckenheim und versuchte, den Pförtner in dem Glaskasten vor dem Bundeskriminalamt dazu zu überreden, Müller anzurufen.

Der Pförtner zierte sich und sagte, dazu habe er so ohne weiteres keine Befugnis. Ich ließ mich nicht auf einen Streit ein und fuhr nach Meckenheim hinein. Dort rief ich Müller aus einer Telefonzelle an:

»Kann ich Sie sofort sprechen?«

»Wir machen einen Spaziergang«, entschied er schnell. »Seien Sie in fünf Minuten auf der Fußgängerbrücke über die Autobahn. Wir besichtigen den deutschen Wald.«

Er kam in einem Fiat-Sportwagen, der feuerrot und voller Beulen war. Er fragte: »Waren Sie bei Sauters Frau?«

»Ja. Und sie sagt, Sauter habe dauernd etwas mit Geheimdienstleuten gehabt.«

»Das deckt sich mit meinen Erfahrungen und Vermutungen. Sie haben ja schon einmal darauf hingewiesen, dass möglicherweise der Bundesnachrichtendienst in dem Fall steckt. Ich konnte das nicht glauben. Jetzt glaube ich es fast, weil die uns erstens geraten haben, Sauter schnellstens wieder in die freie Wildbahn zu entlassen. Ferner haben sie behauptet, Sauter sei ungeheuer wichtig für sie, also unantastbar. Ich habe genug gegen gefragt, wieso er wichtig ist, aber sie verweigern jede Auskunft, sie werden schwammig. Er muss irgendetwas mit dem BND zu tun gehabt haben.«

»Jahrelang, behauptet seine Frau. Jahrelang und dauernd. Glauben Sie denn, dass der BND mit der Sprache rausrücken wird, wenn Sie die Sache auf höchster Chefebene angehen?«

Er schüttelte den Kopf. »Nicht zum Verrecken. Die werden zuklappen wie eine Auster. Sie werden sich schon deshalb tot stellen, weil es für sie peinlich werden könnte.«

»Will Sauter denn fortgeschickt werden?«

»Natürlich. Und wir haben ja auch eigentlich kein Recht mehr, ihn zu behalten. Er schreit schon Zeter und Mordio.«

»Hat das Frettchen ausgesagt?«

»Nein. Aber einer der besten Strafverteidiger der Bundesrepublik hat bereits Laut gegeben. Wer ihn bezahlt, wissen wir nicht, noch nicht.«

»Mit welchem Kaliber ist denn Vera erschossen worden?«

»Damenkaliber, ganz klein und herzig. Und sie war es tatsächlich, die mit dem toten Volker geschlafen hat. Und sie haben auch im Bett der Gütt gelegen. Jetzt raus mit Ihrem Motiv. Sie haben es versprochen.«

»Ich erinnere mich, dass Günther Schulze gesagt hat, auch Amerikaner, Japaner und Schweizer hätten Wirtschaftsgeheimnisse kaufen wollen. Erinnern Sie sich? Nehmen wir einmal an, die Gruppe wollte weiterarbeiten, ihren Markt ausdehnen. Nehmen wir weiter an, dass Volker als Steuermann der Gruppe damit nicht einverstanden war. Nehmen wir an: Er kam aus Chemnitz hierher, um die Gruppe schlafen zu legen, auszuschalten. Nehmen wir an, die Gruppe war nicht einverstanden, denn sie wollte endlich viel Geld verdienen. Sie musste ihn also umlegen. Die Frage ist nur: Wer legte ihn um?«

»Na, die Vera schlief mit ihm und tötete ihn«, sagte er.

»Falsch«, widersprach ich. »Vera hätte die Leiche niemals in den Windbruch tragen können. Sie brauchte dazu einen kräftigen Mann.«

»Dann half ihr eben Sahmer«, sagte er.

»Das ist möglich. Aber wer erschoss dann Sahmer? Und vergessen Sie nicht: Eigentlich kann Vera diesen Volker gar nicht erschossen haben, und sie kann eigentlich auch vorher gar nicht mit ihm geschlafen haben.«

»Wieso denn ...« Er war erschöpft, er wollte nicht mehr denken.

243

»Ganz einfach«, sagte ich. »Vera war zum Zeitpunkt des Todes von Volker auf einem Physiker-Kongress in Wiesbaden. Erinnern Sie sich? Da Sie jedoch, sehr geehrter Herr Kriminaldirektor, beweisen können, dass Vera eben doch mit Volker schlief, und da Sie sogar beweisen können, dass das im Bett der Clara Gütt passierte, muss man die Dinge ein wenig hin und her schieben, um Klarheit zu erlangen. Lassen Sie Sven Sauter laufen.«

»Ungern«, brummte er.

»Können Sie ihn zu dem Zeitpunkt auf die Straße schicken, wenn ich es sage?«

»Sie wollen sein Babysitter sein, nicht wahr?«

»Genau.«

»Baumeister, ich habe eine Bitte: Zeigen Sie mir das Manuskript, bevor es gedruckt wird?«

»Sowieso. Lassen Sie ihn dann raus, wenn ich pfeife?«

»Gut«, sagte er. »Aber Sie wissen: Wenn jemand Sven Sauter töten will, kann er locker nebenbei auch Sie erwischen.«

9. Kapitel

In jeder Geschichte kommt der Punkt, an dem du genau weißt: Es geht dem Ende zu. War es eine Liebesgeschichte, bist du traurig, erschrocken und stumm. Wenn es wie hier eine Geschichte um Brutalität und Totschlag war, fragst du dich, ob du denn am Ende wissen wirst, wer welche Rolle spielte, wie die Motive aussahen, warum das alles so geschah, wer eigentlich was genau getan hat.

Auf der Heimfahrt von Meckenheim in die Eifel geriet ich in Angst, weil es mir plötzlich unmöglich erschien, die Fragen zu beantworten, die diese Geschichte aufwarf. Es war einfach festzustellen, dass das Frettchen die junge Frau Schulze erschossen hatte. Aber würde es möglich sein, jemals das Motiv herauszufinden? Wer hatte diesen gänzlich unsinnigen Auftrag erteilt? Warum war Volker wirklich erschossen worden? Warum Sahmer? Warum hatte dann Lippelt daran glauben müssen? Ausgerechnet Lippelt, der sicher nichts anderes gewesen war als ein Hausmeister und Aushilfsarbeiter, jemand, der nicht wirklich hinderlich sein konnte, jemand, der vom tatsächlichen Hintergrund der Geschichte kaum etwas wissen konnte.

In der Gegend von Ahütte streikte das Käfer-Cabrio und ließ mich mit einem eindeutig verächtlichen Geräusch im Stich. Es dauerte eine Weile, ehe ich begriff, dass die Tankanzeige zwar auf halbvoll stand, aber kein Tropfen Benzin mehr im Tank war. Ich wartete, bis ein Bauer vorbeituckerte und sich bereit erklärte, mir einen kleinen Kunststoffkanister voll Sprit zu bringen.

Auf einer wilden Malve saßen zwei kleine Füchse, und ein Tagpfauenauge taumelte um sie herum. Dann kam ein

Bläuling, und etwas abseits schoss ein Kohlweißling durch die Luft. Es war heiß, es war friedlich, und ich hoffte, der Bauer werde nie mehr zurückkehren.

Er kehrte zurück und wollte die fünf Liter nicht einmal bezahlt haben. Er lächelte: »Das nächste Mal erwischt es mich.«

Ich fuhr nach Hillesheim, gab den Wagen zurück und ließ mich dann von einem Taxi auf den Hof bringen.

Anni hockte auf einem Küchenstuhl neben dem Hauseingang in der Sonne und putzte Stangenbohnen. »Es gibt Bohnen, Kartoffeln und Hammelfleisch«, erklärte sie resolut, als gebe es nichts Wichtigeres auf der Welt.

»Wo ist Clara?«

»Sie liegt auf dem Sofa. Sie taugt nichts mehr, sie heult die ganze Zeit. Und selbstverständlich will sie nur von dir getröstet werden.«

»Warum bist du so bissig?«

»Weil ich finde, sie könnte sich entschließen, endlich erwachsen zu werden.«

»Das ist in manchen Fällen sehr schwer.«

»Das schon«, gab sie widerwillig zu. »Was war los? Was hast du erfahren?«

Ich erzählte es ihr.

»Das heißt, du willst diesen Sauter als Lockvogel benutzen, um abzuwarten, was passiert?«

»So in etwa.«

»Und wenn er dir entkommt, oder wenn du ihn verlierst? Und wenn er getötet wird?«

»Hör mit diesen Fragen auf, ich kann sie ohnehin nicht beantworten. Wir müssen es versuchen, wir haben gar keine andere Wahl.«

»Ich frage mich, ob es so wichtig ist, genau herauszufinden, was wirklich war. Fünf Tote reichen doch, oder?«

Ich sah sie an: »Für eine Kriminalkommissarin ist das aber eine merkwürdige Einstellung.«

»Nicht unbedingt«, murmelte sie. »Ich erinnere mich an die Jahre nach 1933. Da hatte ich zuweilen mit sehr merkwürdigen Mordfällen zu tun. Es gab Leichen, aber es gab höchst selten einen Mörder. Und wenn ein Mörder überführt war, gab es keine Leichen mehr. Verstehst du?«

»O ja, ich verstehe dich gut.« Ich ging ins Haus und stellte mich unter die Dusche.

Anni hatte auf Anhieb die schwierigste Frage des Falles angesprochen: Was geschah, wenn die Beteiligten auf der höchsten Ebene einfach schwiegen? Die Darstellung des Falles war ganz simpel: Ein höchst erfolgreicher kleiner Spionagering in der Wirtschaft wird durch das politische Wunder der Wiedervereinigung außer Kraft gesetzt. Irgendeiner aus diesem Zirkel verliert die Nerven und tötet. Das hat zur Folge, dass wiederum ein anderer Mensch ebenfalls die Nerven verliert und seinerseits tötet. War es so?

Warum, lieber Baumeister, ist es denn so wichtig herauszufinden, wer der erste Mörder war, wer der zweite, wer der dritte? Herr Baumeister, wir haben in diesem Fall jede Menge Brutalität, schreckliche Dinge, vor denen wir die Öffentlichkeit bewahren müssen. Jetzt kann wohl niemand mehr morden, weil alle Beteiligten oder fast alle getötet worden sind. Warum, lieber Baumeister, wollen Sie denn weiterwühlen? Ist das denn nicht die Befriedigung der eigenen verdeckten Aggressionen? Es reicht doch wirklich zu wissen, dass jemand mordete, den wiederum ein anderer ermordete. Baumeister, ich mache Sie darauf aufmerksam, dass wir bestimmte definitive, endgültige Aussagen niemals bekommen werden, weil die, die wir fragen müssten, tot sind. Weshalb also diese Dreckwühlerei? Wir leben ohnehin

247

in sehr schwierigen Zeiten. Afrika kocht, der Nahe Osten kocht, die ehemalige Sowjetunion ist kurz vor der Explosion, mit dem Vereinten Europa klappt es vorne und hinten nicht, die fünf neuen Länder im Osten kosten wahnsinnig Geld, die Steuern platzen aus den Nähten. Warum um Gottes Willen, müssen Sie angesichts all dieser Schwierigkeiten weiterhin im Schlamm dieses vergleichsweise kleinen Falles herumwühlen, der sich nur unter extremen Ausnahmebedingungen entwickeln konnte? Dieser Fall, Herr Baumeister, ist doch kein Spiegelbild des zu Arbeit, Anstrengung und Vernunft hoch motivierten deutschen Bürgers. Der Bürger, Herr Baumeister, hätte für so eine journalistische Arbeit auch kein Verständnis. Der Bürger hat ganz anderes im Sinn – seine Familie, sein Vorwärtskommen. Lassen Sie die Toten ruhen, Baumeister, machen Sie stattdessen eine Reportage, wie phantastisch es trotz allem in den fünf neuen Bundesländern aufwärts geht.

Clara machte die Badezimmertür auf und fragte: »Wir hatten etwas miteinander, Baumeister. Kannst du mir sagen, ob wir immer noch etwas miteinander haben?«

»Ich weiß es nicht. Ich bin zu, ich bin dicht. Ich kann dazu jetzt nichts sagen.«

»Du weichst aus.« Ihr Gesicht war ganz rot.

»Ich weiche nicht aus. Ich habe einfach keine Luft mehr für Probleme aller Art.«

»Lieber Himmel«, schrie sie fast, »wieso weicht ihr Machos immer aus, wenn man Hilfe braucht?«

»Ich bemühe mich, keiner zu sein. Und ich bin auch nicht ihr Machos, ich bin Baumeister. Du kannst auf meine Hilfe rechnen, wenn diese Geschichte den Bach runter ist, wenn die Akte geschlossen wird.«

»Bis dahin bin ich verrückt geworden«, sagte sie leise.

»Bist du nicht. Vielleicht übersiehst du die Tatsache, dass sehr viele Menschen die kleine Welt, in der wir leben, genausogut zu kennen scheinen wie ihre Hosentasche. Tatsächlich kennen sie die kleine Welt aber nicht, gar nicht. Du bist kein Einzelfall, du hast nur sehr schnell begreifen müssen, dass ...«

»Du redest wie ein Pfarrer, Baumeister.«

»Stimmt, entschuldige. Ich kann jetzt nicht helfen, ich muss arbeiten.«

»Schreibst du diese Geschichte?«

»Das kann ich noch nicht. Ich denke, wir erleben jetzt den Endspurt!«

»Kann ich dabei sein?«

»Nein, kommt nicht in Frage, ist zu gefährlich.«

»War es eigentlich Lippelt, der uns im Auto beschossen hat?«

»Das kann sein. Aber der ist tot, er kann uns keine Auskunft mehr geben. Und es gab mindestens zwei von diesen Yamaha Genesis. Mich würde nicht wundern, wenn es sogar drei oder vier gibt!«

»Was machst du jetzt?«

»Nachdenken, ausruhen, etwas essen, gammeln. Eigentlich habe ich die Nase voll, eigentlich will ich den Fall gar nicht mehr.«

»Und was mache ich?«

»Du wirst dich ausruhen, dir einen neuen Job suchen, Erfahrungen mit dir selbst machen, etwas Neues zimmern. Denke ich.«

»Was ist mit uns, Baumeister?«

»Freunde, wir sind auf jeden Fall gute Freunde. Du kannst herkommen und dir die Eifelsonne auf den Bauch scheinen lassen oder im Winter vor dem Kamin hocken.«

»Was ist mit uns, habe ich gefragt?«

»Ich weiß es nicht, Clara, ich weiß es wirklich nicht.«

Sie nickte, drehte sich herum, ging den Flur entlang und hielt den Kopf gesenkt. Mir war sehr elend zumute.

Ich ging zu Anni. Ich fragte: »Sag mal, wenn wir diesen Bauernhof erben, dann kann dort ein anderer so lange nicht glücklich arbeiten, wie er von uns weiß, oder?«

»Richtig, mein Junge. Wir blockieren ihn mit diesen verdammten Erbscheinen.«

»Was schlägst du vor?«

»Na ja, ich dachte, wir fahren mal hin, sehen uns das an, sehen uns vor allem die Leute an, die dort arbeiten. Und wenn sie uns gefallen, schenken wir ihnen den ganzen Quatsch. Wir könnten ja auch darum bitten, dass sie uns ein Zimmer einrichten. Zum Ferienmachen, oder so.«

»Und wenn die Leute uns nicht gefallen?«

»Dann schenken wir ihnen das Ding trotzdem und verzichten auf die Zimmer.« Sie grinste wie ein gutmütiger Drache.

»Du bist ein wahres Schätzchen.«

»Nein, ich bin eine alte Frau mit Rheuma, Gicht und Ischias und vielen kleinen Wehwehchen.«

»Weißt du eigentlich genau, warum mein Vater dich nicht geheiratet hat?«

Sie war eine Weile wie erstarrt. »Genau weiß ich es nicht. Ich nehme aber an, ich war eine viel zu bequeme Frau.«

Ich ging in den Garten und legte mich unter die große Birke, die ich genau vor acht Jahren als ganz kleinen Strauch am Nürburgring ausgegraben hatte. Sie war längst über das Dach hinausgewachsen und rauschte jetzt sanft im Westwind. Krümel kam angesprungen, setzte sich auf meinen Bauch und schnurrte. Das war so meine kleine Welt, und es war mir schnurzegal, ob jemand sie spießbürgerlich oder miefig nannte.

Meine Ruhe währte nur fünf Minuten, dann kam Anni um die Ecke, in der rechten Hand ein mächtiges Stück Schinkenspeck. Sie sagte: »Da will dich jemand am Telefon.« Und mit einem Blick auf den Schinkenspeck: »Das gehört unbedingt zu frischen Bohnen.«

Es war eine Frauenstimme, die kühl sagte: »Moment, ich verbinde.« Dann war Müller da. »Ich denke, es ist das Beste, wenn wir Sven Sauter im Morgengrauen an die frische Luft setzen. Er wird entgegen jeder Regel um Punkt sechs Uhr aus dem Rheinbacher Gefängnis kommen. Dort haben wir ihn nämlich aus Sicherheitsgründen verhört. Soweit ich herausfinden kann, hat er keinerlei erkennbare Probleme, und er scheint auch genau zu wissen, wohin er gehen will. Er sagt, er wollte nichts als ein Taxi. Den Umständen nach wird er zunächst in seine Wohnung nach Leverkusen fahren, um dort etwas frische Wäsche zu holen. Aber er braucht auch Geld, denn er hat keins mehr bei sich. Da er aber über eine Euro-Card verfügt, kann er sich Geld an jedem Automaten ziehen. Selbstverständlich haben wir ihm angeboten, irgendjemanden über seine Entlassung zu informieren. Wir haben gesagt, er kann anrufen, wen er will. Er hat sogar ein eigenes Telefon in seinem Zimmer. Aber: Er benutzt es nicht. Das deutet darauf hin, dass er nicht will, dass jemand davon erfährt.«

»Wie viele Leute setzen Sie selbst auf ihn an?«

»Vier Gruppen. Eine vor ihm, eine hinter ihm, eine in ständiger Rufweite zum Eingreifen. Die vierte Gruppe wird im Hintergrund bleiben. Meine Leute werden jeden persönlichen Kontakt vermeiden.«

»Glauben Sie, dass er seinen eigenen Wagen benutzen wird?«, fragte ich.

»Er ist ein Schlitzohr. Er wird zunächst so tun, als nehme er den eigenen Wagen. Aber er wird darauf verzichten, weil er genau weiß, dass damit seine Identifizierung leichter wird. Aber was er unternimmt, wissen wir nicht.«

»Glauben Sie an andere Beschattergruppen?«

Er lachte. »Das kann sein. In Rheinbach ist ein Auto des BND gesichtet worden.«

»Wie komme ich im Zweifelsfall an Sie heran?«

»Über den Bereitschaftsdienst hier in Meckenheim. Sagen Sie Herbstrose.«

»Ist das Ihr Deckname?«

»Nein, das ist der Code für diese Operation. Hübsch, nicht wahr?«

»Ihr Geheimen seid verrückt. Drücken Sie mir die Daumen.«

Dann rief ich Sauters Frau an. »Ich will wissen, ob Ihr Mann ein Draufgängertyp ist.«

Sie zögerte. »Das kommt darauf an. Wenn es wichtig ist, wird er direkt losgehen, keine Umwege machen. Aber es kommt eben drauf an.«

»Nehmen wir an: Er muss etwas wissen, weil es für seine Existenz wichtig ist. Nehmen wir weiter an, dass nur ein Mann ihm seine Antwort geben kann. Wird er direkt zu diesem Mann fahren? Oder wird er versuchen, sich mit ihm irgendwo zu treffen?«

»Normalerweise wird er direkt hingehen. Aber was ist denn los?«

»Das würde jetzt zu lange dauern. Nehmen wir an, er traut diesem Mann nicht. Wird er dann auch hingehen?«

»Nein, dann wird er versuchen, ein Treffen zu arrangieren.«

»Danke.« Ich rief Müller an. »Noch ein wichtiger Hinweis fiel mir ein. Lassen Sie bitte sofort Dr. Bleibe in Chemnitz und Dr. Kanter in Düsseldorf überwachen.«

Er kicherte. »Sehr gut, mein Lieber. Aber das tun wir bereits. Sie meinen, Sauter wird versuchen, sich mit denen zu treffen?«

»Er wird es nicht versuchen. Er muss es, um zu überleben.«

»Kann ich sonst noch etwas tun?«

»Ja. Aber ich wage kaum, darum zu bitten. Könnten Sie das Frettchen nicht mit irgendeiner Begründung freilassen?«

Er schwieg einen Moment. »Der Mann heißt Hanswalter Jendra. Nein, kann ich nicht. Sie meinen, um herauszufinden, wer den Auftrag gab, Günther Schulzes Frau zu töten?«

»Nein, um herauszufinden, wer den Auftrag geben wird, Sven Sauter zu erschießen.«

»Sie meinen, das wird geschehen?«

»Ja. Unter allen Umständen. Dieses Frettchen, dieser Jendra, war der offiziell Mitglied einer Gruppe?«

»Ja, er gehörte zu den Leibwächtern von Bleibe in Chemnitz. Und nach dem wenigen, was er sagt, ist die Truppe ungefähr acht Leute stark gewesen. Zuweilen hätten sie sogar für Kanter gearbeitet. Vorher für die Stasi. Aber alles legal.« Er lachte.

»Das reicht mir. Ich melde mich.«

»Hoffentlich«, murmelte er, »hoffentlich.«

Ich stellte mir vor, wie es ablaufen könnte: Da kommt Sauter aus Rheinbach, setzt sich in ein Taxi und lässt sich nach Leverkusen fahren. Unterwegs wird er halten, an irgendeinen Geldautomaten gehen. Dann weiterfahren zu seiner Wohnung. Das Taxi warten lassen? Wahrscheinlich nicht. Er wird in seiner Wohnung verschwinden. Um zu telefonieren? Um ein paar Socken, Unterhosen und Hemden einzupacken? Wahrscheinlich.

Ich würde in meinem Wagen warten. Mit mir sicherlich zwei oder drei Wagen des Bundeskriminalamtes, wahrscheinlich auch zwei oder drei Wagen mit Fahndern des Bundesnachrichtendienstes. Zu allem Überfluss wahrscheinlich irgendwelche Leute vom Verfassungsschutz, die sich spätestens jetzt in die Geschichte einklinken. Also eine Karawane von sechs bis acht Fahrzeugen, auf Sven Sauters Spur. Das war nicht mein Weg.

Ich hatte nur den Namen Marga. Es blieb mir nichts anderes übrig, als hundert Prozent auf diese unbekannte Marga zu setzen.

Anni kam herein. »Lass uns essen. Wann musst du weg?«

»Ich fahre bald. Ich muss mich einrichten.«

»Was meinst du damit?«

»Ich muss mich dort, wo ich Sven Sauter zu finden hoffe, erst mal umsehen.«

»Clara! Komm essen, Kind. Du fällst mir sonst vom Fleisch.«

»Ich habe keinen Hunger«, kam es von oben.

»Du kommst jetzt essen. Keine Widerrede!«

Wir aßen schweigend, weil Clara feindselig war, weil Anni sich nichts draus machte, und weil ich überlegte, wieviel Zeit ich brauchen würde, das Gelände zu erkunden.

»Ist der neue Wagen da?«

Anni nickte. »Er steht in der Garage. Der Mann, der ihn abgeliefert hat, sagte, er sei voll getankt. Und du sollst irgendwie, na ja, du sollst die ersten tausend Kilometer nicht gar so schnell fahren, oder irgendetwas in der Art. Der Wagen ist rot.«

»Sagtest du rot?« fragte ich ungläubig. »Ich will keinen roten! Ich will einen smaragdgrünen!«

»Aber der Verkäufer sagt, er hat keinen.«

»Na, macht auch nichts.«

Clara brach ihr Schweigen. »Wohin geht denn die Reise?«

»Wenn ich Glück habe, treffe ich Sauter.«

»Wieso? Weiß er nicht, dass du kommst?«

»Nun frag doch nicht immer, Mädchen«, mahnte Anni. »Halt dich besser raus.«

254

»Ich gehe morgen nach Düsseldorf«, sagte Clara trotzig.

»Dann tu das«, meinte Anni unnatürlich sanft. Sie hatten sich nicht gerade zum Fressen gern.

Die Sonne war ein großer roter Ball, und über den Hügeln oben am Sportplatz jubelten noch die Lerchen. Ich dachte daran, dass es gut sein würde, Margas ›Waldeslust‹ bei vollem Betrieb zu erleben. Also flüsterte ich Anni zu: »Ich haue ab«, und verzog mich, nachdem ich zwei Wolldecken in den neuen Wagen geworfen hatte.

Ich fuhr über Ahütte und Adenau in das Ahrtal hinein und ließ mich langsam talwärts treiben, bis ich hinter Altenahr quer über die Kalenborner Höhe auf Bonn zufahren konnte. Es war ein wunderbarer warmer Abend, und vor den meisten Kneipen hockten die Menschen auf der Straße und tranken friedlich ihr Bier.

Südlich von Troisdorf nahm ich die 56 und fuhr über Neunkirchen und Seelscheid nach Much und zur Drabender Höhe. Dann ging es scharf rechts nach Marienberghausen und Hefterath. Dann ein Schild: ›Waldeslust‹. Darunter stand ›Kneipe und Restaurant‹. Mir waren die letzten zehn Kilometer nicht mehr viele Autos begegnet. Umso erstaunter war ich, als ich sah, dass der sehr große Parkplatz vor dem Haus absolut voll war. Ich zählte die Wagen. Es waren sechsundfünfzig, die weitaus meisten mit Bonner und Siegburger Kennzeichen. Es war ein altes Haus, und vermutlich hatten einmal Waldbauern darin gewohnt. Möglicherweise war es auch ein Forsthaus gewesen, über dem Eingang hing jedenfalls das obligate Hirschgeweih. Mit viel Sinn für das Althergebrachte hatte man das Haus renoviert und dabei nicht allzusehr verschandelt. Rechts neben dem Eingang war der Kasten mit der Speisekarte. Bei Marga kostete das Wiener Schnitzel mit Pommes frites nicht mehr als vierzehn Mark,

255

aber wer isst schon Wiener Schnitzel? Auf dem Fuß der Speisekarte stand in winzigen Buchstaben: ›Inhaber: Marga Heimeran‹.

Also auf in den Kampf.

Die Kneipe war groß, die Beleuchtung kam aus sehr intim wirkenden, bis fast auf die Tische heruntergezogenen flachen Keramiklampen. Der Laden dieser Marga war randvoll, und das Gewirr der Stimmen wirkte anregend und fröhlich.

Es fiel sofort auf, dass die Bedienung ausschließlich aus hübschen jungen Frauen bestand, die in sehr züchtig wirkenden, hochgeschlossenen Kleidern steckten. Sie rannten lächelnd mit vollen Tabletts durch die Tischreihen, sie schufteten richtig.

Ich suchte nach Marga und fand sie hinter der voll besetzten Bar an der Kasse. Zumindest tippte ich darauf, dass nur diese Frau Marga sein konnte. Sie war groß und schlank und trug ein enges, golden glitzerndes Kleid, das bis unters Kinn geschlossen war. Ihre fast weißblonden Haare waren hochgetürmt, ihr Gesicht schmal, ein wenig kantig und sicherlich schön zu nennen. Ihre Augen waren hart wie Kieselsteine, aber groß und blau.

Ich ging an die Bar und fragte der Einfachheit halber direkt in ihr Gesicht: »Sind Sie Marga?«

Sie lächelte, nickte und fragte: »Wieso?«

»Weil mir gesagt wurde, Ihr Laden hier sei klasse.«

»Ist er klasse?«

»Das will ich herausfinden«, sagte ich. »Ich hätte gern einen Kaffee.«

»Marschiert schon«, sagte sie und hatte sofort das Interesse an mir verloren. Sie wandte sich einer Gruppe von drei äußerst eleganten jungen Männern zu, die Goldkettchen und Rolex am Handgelenk trugen und sich laut dreckige Witze

256

erzählten. Es geht eben nichts über eine solide berufliche Ausbildung.

Ich bekam meinen Kaffee von einer wesentlich unattraktiveren pummeligen Rotblonden, die affektiert: »Bitte, Sir« sagte.

Ich suchte eine Treppe in das Obergeschoss, sah aber keine. Ich machte einen Ausflug auf die Toiletten. An denen ist immer erkennbar, wie gut ein Restaurant geführt wird. Marga führte ein gutes Haus. Auch auf dem Weg zu den Toiletten sah ich keine Treppe nach oben. Auf einer schmalen Tür stand ›Privat‹. Möglicherweise war das der Weg in das Obergeschoss.

Ich ging zurück, trank meinen Kaffee aus, zahlte und ging hinaus. Ich umrundete das Haus zweimal und prägte mir die Lage der Fenster genau ein. Es musste nach diesen Fenstern zu schließen in einem Raum hinter der Bar eine Treppe nach oben geben.

Ich ging wieder hinein und bat eine Bedienerin um einen Platz an einem Tisch. »Ich möchte essen«, sagte ich.

Sie sah sich um, ging dann auf ein älteres Ehepaar zu, das an einem Vierertisch saß, und sprach leise mit ihnen. Dann sagte sie: »Sie können bei den Herrschaften Platz nehmen.«

»Danke sehr«, sagte ich und setzte mich.

Der Mann lächelte mir freundlich zu. »Wir essen hier oft, es ist prima hier. Mein Sohn und seine Familie kommen auch immer.«

»Unser Sohn ist Regierungsrat in Bonn«, sagte die silberhaarige Dame und lächelte leicht. »Er hat einen schweren Beruf, und er braucht so ein Lokal, in dem man gut und diskret essen kann.«

»Das glaube ich«, sagte ich und versuchte auch zu lächeln. Die Bedienerin legte eine in Leder gebundene Karte vor mich hin.

Ich schlug sie nicht auf, ich sagte: »Ich hätte gern ein Schweinesteak, rosa. Mit grünem Pfeffer und frischer Ananas.«

»Selbstverständlich. Und vorher einen Drink?«

»Kaffee.«

Die silberhaarige Dame sagte immer noch lächelnd: »Man erkennt gleich, wer etwas vom Essen versteht.«

Ich lächelte ihr zu, und ihr Mann sagte: »Mein Sohn sagt immer, er würde die wirklich Gebildeten an dem erkennen, was sie essen.«

»Ihr Sohn hat sicherlich Recht«, meinte ich freundlich.

»Mein Sohn«, sagte die silberhaarige Dame, »ist der Meinung, dass nur der in der Welt herumgekommen ist, der Fleisch grundsätzlich mit Früchten isst. Wenn es Ananas ist, liebt er frischen Geschmack, wenn es Avocados sind, mag er lieber Herbes und Wild. Mein Sohn sagt ...«

»Entschuldigen Sie«, sagte ich, »aber dürfte ich um Pfeffer und Salz bitten?« Wahrscheinlich arbeitete ihr Sohn im Ernährungsministerium. Gibt es so etwas?

Der ältere Mann reichte mir das Set. Ich schüttete ein wenig Salz auf die Hand und leckte daran. »Meersalz«, sagte ich. »Wer etwas vom Essen versteht, nimmt grundsätzlich Meersalz.«

»Köstlich«, sagte der Mann, »wirklich köstlich.«

»Amüsant!«, pflichtete ihm die Frau bei.

»Notfalls kann ich ein Eifelschwein von Hunsrückschweinen unterscheiden«, sagte ich.

»Wie machen Sie denn das?«, fragte der Herr verblüfft.

»Ich schaue nach den Stempeln auf ihren Arschbacken«, sagte ich mit ernster Miene.

Er hatte plötzlich das Gesicht eines Karpfens und prustete dann los. »Köstlich. Meine Liebe, hast du das gehört? Das erzähle ich meinem Sohn.« Er war mit Sicherheit der Typ, dem ich auch eine runterhauen konnte und der sich trotzdem dafür entschuldigen würde, dass er mir zu nahe gekommen war. So ergab ich mich in mein Schicksal und ließ ihr freundliches Geplapper über mich ergehen, bis ich fertig war.

Dann zahlte ich und behauptete, meine Frau warte auf mich. Ich fand Margas Laden wirklich gut, aber ich floh und wartete auf dem Parkplatz, bis die beiden herauskamen und ging dann wieder hinein, wieder an die Bar. Soweit ich mich erinnere, trank ich dann das sechste Kännchen Kaffee.

Ich beobachtete Marga, registrierte genau, dass sie keine unnötige Bewegung machte, immer genau wusste, wo welche Flasche mit welchem Inhalt stand. Und wie sie unermüdlich mit den Männern flirtete.

Es wurde Mitternacht, es wurde ein Uhr, es wurde halb zwei. Der Raum mit den Tischen hatte sich geleert, er wurde abgedunkelt. Irgend jemand drehte an vielen Schaltern, und draußen vor dem Haus gingen alle Lichter aus. Marga sagte abrupt: »Jungens, ihr wisst gar nicht, wie sehr ich diese verdammten Spießer hasse.« Dann lachte sie explosiv und setzte hinzu: »Aber ich liebe ihr Geld, mein Gott, ich finde ihren Zaster richtig geil.«

Sie lachten alle mit ihr.

Ein Mann sagte: »Kannst du die Mäuse nicht tanzen lassen?«, und sie schaute in die Runde und fragte: »Wollt ihr?« Sie grölten alle begeistert, und Marga sagte etwas in ein Telefon, das hinter ihr zwischen den Flaschen stand. Wenig später kamen die Mädchen, die vorher bedient hatten, kichernd in den Raum. Sie trugen Bademäntel. Einer von den Männern sagte: »Blues!«, und sie warfen die Bademäntel ab. Marga schob eine CD in den Apparat. Die Mädchen tanzten fast nackt, und sie tanzten sehr gut. Es wurde richtig gemütlich.

Ich bezahlte artig, verabschiedete mich und ging hinaus. Ich fuhr den Wagen zweihundert Meter weiter auf die Straße in Richtung Hefterath und parkte zwischen dichten Bäumen. Ich wartete geduldig, bis alle Lichter ausgingen. Es war vier Uhr.

Ich versuchte zu schlafen. Ich döste, aber schlief nicht. Um sechs Uhr, als die Sonne schon spürbar wurde, fuhren drei weitere Wagen vom Parkplatz der Waldeslust weg. Wahrscheinlich waren es die letzten und besten Gäste dieser Nacht.

Um diese Zeit etwa verließ Sven Sauter das Gefängnisgebäude in Rheinbach. Ich hatte ausgerechnet, dass er eine Stunde bis Leverkusen brauchen, dann etwa eine halbe Stunde in der Wohnung verbringen würde, und weitere anderthalb Stunden benötigte, um hierher zu kommen. Das bedeutete, dass er um halb zehn ankommen konnte. Vorausgesetzt, er hatte überhaupt vor hierherzukommen.

Um neun Uhr fuhr ich in den Ort und kaufte mir vier Rosinenbrötchen. Dann rief ich Müller in Meckenheim an, und schon bei seinem ersten Wort wusste ich, dass etwas grundsätzlich schief gelaufen war.

»Gott sei Dank, dass Sie anrufen. Wo sind Sie denn?«

»Auf Sauters Spuren.«

»Aha«, das klang fast triumphierend, »Sie haben ihn also auch verloren?«

»Nein, nein, durchaus nicht. Ich habe mich erst gar nicht an ihn rangehängt. Was ist passiert?«

»Wir haben ihn wie besprochen um sechs Uhr rausgelassen. Er ist dann in sein Taxi gestiegen und schnurstracks zum nächsten Geldautomaten gefahren. Dann zu seiner Wohnung in Leverkusen. Er hat, und das ist sehr seltsam, mit niemandem telefoniert, er hat das Telefon nicht einmal angerührt.

260

Das war ungefähr um sieben Uhr. Vor einer Stunde sind meine Leute dann unruhig geworden. In der Wohnung lief ein Radio. Eine halbe Stunde später haben sie geschellt und, als sich nichts rührte, die Wohnung gewaltsam geöffnet. Er war verschwunden. Wir wissen noch nicht einmal, wie der das gemacht hat, denn das Haus war auch auf der Rückseite abgesichert. Jedenfalls ist er weg. Und wo sind Sie jetzt?«

»Ich spiele Roulette. Ich bin an einem Punkt, an dem er auftauchen kann, aber nicht notwendigerweise auftauchen muss. Haben Sie Bleibe und Kanter unter Kontrolle?«

»Haben wir. Also raus mit der Sprache, wo sind Sie?«

Ich sagte es ihm, und er dachte eine Weile nach und meinte dann: »Wissen Sie, ich denke, das ist eine Kneipe unter vielen. Sauter hatte sehr viele Lieblingskneipen und eine Menge Lieblingswirtinnen. Melden Sie sich, wenn sich etwas tut?«

»Natürlich.«

Draußen zog ein kleiner Mercedes-Lieferwagen vorbei. Auf der Tür stand ›WALDESLUST‹. Ich rannte zu meinem Auto und fuhr hinter dem Laster her, der es offensichtlich gar nicht eilig hatte. Er schaukelte über Retscheroth und Herrnstein direkt auf Hennef zu. Der Verkehr war schon sehr dicht, und ich konnte ihm folgen, ohne aufzufallen. In Hennef bog der Kleinlaster auf einen Parkplatz ein und hielt. Der Fahrer stieg aus, es war eine Sie – Marga.

Sie ging an die Ladetür, öffnete sie und schloss sie dann wieder. Dann setzte sie sich hinter das Steuer und zündete sich eine Zigarette an. Sie rauchte viel und hastig – etwa eine Stunde lang.

Dann kam ein Taxi mit Kölner Kennzeichen auf den Parkplatz. Der Mann neben dem Fahrer war Sven Sauter. Er sah genauso aus wie auf dem Porträtfoto im Handbuch des Bundestages. Er trug eine große, prall gefüllte Segeltuchtasche und schlenderte davon. Er schlenderte an Margas Wagen vorbei.

Das Taxi setzte sich in Bewegung, wendete und fuhr davon. Sauter drehte sich um, kam zu Margas kleinem Lastwagen, öffnete die hintere Ladetür, warf die Tasche hinein und sprang dann schnell hinterher. Er schloss die Tür hinter sich. Ich sah, wie Marga befriedigt mit der rechten Hand an das Blech zum Lastwagen schlug. Dann fuhr sie los, den gleichen Weg wieder zurück. Der Fuchs war auf dem Weg zu seinem Bau.

Ich suchte in Ruhe nach einem Abstellplatz für mein Auto. Es sollte nicht an der Straße stehen, nicht auf einem offiziellen Parkplatz. Ich suchte eine unlogische Stelle. Ich fand eine, ungefähr zweihundert Meter von der ›Waldeslust‹ entfernt, zwischen einer Schonung und einem Hochwald auf einem gut befestigten Weg.

An der Tür hing ein Schild ›Heute Ruhetag‹, es gab keine Klingel, die Tür war verschlossen. Ich klopfte an die Glasscheibe, nichts rührte sich. Dann setzte ich mich auf die Stufe vor der Tür und klopfte pro Minute einmal kräftig an die Scheibe. Man hat ja schließlich gelernt, den Leuten auf die Nerven zu fallen.

Nach dem zwölften Versuch öffnete ein Mann die Tür und starrte vorwurfsvoll auf mich herunter. Er war vielleicht dreißig Jahre alt, und er sah aus, als habe er sich bisher im Wesentlichen durch freiberufliches Prügeln ernährt.

»Hören Sie zu«, sagte er mit einer sehr heiseren Stimme, »Sie sehen doch, dass wir Ruhetag haben. Heute läuft hier nichts. Falls Sie es ohne nicht aushalten können, schenke ich Ihnen gern eine Flasche Bier. Aber dann muss Ruhe sein.«

Ich stand auf und sagte freundlich: »Geben Sie bitte Herrn Sauter meine Visitenkarte und sagen Sie ihm, ich möchte ihn sprechen. Erzählen Sie mir nicht, dass er nicht im Hause ist. Das weiß ich besser, ich habe ihn schließlich in eurem Laster hierherfahren sehen. Sagen Sie ihm einen schönen Gruß von seiner Ehefrau und den Kindern. Sagen Sie ihm auch, dass ich das Meiste ohnehin schon weiß. Sagen Sie ihm, er hätte nur noch eine knappe Chance, den Kopf aus der Schlinge zu ziehen.«

»Und was ist, wenn er nicht will?«, fragte er einfach.

»Dann bleibe ich hier hocken, bis die Bullen kommen. Die kommen nämlich todsicher.«

»Ach du Scheiße!«, sagte er heftig und verschwand im Haus. Es dauerte gute zehn Minuten, ehe die Tür sich wieder öffnete und Marga erschien. Sie sagte wütend: »Als ich Sie gestern abend sah, wusste ich, dass Sie nicht sauber sind.«

»Aha«, meinte ich trocken.

Sie war hübsch, wenngleich sie in der vergangenen Nacht keine Minute geschlafen haben konnte.

»Was wollen Sie eigentlich von Herrn Sauter? Er hält sich hier privat auf. Und was heißt das: Grüße von seiner Frau und den Kindern? Sven ist längst geschieden. Was wollen Sie von ihm?«

»Mit ihm reden«, sagte ich.

»Ja, ja«, sagte sie zornig. »Aber bitte, über was denn? Er kennt Sie nicht mal. Wollen Sie ihm vielleicht eine Versicherung andrehen?«

Der Gedanke erheiterte mich. Ich murmelte: »Die könnte er möglicherweise im Moment gut gebrauchen. Wenn er mir eine Minute zuhört, wird er mit mir sprechen wollen.«

»Schön, dann sagen Sie mir, um was es gehen soll. Das sage ich ihm, und er kann entscheiden.«

»Sagen Sie ihm, es geht um fünf Leichen. Die erste hieß Volker, die zweite war Sahmer, sagen Sie ihm nur das.«

263

»Fünf Leichen?« Sie war sichtbar erschrocken. Sie wiederholte: »Fünf Leichen. Und das ist alles?«

»Das ist alles.«

Sie ging hinein und schloss die Tür wieder ab.

Da hockte ich nun schwitzend in der Sonne und wusste nicht einmal, ob ich überhaupt fünf Minuten Zeit haben würde, um mit Sauter zu sprechen. Die Frage war einfach. Welche Verfolgergruppe würde die erste sein? Die Polizei oder die Freunde mit den bösen Absichten?

Die Tür wurde erneut aufgeschlossen. Der Mann, der zuerst geöffnet hatte, sagte: »Also, komm rein.« Er ließ mich vorbei.

Im Restaurant brannten nur die kleinen Lampen über der Bar. Es war nach der grellen Sonne fast stockdunkel. Hinter der Bar hockten drei Männer und tranken Kaffee.

Der Mann hinter mir knurrte: »Du gehst durch die Tür, auf der ›Privat‹ steht, und dann nach oben. Aber keine Fisimatenten, sonst bist du ganz schnell krank.«

»Schon gut.« Ich sah mir die Gesichter der Männer ganz genau an, um sie nicht zu vergessen. Sie hatten sehr harte, ausdruckslose Gesichter, und sicher waren sie allesamt hervorragende Rausschmeißer.

Hinter der Tür führte tatsächlich eine Holztreppe nach oben. An ihrem Ende war ein langer Flur. Links an einer offenen Tür stand Marga. Sie sagte: »Hier geht es lang. Ich bleibe dabei, damit eine Zeugin da ist.«

»Ist mir recht«, sagte ich.

Das Zimmer war erstaunlich groß, geräumig und hübsch möbliert. Sauter saß in einem kleinen Sessel an einem niedrigen Tisch und hatte ein Kännchen Kaffee vor sich stehen.

»Nehmen Sie Platz«, sagte er zittrig. Er war ein großer schlanker Mann, er war der Typ silberhaariger Macho, der so gut ankommt. Er war unter einer gesunden Bräune sehr blass, und seine Kiefer mahlten unentwegt. Er war aufgeregt, und er zeigte Furcht. Seine Hände zitterten, als er sich eine Zigarette ansteckte.

Marga nahm in dem Sessel neben ihm Platz, ich setzte mich gegenüber auf ein kleines Zweiersofa.

»Was kann ich für Sie tun?«, fragte er geschäftsmäßig.

Ich zog die Lederweste aus und stopfte mir eine Pfeife. Ich sagte: »Das wissen Sie doch längst. Auskunft geben.«

»Nehmen Sie es mir nicht übel. Aber wieso soll ich Auskunft geben? Über was, über wen? Und fünf Leichen? Ist das nicht ein bisschen wild?«

»Es ist verdammt wild«, bestätigte ich. »Der Kriminalrat Müller vom BKA hat Sie aus seinem Schutz entlassen. Heute morgen um sechs. Ich weiß nicht, wie Sie Ihren Beschattern entwischen konnten, aber Sie haben es geschafft. Ich gehörte nicht zu Ihren Beschattern, ich habe seit gestern abend hier auf Sie gewartet.«

Das wusste er schon, er warf einen schnellen Blick auf Marga. »Na schön, nehmen wir mal an, dass das stimmt. Mit welchem Recht fordern Sie Auskunft von mir?«

»Ich bin Journalist. Nicht die Sorte, vor der Sie Angst haben müssen. Ich bin durch einen merkwürdigen Zufall in die Geschichte hineingeraten. Ich bin der Mann, der den toten Volker in der Eifel fand.«

Er leckte sich über die Lippen. »Wieso sind Sie darauf gekommen, ausgerechnet hier auf mich zu warten?«

»Ich war bei Ihrer geschiedenen Frau. Ich habe sie gefragt, wo Sie sich verstecken werden, wenn Sie sich verstecken müssen. Sie sagte: ›Bei Marga!‹ Die beiden mögen sich, sagte sie. Hier bin ich also.«

»So was!«, sagte Marga, und sie klang ehrlich verblüfft.

265

»Nun gut. Und was soll ich Ihnen erzählen?« Er leckte sich beständig über die Lippen.

»Sauter, machen Sie es sich nicht so schwer.« Ich wurde langsam wütend. »Sehen Sie: Hinter Ihnen sind das BKA und der BND her. Aber außerdem sind Ihre Freunde hinter Ihnen her. Ich erwähne nur Dr. Bleibe in Chemnitz und Dr. Kanter in Düsseldorf. Sie haben nicht mehr viel Zeit, denn Müllers Leute wissen schon, wo ich stecke. Der BND und das BKA können nur versuchen, Sie abzuschirmen. Verhaften wird Sie kein Mensch. Aber die Leute um Bleibe und Kanter, besser gesagt, die alten Freunde, werden nicht damit einverstanden sein, Sie am Leben zu lassen. Deshalb sind Sie doch auch hierhergekommen, oder? Und ist es nicht auch eine Überlegung wert, dass auch die Leute vom BND sich möglicherweise heftig nach Ihrem Ableben sehnen?«

»Mal ehrlich: Wieviel wissen Sie?« Er setzte sich sehr aufrecht hin.

»Das kommt auf den Standpunkt an. Von Ihrem Standpunkt aus weiß ich wenig oder nichts. Aber von meinem Standpunkt aus weiß ich eine ganze Menge. Sie müssen sich auch nicht damit aufhalten, mir die langweilige Geschichte des Wirtschaftsspionagerings zu erzählen, der direkt unter Kanters Augen operiert hat. Ich spreche von Vera Grenzow, Jürgen Sahmer, Günther Schulze. Volker aus Chemnitz hat sie geführt. Das alles ist eine lahmarschige, betuliche, richtig deutsche Spionagerie, und es ist nur ein Viertel der Geschichte. Ich will die anderen drei Viertel.«

»Und was machen Sie damit?«

»Sie aufschreiben, was sonst?«

»Wie geht es meiner Frau und den Kindern?«

»Gut, ausgesprochen gut.«

266

»Und wenn ich nichts erzählen will?« Seine Backenmuskeln waren weiß und verkrampft.

»Ich kann ungefähr sagen, was dann passieren wird, Müller versucht lediglich, Sie zu schützen. Für ihn sind Sie aber vor allem ein Köder. Was der BND unternehmen wird, wissen wir noch nicht. Aber wir wissen eines: Sie können möglicherweise heil aus diesem Haus herauskommen. Aber nur, um sich woanders schleunigst zu verkriechen. Das hat etwas damit zu tun, dass Sie selbst nicht genau wissen können, wie Ihre Mörder aussehen, nicht wahr?«

»Das ist alles so unwirklich«, murmelte er.

»Stoßseufzer nutzen nichts«, sagte ich schnell.

»Das sind alte Stasi-Seilschaften«, sagte er.

»Da bin ich gar nicht so sicher«, widersprach ich. »Es wimmelt auch von Demokraten, die Sie abschießen wollen.«

Er lächelte schmal. »Gut ausgedrückt. Mir geht es beschissen, ich bin ausgepowert.«

»Marga, machen Sie ihm einen leichten schwarzen Tee. Lassen Sie den zehn Minuten ziehen. Ist es nicht besser, Sie legen sich auf das Bett?«

Er nickte langsam, stand auf, ging zu dem Bett, legte sich auf den Rücken und verschränkte die Arme unter dem Kopf. Er schloss die Augen. »Haben Sie so etwas wie ein Tonbandgerät?«

»Mag ich nicht, ich frage, wenn etwas unklar ist.«

Jetzt ging Marga hinaus, sie rief nach irgendjemandem, dann wurde geflüstert, und sie kam wieder herein und setzte sich. Sie wirkte plötzlich sehr weich. Sie erklärte: »Wenn es dir peinlich ist, dass ich hier bin, musst du es nur sagen.«

»Nein«, sagte er erschöpft. »Bleib nur. Du hast ja ein Recht. Mit was fangen wir eigentlich an?«

»Mit diesen schrecklichen Morden«, sagte ich. »Wieso traf es Volker? Warum war er überhaupt in der Eifel?«

267

»Dieser kleine Ring arbeitete sehr effizient«, meinte er. »Und plötzlich fiel die Mauer, die Wiedervereinigung war da. Ich hatte erwartet, dass Grenzow, Sahmer und Schulze einfach ihren Tagesjob weitermachen würden, ohne weiterhin wichtige Wirtschaftsdaten zu sammeln. Aber sie sammelten weiter, als sei nichts geschehen. Anfänglich war nicht zu erkennen, warum das so war, aber dann stellte sich heraus, dass eine bestimmte japanische Gruppe sie komplett übernehmen wollte. Gegen ganz erhebliche Honorare. Volker muss davon Wind bekommen haben. Er fing an, wie ein Verrückter mit der Grenzow, Sahmer und Schulze zu telefonieren. Er sagte dauernd: ›Hört auf! Hört endlich auf!‹«

»Moment, woher wissen Sie das eigentlich?«

»Aus Mitschnitten der Telefonate«, seufzte er gegen die Zimmerdecke. »Volker hatte einfach Angst, dass seine Vergangenheit als Steuermann in der Spionage dazu führen würde, ihn fristlos zu feuern. Er hörte nicht auf, die Gruppe anzurufen, sogar privat, zu Hause. Da fassten sie den Plan, Volker in die Eifel zu locken.«

»Moment, wer fasste den Plan?«

»Vera, sie war am geldgierigsten. Sie sagte: ›Wir müssen Volker ausschalten.‹ Also rief sie ihn zu einer Besprechung. Volker kam. Und weil er Vera immer schon verehrte und heimlich liebte, tappte er wie ein wahnwitziger Idiot in die Falle. Sie ging sogar soweit, mit ihm zu schlafen, bevor sie ihn umbrachte. Wirklich krank.«

»Die Grenzow hat ihn erschossen? Mit dem Plastik? Woher hatte sie das?«

»Von ihm, von Volker. Er hatte ihr zur Spielerei bei irgendeinem der vorherigen Treffen eine ganze Schachtel mit dieser Munition gegeben.«

»Und wieso Sahmer?«

268

»Sahmer und Schulze wollten sich absetzen. Sie waren der Meinung, jetzt erst einmal eine Pause von einem oder anderthalb Jahren würde gut tun. Schulze verschwand als Erster, ohne jede Vorahnung. Er war einfach weg, und das war seine Rettung. Sahmer wartete zu lange, wahrscheinlich fünf Minuten zu lange. Als er mit einem Taxi zur Gütt fuhr, war Vera schon hinter ihm her.«

»Aber wieso um Himmels willen Schulzes Frau? Das ist doch vollkommen hirnrissig.«

Er schüttelte den Kopf. »Durchaus nicht. Sie war gar nicht gemeint, sie war eine Panne. Sie müssen sich einfach den Zustand der Gruppe in Chemnitz vorstellen: Da war nach Volkers Tod das Chaos ausgebrochen. Wir kennen Volkers Gruppe genau. Grenzow, Sahmer und Schulze kannten nur ihn, er war der einzige, den sie von Angesicht zu Angesicht kannten. Aber er hatte zwanzig Leute. Beschatter, Babysitter, Auswerter, Programmspezialisten. Zwanzig Existenzen samt Familien. Und die drehten alle durch. Denn: Wenn Volker in der Eifel ermordet worden war, konnte es ja durchaus sein, dass irgendwelche Abgesandten von hier kamen, um andere Leute aus der Gruppe zu töten? Sie waren in heller Panik. Da nichts so diszipliniert verlief wie in alten Tagen, sind mindestens zehn von ihnen hierher gekommen, um hektisch nach Schulze zu suchen. Heimlich. Bei Selma Schulze werden es also die Todesboten aus der alten DDR gewesen sein.«

»Aber wieso wurde Selma Schulze auch mit dem Plastikmaterial getötet?«

»Wir stellen uns die Sache so vor: Sie schickten Trupps von zwei oder drei Leuten nach Düsseldorf, um systematisch nach Schulze zu suchen. Sie konnten sich wahrscheinlich nicht vorstellen, dass Schulze so ein eiskalter Profi war, dass selbst seine Frau nicht einmal etwas ahnte. Sie brachen also in den Keller ein, kamen hoch in das Erdgeschoss und standen plötzlich vor der Frau. Weil sie nicht riskieren konnten, identifiziert zu werden, schossen sie.«

»Und Harry Lippelt, warum ausgerechnet der? Kannte der den Hintergrund?«

»Nein, vermutlich nicht. Aber das war wieder Vera Grenzow. Sie ist ausgeflippt, verstehen Sie? Richtig verrückt geworden. Sie muss gedacht haben, dass Lippelt für sie eine Bedrohung ist.«

»Und wer hat dann die Grenzow erschossen?«

»Boten aus Chemnitz«, murmelte er. »Boten.«

»Was bitte soll das heißen? Soll ich raten?«

»Wenn ich richtig verstanden habe, dann sind Sie es doch gewesen, der Jendra schachmatt setzte. Jendra hat das erledigt.«

»Das Frettchen also! Wurde er von Dr. Bleibe geschickt?«, fragte ich schnell.

Er drehte sich auf die Seite und stützte seinen Kopf in die Handfläche. »Das mag schon sein«, sagte er plötzlich ruhiger. »Aber beweisen Sie das mal.«

Jemand klopfte an die Tür. Einer der Männer kam schweigend mit einem Tablett herein und stellte es auf dem Tischchen ab. Er ging sofort wieder. Marga stand auf und goss Sauter eine Tasse voll Tee, tat Zucker hinein, rührte um und brachte sie ihm dann. »Mach langsam«, sagte sie zärtlich.

»Na ja«, sagte ich, »Bleibe war der größte Nutznießer der Erkenntnisse, die der kleine Ring lieferte. Also muss der Mörder von Bleibe geschickt worden sein.«

Er starrte irgendwohin, dabei neigte sich die Tasse in seiner Hand, und etwas Tee floss auf die Decke. Er zuckte zusammen. »Sie haben etwas immer noch nicht verstanden, Baumeister«, sagte er fast freundlich. »Der Spionagering war eine Erfindung des Dr. Helmut Kanter.«

»Wie bitte? Wollen Sie etwa sagen, dass ...«

»Richtig.« Er nickte. »Kanter hat sich die Truppe ins Haus geholt. Gezielt. Es war eine brillante Idee.«

10. Kapitel

Moment mal«, schaltete Marga sich ein, »das ist doch völlig irre. Kanter holte sich Spione für die DDR ins Haus?«

Sauter lächelte müde. »Ich war dabei, ich habe zugesehen, wie es sich entwickelte. Kleine Mädchen für ihn, Schmuck für die Frau, Eisschrank, Fernseher, Tiefkühltruhe. Sie verabredeten zunächst ganz normale Geschäfte. Die Geschäfte, die ihnen persönlich wirklich Geld brachten, die konnten sie nicht abschließen. Die DDR-Mark taugte nichts, oder die DDR konnte bestimmte Dinge nicht liefern, oder in der Bundesrepublik waren sie zu teuer. Aber wissenschaftliches Know-how, das konnte man vergolden. Und zwar jeweils dort, wo es gebraucht wurde. Die DDR-Leute hatten eine Idee, aber keine Möglichkeit, die Maschine zu bauen, die dazu gebraucht wurde, um diese Idee umzusetzen. Dann wurde entweder die Maschine hier gebaut und rübergeschafft, oder aber die Idee war plötzlich Kanters Idee und ließ sich weltweit in Bargeld umsetzen. Aber das war unheimlich gefährlich. Denn irgendjemand konnte ja auf die innige Verbindung der beiden stoßen. Also haben sie beschlossen, dass die DDR einen Spionagering bei Kanter installiert ...«

»Und Grenzow, Sahmer und Schulze hatten keine Ahnung«, begriff ich aufgeregt.

»Richtig«, nickte er. »Sie wurden von Beginn an benutzt. Der Weg war so, dass Bleibe nach einer Konferenz mit Kanter diesem Volker sagte: ›Ich brauche dringend Kenntnisse über zum Beispiel eine bestimmte Kunststoffmasse.‹ Volker instruierte den Spionagering, der dann den Auftrag erledigte. Auf diese Weise konnten weder Kanter noch Bleibe in

272

Gefahr geraten. Alles lief wie am Schnürchen. Wenn Bleibes Leute irgendeine interessante technische Neuerung erfanden, gaben sie sie Volker, der sie wiederum an den Ring weitergab. Auf diese Weise stieg Kanters Ansehen im Konzern. Und Bleibe bekam von Honecker einen Orden nach dem anderen. Dann kamen sie auf die Idee, fremde Märkte anzuzapfen. Dabei arbeitete wechselweise Kanter für Bleibe oder Bleibe für Kanter. Als Sub-Agent sozusagen. Sie gaben technische Verfahren preis und kassierten dafür Vermittlerhonorare für den jeweils anderen.«

»Die wurden richtig reich, nicht wahr?«, fragte Marga.

»O ja«, sagte er. »Es läpperte sich.«

»Und wieviel haben Sie kassiert?« fragte ich.

Er spitzte den Mund. »Nichts«, sagte er. »Ich bekam mein Beraterhonorar, wie immer. Ich kassierte keinen Pfennig.«

Es war sehr still. Dann klirrte eine Fensterscheibe, gleich darauf eine zweite. Marga sprang auf und schlug die Hände mit einer abrupten Bewegung vor das Gesicht.

»Ruhe!«, sagte ich scharf. »Wer von Ihren Freunden kennt diese Kneipe?«

Er war sehr verunsichert, seine Hände fuhren fahrig durch die Luft. »Kanter war mit mir schon mal hier, Bleibe auch. Natürlich alle ihre Begleiter auch. Ich Idiot!«

»Kann man sagen. Marga, wo ist ein Telefon?«

»Zwei Zimmer weiter. In meinem Schlafzimmer.«

Dann fiel grell und peitschend ein Schuss. Jemand rannte eine Treppe hinauf oder hinunter. Dann wieder Stille. Ich reichte ihr den Zettel. »Rufen Sie diese Nummer. Sagen Sie nur Herbstrose, sonst nichts. Und Ihre Adresse hier. Und leise, so leise wie möglich. Schnell. Ziehen Sie die Schuhe aus.«

Ich ging an das Fenster. Es war die Westseite des Gebäudes. Unter mir gab es nur einen kleinen Blumengarten.

Rittersporn stand leuchtend blau, Kapuzinerkresse wucherte hellgrün hoch.

»Sauter, legen Sie sich unter das Bett. Schnell.«

»Das ist doch Wahnsinn«, flüsterte er. »Die finden mich doch.«

»Unter das Bett«, sagte ich. »Wenn jemand in das Haus kommen will und den Vordereingang nicht benutzen kann – woher kommt der?«

»Auf der anderen Seite des Hauses ist ein Nebeneingang. Das ist der einzige Weg. Aber die Jungens kommen doch durch die Fenster.« Er bückte sich und sah unter das Bett.

»Los! Kriechen Sie drunter. Haben die Männer von Marga Waffen?«

»Ja. Sven, tu das doch. Los.«

Sauter schnaufte und fand es wahrscheinlich lächerlich. Aber er machte es. Er war von der Tür aus nicht mehr zu sehen.

»Und jetzt?« Marga hatte Angst, ihr Gesicht war weiß mit sehr roten Flecken.

»Jetzt gehe ich hinunter.«

»Man wird Sie vielleicht erschießen.«

»Das wird man nicht. Die sind doch nicht verrückt. Legen Sie sich auf das Bett. Los.«

In diesem Moment ging die Tür sehr langsam auf. Der Mann, der mir geraten hatte, keine Fisimatenten zu machen, kam langsam hereingewankt und hielt sich den rechten Oberschenkel fest. Durch die Finger sickerte Blut. »Es sind vier. Sie sind jetzt in der Küche«, keuchte er.

»Wo sind Ihre Kollegen?«

»Hinter der Bar. Wenn die aus der Küche raus wollen, müssen sie an der Bar vorbei. Oder die schlagen irgendein anderes Fenster ein. Dann wird es heiter.« Er atmete plötzlich heftig und stoßend und fiel nach vorn.

»Er wird ohnmächtig«, sagte ich. »Legen wir ihn auf das Bett.«

Wieder klirrten Scheiben.

»Und wenn ich die Bullen über 110 rufe?«, fragte Marga.

»Los, mach das.« Ich nahm den Mann unter den Achseln und schleifte ihn zum Bett. Dann wuchtete ich ihn hoch, und er stöhnte und hatte merklich heftige Schmerzen.

Marga ging hinaus, und ich folgte ihr. Ich nahm die Treppe nach unten.

Ich sagte laut: »Ich komme. Und ich habe keine Waffe.«

Ich öffnete die Tür am Fuß der Treppe und sah nach links und rechts. Links hockten Margas Männer hinter der Bar. Sonst war niemand zu sehen. Aber sie sahen mich und deuteten heftig über die Bar hinweg.

»Wer sind Sie denn«, fragte mich jemand. Es war eine überraschend ruhige Stimme.

»Mein Name ist Baumeister, ich bin Journalist. Wahrscheinlich suchen Sie Sven Sauter, aber der ist schon wieder weg.«

»Reden Sie keinen Scheiß«, sagte die Stimme seelenruhig.

»Ich komme jetzt um die Ecke«, sagte ich. »Ich rede keinen Scheiß. Sauter war nur eine halbe Stunde hier. Ich habe ihm mein Auto geliehen, er ist wieder gefahren.«

Ich kam jetzt in die Tür zum Restaurant. Links hinter der Bar waren Margas Figuren, ihre Feinde rechts.

»Ich komme jetzt aus der Deckung«, sagte ich.

Direkt vor meiner Nase summte eine dicke Schmeißfliege. Wahrscheinlich ist es das ungetrübte Bewusstsein eigener Unsterblichkeit, das einem solch dämliche Schritte diktiert. Als ich frei im Raum stand, schlug mir die Kugel das linke Bein weg. Erst dann kam der Schuss, oder gleichzeitig, ich weiß das nicht mehr genau.

Ich erwischte die Ecke der Bar, konnte mich aber nicht festhalten, weil das Holz vollkommen glatt war. Ich schlug hin,
und ich war wütend.

»Ihr Scheißgangster«, sagte ich in die Stille.

Ich sah sie jetzt. Sie hockten links und rechts von einem zertrümmerten Fenster hinter Tischen und Stühlen. Ich hörte
nicht auf, sie zu beschimpfen. Ich nannte sie kleinkarierte
Angsthasen, Revolverhelden, Stasi-Ochsen und ähnliches. Ich
sagte: »Das Einfachste ist, Ihr geht mit der Artillerie einmal
durchs Haus. Wenn ihr Sauter findet, gebe ich einen aus.«

Dann verlor ich das Bewusstsein.

Es kann nur Sekunden gedauert haben, denn als ich die
Augen aufschlug und den stechenden Schmerz im linken
Oberschenkel spürte, war die Situation unverändert. Sie
hockten immer noch hinter ihren Deckungen. Zuweilen zerreißt die Sonne sehr plötzlich den Nebel. Das ist ein schneller,
berauschender Vorgang. Genauso berauschend waren jetzt
die Polizeisirenen, die sich zu einem gleichbleibenden Ge-
heul steigerten. Da mussten gut und gern drei oder vier
Streifenwagen heranrauschen.

Der Mann, dessen dunkle Silhouette ich unmittelbar unter
dem zertrümmerten Fenster sehen konnte, versuchte mit
einem einzigen Sprung in Freiheit zu kommen. Es gelang
nicht wie geplant, denn er stieß gegen den oberen Querholm
des Fensters. Aber er schaffte es dennoch irgendwie und war
verschwunden. Dann folgte der zweite. Nummer drei und
vier liefen geduckt zum Fenster. Die Streifenwagen waren
jetzt sehr nahe, dann gab es widerlich kreischende Brems-
geräusche.

»Jungens, versteckt die Waffen«, sagte ich.

Nummer drei und vier waren jetzt durch das Fenster verschwunden. Neben mir rumorte die Truppe von Marga hin-

ter der Bar herum. Wahrscheinlich versteckten sie ihre Knarren unter leeren Flaschen.

»Sie sind weg«, sagte ich.

Dann tauchten sie bleich wie Handkäse wieder auf und schnauften vor Erregung und Angst. Einer von ihnen, ein schwitzender kleiner Dicker, meinte: »Also zwei Sekunden später, und ich hätte durchgezogen.« Dann sah er mich auf dem Boden liegen und bemerkte anerkennend: »Also, das war wirklich eine korrekte Leistung.« Dann sah er die zerschossene Jeans und das Blut und fragte leichthin: »Was meinste, brauchste 'n Arzt?«

»Das wäre sehr gütig«, sagte ich.

»Der hat einen Baller am Bein«, sagte der kleine Dicke fast stolz für mich zu den anderen.

Der Polizist war ein gütiger Vatertyp. Er kniete neben mir nieder, sah sich meinen Oberschenkel an und meinte: »Schwein gehabt, Streifschuss.«

»Beruhigend«, sagte ich.

»Wer sind Sie denn?«

»Baumeister, Siggi Baumeister. Journalist.«

Irgendwo in der Ferne waren Schüsse zu hören, Männer schrien, aber wir konnten sie nicht verstehen.

»Brauchen wir also einen Arzt«, sagte der Polizist.,

»Das wäre nett«, sagte ich mit zusammengebissenen Zähnen.

Er machte bedenkliche Geräusche mit der Zunge. Dann sagte er kopfschüttelnd: »Dass Ihr Journalisten euch aber immer da herumtreiben müsst, wo es gefährlich ist.« Er war richtig lieb.

Ich wachte wieder auf, als jemand mein Bein energisch zurechtrückte und dann sagte: »Schneiden Sie dem mal die Hose auf.« Es war ein junger, sachlicher Mensch, der ver-

277

blüffend schnell arbeitete. Er setzte rund um die Wunde Spritzen, er verband sehr geschickt, er hörte Herztöne und Atmung ab und entschied: »Ab in den Wagen. Röntgen und das Übliche in der Intensiv.«

»Moment, Moment«, sagte ich. »Ich entscheide: Ich bleibe hier.«

Der junge, sachliche Mensch sah frustriert aus und seufzte tief. Dann stellte er schlicht fest: »Ich haue ab.« Er ging tatsächlich.

Irgendwo im Hintergrund sagte Marga: »Darauf öffnen wir jetzt eine Pulle! Sofort! Ich muss mich besaufen!«

Der väterliche Polizist sah mich eindringlich an und schüttelte besorgt den Kopf.

Dann stand Marga direkt vor mir und strahlte: »Junge, du bist wirklich klasse!«, und ich glaube, ich errötete sanft.

»Wo ist denn der Urheber von diesem Chaos hier?«

»Hier«, sagte Sauter neben mir. »Wollen Sie mal versuchen aufzustehen?«

»Helfen Sie mal.«

Wir versuchten es, aber der Erfolg war bescheiden. Ich war so wackelig, dass er mich schnell auf einen Stuhl verfrachtete, bevor ich ihm aus den Händen glitt.

»Das wird Kunden bringen!«, sagte Marga hell und zufrieden. »So was zieht immer! Vier Wochen ist die Bude voll!«

Drei der Polizisten, die auf die Verfolgung gegangen waren, kamen mit hochzufriedenen Gesichtern zurück. Einer meldete: »Wir haben sie alle.« Ein zweiter sagte: »Da hat irgendso ein dusseliger Wanderfreund seinen japanischen Jeep so dämlich geparkt, dass er jetzt sechs Einschüsse im Blech hat. Der wird sich wundern.«

»O nein!«, sagte ich, aber das ging im allgemeinen Siegesgetaumel vollkommen unter.

278

Sauter sagte: »Wir bringen Sie jetzt hinauf. Sie gehören ins Bett.«
Dann schleppten Margas Jungens mich die Treppe hoch
und verfrachteten mich auf ein Gästebett. Ich hörte sie unten
im Restaurant lärmen, und irgendwer sang sogar ›So ein Tag,
so wunderschön wie heute‹.

Ich muss eingeschlafen sein, denn als ich wach wurde,
stand Marga neben dem Bett und sagte: »Wenn du Schmerzen hast, sollst du diese Pillen nehmen, hat der Arzt gesagt.
Er ist zurückgekommen und sagte: ›Du stirbst noch nicht.‹«

Ich nahm sicherheitshalber zwei Tabletten. »Ist Müller vom
Bundeskriminalamt schon da?«

»O ja. Der hat noch mal acht Leute mitgebracht. Sechzehn
Bullen in meinem Haus. Das hältste im Kopf nicht aus. Soll
ich dir eine Hühnerbrühe machen?«

»Nein. Aber ein Telefon hätte ich gern.«

Sie brachte eines an einer sehr langen Schnur, und ich rief
bei mir zu Hause an. »Es ist in Ordnung, Anni, alles ausge-
standen. Jetzt haben wir an langen Winterabenden viel zu
erzählen. Vor morgen kann ich nicht da sein. Kannst du
Kartoffeln kochen und ein Schnitzel braten, mit einer ganz
dicken, braunen Zwiebelsoße? So richtig fettig?«

»Das mache ich, mein Junge. Clara ist weg. Sie sagte, sie
will sich nach einem neuen Job umsehen.«

»Ja. Ach übrigens, sag dem Autovertreter bitte, er soll mir
einen neuen Wagen bestellen. Der neue ist schon wieder hin.«

»So? Na ja, wenn's denn sein muss. Bis bald. Moment mal.
Hat schon wieder wer auf dich geschossen?«

»Ja, ja, aber ich war nicht im Auto.«

»Na, dann ist ja gut. Tschüss.«

Müller kam und sagte mir, ich sei wirklich ein Held, große
Klasse, und ich bremste ihn und bat: »Schicken Sie mir bitte
den Sauter, ich habe noch eine Frage.«

279

»Aber sicher«, sagte er und verschwand.

Sauter kam, hockte sich neben das Bett und wollte in Lobhudeleien ausbrechen. Aber ich sagte ihm, dass ich genug davon bekommen hätte. »Sagen Sie mal, wollen Sie mir nicht den Rest erzählen?«

Er sah mich an. »Welchen Rest?«

»Bis jetzt habe ich die Geschichte des westdeutschen Managers, der sich zum Vorteil aller Beteiligten einen DDR-Spionagering ins Haus holt. Was die Spione so getrieben haben, weiß ich auch. Dass die meisten von ihnen tot sind, müssen wir leider akzeptieren. Mir fehlt aber noch eine ganze Menge. Also los.«

»Sie ahnen etwas, nicht wahr?« Er lächelte schwach, fast melancholisch.

»Ja, ja, mir fehlt der ganze Teil, den man mit Sauter überschreiben kann.«

»Also gut. Vor vier Jahren wurde mir die Sache zu heiß. Ich bin schließlich Bundestagsabgeordneter, ich kann nicht beratend für jemanden tätig sein, der über Spione abkassiert. Also wendete ich mich an den Bundesnachrichtendienst.«

»Und die fanden die Geschichte richtig gut, nicht wahr?«

Er nickte. »Sie sagten mir, ich hätte alles genau richtig gemacht, und sie würden an dem Arrangement mit der DDR auch gar nichts ändern wollen, solange sie genau im Bilde wären, was läuft.«

»Aber dabei blieb es nicht.«

»Nein. Sie zogen im Schatten der DDR-Gruppe in Düsseldorf ein Gegennetz auf. Wenn Grenzow und Konsorten zum Beispiel Fernseher an Dr. Bleibe in Chemnitz lieferten oder Maschinen oder was weiß der Teufel, schleusten sie eigene Leute als Fahrer und Beifahrer durch. Auf diese Weise war die militärische Lage der Ostdeutschen und der Russen im

Großraum Chemnitz die im Westen am besten bekannte. Der BND erfuhr ja auch genau, wie Wirtschaftsspione arbeiten. Wenn er seine im Osten arbeitenden Zuträger und Spione mit irgendwas beliefern wollte, ging das über die prächtige DDR-Truppe in Düsseldorf.«

»Aber der BND konnte doch nicht dulden, dass Kanter und Bleibe daraus ein Privatgeschäft machen«, sagte ich.

»Warum denn nicht?« fragte er ganz unschuldig. »Was andere machen, ist doch dem BND egal. Hauptsache, sie bekamen, was sie wollten. Also, es war ganz schlicht so: Ein westdeutscher Manager kreierte bei sich einen ostdeutschen Spionagering, der vom Bundesnachtendienst kontrolliert wurde.« Dann begann er haltlos und hysterisch zu lachen, bis er weinte.

NOCH MEHR SPANNUNG...

AUS DER
EIFEL ...

KBV-KRIMI

Ralf Kramp
Tief unterm Laub
KBV-Krimi Nr. 11
Taschenbuch
256 Seiten

Ein alter Mann wird überfahren. Nur ein Unfall? Einige Zeit später kommt sein ehemaliger Zivi beim Sturz aus dem Fenster seiner Dachwohnung ums Leben. Selbstmord? Laurentius Bock, Besitzer eines kleinen Copy-Shops, wird unfreiwillig in den rätselhaften Fall hineingezogen. Zusammen mit Lindy, der Freundin des jungen Mannes, versucht er, die Hintergründe der seltsamen Geschehnisse aufzudecken. Die Spur führt in die Eifel, doch auch hier ist die Welt nicht mehr in Ordnung, und das schon seit vielen, vielen Jahren.

"... Wirklich gelungen... Brillant... Sehr gut!"
Jacques Berndorf

"Kramps brillanter Krimi fesselt bis zur letzten Seite."
Das neue Buch/Buchprofile

Ralf Kramp
Der neunte Tod
KBV-Krimi Nr. 44
Taschenbuch
256 Seiten

Herbie Feldmanns dritter Fall. Er hütet das protzige Haus seiner Tante, und sein ständiger Begleiter Julius ahnt bereits Böses, als Herbie in jener kalten Winternacht einem Obdachlosen Asyl gewährt. Und er behält Recht. Tante Hettis Kostbarkeiten werden bei Nacht und Nebel gestohlen, und Herbie hat seine liebe Mühe, die teuren Stücke wiederzubeschaffen. Das kann er nur, wenn er den Landstreicher auftreibt. Der nennt sich "Mikesch", wie der Kater, und glaubt, ebenso wie der, neun Leben zu haben und auch neun Tode. Und ganz plötzlich, auf schreckliche Weise, kommt schließlich auch der neunte...

"... der lokale Meister des schwarzen Humors"
(Kölner Stadt-Anzeiger)

Ralf Kramp
Still und starr
KBV-Krimi Nr. 51
Taschenbuch
185 Seiten

Marcus Mathei kehrt zurück. Aus seiner gescheiterten Ehe heraus flüchtet er in ein kleines Nest in der Eifel, kehrt zurück an die Stätte seiner Jugend. Dort sucht er Ablenkung vom drohenden Scheidungsdesaster, Erholung von der Stadt und Ruhe von seinem nervenaufreibenden Job in der Werbeagentur, der auf der Kippe steht.
Doch als er in das Dorf zurückkehrt, in dem sich sein Vater, der Dorfarzt vor Jahren das Leben nahm, wird es nicht nur eine Reise in seine eigene Jugend auf dem Land.
Alles deutet darauf hin, daß mit seiner Rückkehr auch der Tod Einzug in das Dorf hält. Die übel zugerichtete Leiche eines Bahnarbeiters wird gefunden, und es sieht ganz so aus, als würde dies nicht der einzige Tote bleiben.

KBV-KRIMI

Ralf Kramp
Ein Viertelpfund Mord
KBV-Krimi Nr. 120
Taschenbuch, 160 Seiten
ISBN 3-937001-38-7

Heimtückische Killer mit ausgetüftelten Plänen und ratlose Zufallstäter, denen der brutale Mord gewissermaßen im Handumdrehen gelingt, sie alle versammeln sich hier zu einem munteren mörderischen Stelldichein. Doch all den frischen Witwen, skrupellosen Auftragskillern und eiskalten Giftmörderinnen wird eines schnell bewusst: Verbrechen zahlt sich selten aus, denn die Tücke des Objekts wendet sich allzu oft gegen sie. Es sind die perfiden Schnippchen, die Ralf Kramp seinen Lesern in diesen knapp zwanzig rabenschwarzen Stories schlägt, die immer wieder für haarsträubende Überraschungen sorgen.

"Sanfte Grausamkeit, garniert mit einer Prise Humor"
(Schnüss/Bonner Stadtmagazin)
"Meister des schwarzen Humors" (Kölner Stadt-Anzeiger)
"Schwarzer Humor und Fabuliergabe" (Trierischer Volksfreund)

Carola Clasen
Novembernebel
KBV-Krimi Nr. 93
Taschenbuch, 185 Seiten
ISBN 3-934638-93-7

Die Krimiautorin Julia Kirschbauer befindet sich nach einer Lesung in Trier auf einer einsamen nächtlichen Autofahrt nordwärts durch die Eifel.
Nebel... Angst...
Man sieht nicht einmal fünf Meter weit. Und dann sind da plötzlich diese grellen Scheinwerfer! Wenige Augenblicke später ist Julia Kirschbauer spurlos verschwunden.
Die Trierer Kommissarin Sonja Senger wird mit dem Fall betraut. Gemeinsam mit ihrem undurchsichtigen Kölner Kollegen Roman Zorn begibt sie sich auf die Suche nach der verschwundenen Autorin und entdeckt dabei verborgene Eifler Eigenarten, die selbst der dichte Novembernebel nicht zu verhüllen vermag.

"Die Queen of Eifel-Crime"
(Trierischer Volksfreund)

Jacques Berndorf (Hg.)
Mords-Eifel
KBV-Krimi Nr. 124
Taschenbuch, 192 Seiten
ISBN 3-937001-14-x

Jacques Berndorf hat die Eifel berühmt gemacht. Die Auflagen seiner Kriminalromane aus dieser Landschaft im Wilden Westen Deutschlands erreichen Millionenhöhe. Seine Titel wie "Eifel-Wasser" oder "Eifel-Liebe" erklimmen regelmäßig die Bestsellerlisten. In diesem KBV-Sammelband hat der Erfinder des "Eifelkrimis" seine schwarzen Schafe um sich versammelt: Carola Clasen, Ralf Kramp, Gisbert Haefs, Carsten-Sebastian Henn und viele andere haben ihre literarischen Leichen in eine raue Landschaft gelegt, die tatsächlich wie geschaffen scheint für Kriminalgeschichten aller Art. In knapp zwanzig mörderischen Eifel-Kurzkrimis bieten Berndorf & Co. spannendste Unterhaltung.

Angelika Koch
Jemand wie Ginsterblum
KBV-Krimi Nr. 31
Taschenbuch
250 Seiten

Carola Clasen
Tot und begraben
KBV-Krimi Nr. 108
Taschenbuch, 246 Seiten
ISBN 3-937001-03-4

Josef Zierden
Eifel Krimi-Reiseführer
Klappenbroschur,
218 S., bebildert
ISBN 3-934638-58-9

Ulrike Marx leidet unter dem heißen Eifelsommer - und unter dem Tod ihrer Freundin Aischa Ginsterblum. Die Marx glaubt allerdings nicht an die offizielle Version "Unfall mit Fahrerflucht".
Die unerschrockene Zeitungsredakteurin Ginsterblum war einer höchst unheiligen Allianz von Bundeswehr, Polizei und Neonazisekte auf den Fersen.
Als ein Junge erhängt im Wald aufgefunden und Kommissar Ingelheim von den Ermittlungen abgezogen wird, ist klar: Es geht längst nicht nur um unappetitliche politische Verstrickungen. Jemand muß mehr zu verbergen haben als rechtslastige Gedanken. Ulrike Marx bekommt es mit offener Gewalt zu tun... Und mit ganz kleinen, subtilen Gemeinheiten. Wie tröstlich, zu wissen, daß es Freunde gibt. Oder?

Von einem Tag auf den anderen kostet eine Beerdigung im kleinen, beschaulichen Eifelort Oberprüm nur noch die Hälfte. Kein Wunder, dass die Konkurrenz den Leichenwagen von nun an nicht mehr aus den Augen lässt. Die Bestatter Paul und Peter Schlangensief haben offensichtlich eine todsichere Geschäftsidee entwickelt, dank derer sie allen anderen eine Nasenlänge voraus sind. Zur gleichen Zeit gibt der einsame Witwer Wilden eine Heiratsannonce auf. Als er endlich ein Brief und ein Foto erhält, verliebt er sich Hals über Kopf in die schöne Sybille. Sein Glück scheint perfekt. Doch dann geht es plötzlich mit seiner Gesundheit rapide bergab.
»... die Handschrift macht Appetit auf mehr!« (Das Magazin)
»... die Crime Lady unter den Eifelkrimiautoren« (Trierischer Volksfreund)

Wo fand der spektakuläre Geldraub statt? Wo lag die Leiche auf dem Nürburgring? Wo pflegt Siggi Baumeister nach getaner Detektivarbeit einzukehren? Wo versank der Tote im Hohen Venn, dem tückischen Hochmoor?
Josef Zierden nimmt Sie mit auf eine krumme Tour durch Deutschlands mörderischste Landschaft.
„Wer die Eifel mit Zierdens Krimi-Reiseführer durchstreift, lernt eine andere, vergnüglich-schaurige Dimension dieser einzigartigen Landschaft kennen."
(Süddeutsche Zeitung)
„Ein Fest für Krimi- und für Eifel-Fans."
(Eifeler Nachrichten)
„Unverzichtbar für alle Eifel-Touristen und Fans des Genres „Eifel-Krimi"."
(Kölner Illustrierte)
„Ein Fest für Krimi- und Eifelfans gleichermaßen."
(Buxtehuder Tagblatt)
„Ein mörderisches Vergnügen."
(Rhein-Zeitung)

KBV SCHAURIGE EIFEL

Kramp/Lang
Abendgrauen
Eifeler Schauer- und
Horrorgeschichten
Taschenbuch, 350 Seiten
ISBN 3-934638-11-2

Ein sprödes Land, zerfurcht von tobenden Vulkanen und vom harten Wind. Hier steckt hinter jeder der vielen Burgen, die schroff in den Himmel ragen, ein garstiges Geheimnis. Hexen, Werwölfe, Irrlichter und andere Erscheinungen versammeln sich hier zu einem Reigen, den Erzähler aus Vergangenheit und Gegenwart gesponnen haben. Ob in den finsteren Gewölben der Klöster oder auf den nächtlichen Autofahrt übers karge Land, überall lauern hier Gestalten, die nichts anderes im Sinn haben, als Angst und Schrecken zu verbreiten.
48 Autoren, wie z. B. Jacques Berndorf, Frank Festa, Caesarius von Heisterbach, Angelika Koch, Elisabeth Minetti, Ralf Kramp, Tilman Röhrig, Theodor Seidenfaden und Clara Viebig. Zahlreiche atmosphärische Fotos von Theo Broere.

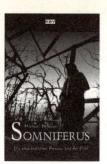

Michael Siefener
Somniferus
Phantastischer Roman
aus der Eifel
Taschenbuch, 250 Seiten
ISBN 3-937001-37-9

Ralf Weiler, erfolg- und mittelloser Schriftsteller aus Köln, erhält den Brief einer Anwaltskanzlei aus der Eifel, worin ihm das Erbe eines verstorbenen Onkels in Aussicht gestellt wird. Er reist in das Burgenstädtchen Manderscheid und wiegt sich eine Woche lang in dem Glauben, in den Genuss eines großen Vermögens und zu einem sorgenfreien Leben gekommen zu sein. Doch das unverhoffte Glück steht auf wackligen Füßen, denn der zwielichtige Anwalt scheint vor dem Ableben des Onkels ein obskures Mandat angenommen zu haben: Weiler wird im Auftrag des Verstorbenen auf die Suche nach einem wertvollen Buch geschickt, in dem die grauenhafte antike Gottheit Somniferus ihre Arme nach den heute Lebenden auszustrecken scheint. Für Ralf beginnt ein Albtraum, der ihn nie wieder loslassen wird.

Georg Miesen
Wolfsherbst
Phantastischer Roman
aus der Eifel
Taschenbuch, 214 Seiten
ISBN 3-937001-45-x

Eine Serie grausamer Mordfälle erschüttert die Öffentlichkeit in der Nordeifel. Ein Team von Spezialisten der Mordkommission versucht, den Täter zu fassen, der mit bis dahin nicht gekannter Brutalität zu Werke geht. Außer der Tatsache, dass allen Bluttaten eine bizarre Art der Inszenierung zu Eigen ist, deutet nichts darauf hin, dass es sich hierbei um etwas anderes als einen gewöhnlichen Kriminalfall handeln könnte. Aber genau das ist es nicht. Es sind verborgene Kräfte am Werk, die alles andere als natürlichen Ursprungs sind. Sie führen die Ermittler immer wieder auf fatale Art und Weise in die völlig falsche Richtung. Und aus den schwärzesten Tiefen der menschlichen Geschichte nähert sich schleichend aber unaufhaltsam eine Gefahr, von der bislang noch niemand etwas ahnt …

Kalle Pohl
liest
Spinner
von Ralf Kramp

3 Cds
ca. 210 Min.
€ 19,90
3-937001-10-7

Ein Serienmörder macht die Eifel unsicher, und Herbie Feldmann, der bekannte Spinner, der einen unsichtbaren Begleiter namens Julius "neben sich gehen" hat, löst seinen ersten Fall und merkt, dass nicht alle Spinner so harmlos sind wie er selbst ...

Kalle Pohl, der beliebte TV-Comedian ("7 Tage - 7 Köpfe", "Kalle kocht", etc.), ist von der Figur des Herbie Feldmann begeistert und wird in loser Folge die Romane um das amüsante Ermittlerduo aus der Eifel auf CD sprechen.

"Ein Eifelkrimi der skurrilen Art" (www.krimiforum.de)

"So schwarz wie die Seele mancher Eingeborener ist auch der Humor." (Rhein Zeitung)

"Auch ohne literweises Blutvergießen verdammt spannend." (Petra)

KBV-HÖRBUCH